R.L.Stine

Fear Street · Gefährliches Vertrauen

Alle Taschenbücher der Reihe *Fear Street*:

Ferien des Schreckens
Stadt des Grauens
Straße der Albträume
Straße des Schreckens
Geheimnis des Grauens
Rache des Bösen
Schule der Albträume
Spiel des Schreckens
Nacht der Schreie
Opfer der Nacht
Klauen des Todes
Erbe der Hölle
Vermächtnis der Angst
Freundschaft des Bösen
Stimmen der Finsternis
Nacht der Vergeltung
Mörderische Verwechslung
Gefährliches Vertrauen

FEAR STREET®

R.L.Stine

Gefährliches Vertrauen

Loewe

FSC
Mix
Produktgruppe aus vorbildlich
bewirtschafteten Wäldern und
anderen kontrollierten Herkünften

Zert.-Nr. SGS-COC-1940
www.fsc.org

ISBN 978-3-7855-6751-7
1. Auflage 2009

Erschienen unter den Originaltiteln
First Date (© 1992 Parachute Press, Inc.)
und *The Face* (© 1996 Parachute Press, Inc.)

Als deutschsprachige Ausgabe erschienen in der Serie Fear Street
unter den Titeln *Ahnungslos* (© 2001 Loewe Verlag GmbH, Bindlach)
und *Ausgelöscht* (© 2007 Loewe Verlag GmbH, Bindlach).
Aus dem Amerikanischen übersetzt von Katherine Wolff und Sabine Tandetzke.
Umschlagillustration: Silvia Christoph
Printed in Germany (007)

www.loewe-verlag.de

Ahnungslos

Eine Verabredung mit Folgen …

1

Der Mond warf sein dumpfes Licht auf das alte Auto, das am Rande der Klippen geparkt war. Die Scheiben waren von innen beschlagen, nur zwei Silhouetten zeichneten sich im Innern des Wagens ab.

Er hatte den Platz sorgfältig ausgewählt. Nun war er hier mit ihr. Allein.

Sie hob ihren Kopf von seiner Schulter und lächelte ihn verträumt an. „Joe“, flüsterte sie.

Er starrte auf die Windschutzscheibe und dachte an die Nacht dahinter, stellte sich das hohe, nasse Gras, die dunklen Bäume vor. Er hatte das Gefühl zu ersticken.

Sie legte ihren Kopf an seine Brust und seufzte. Ihr Haar duftete nach Orangen. Er konnte ihren Lippenstift auf seinem Mund schmecken, süß und sauer zugleich.

Wie hieß sie überhaupt noch?

Er hielt sie in seinen Armen und versuchte, sich zu erinnern.

Candy. Das war es. Candy oder so.

Er fühlte sich … eingeschlossen. Gefangen. Als ob das Auto ihn langsam erdrückte.

„Ich war noch nie mit einem Jungen hier oben“, sagte sie leise und schmiegte sich eng an seine Lederjacke.

Er nahm seinen Arm von ihrer Schulter und tastete nach der Fensterkurbel. Er begann, das Fenster herunterzudrehen, aber sie griff nach seiner Hand. „Nein. Tu das nicht. Jemand könnte uns sehen.“

„Wir sind doch ganz alleine“, antwortete er. „Weit

und breit keine anderen Autos." Er nahm einen tiefen Atemzug von der frischen kalten Nachtluft, bevor er das Fenster wieder schloss. Er konnte eben noch einen Blick auf den Mond erhaschen, ein heller grauer Splitter am Himmel.

„Ich mag dich, Joe", sagte Candy.

Er legte seinen Arm wieder um ihre Schulter.

„Ich mag dich auch", antwortete er automatisch. Er ärgerte sich sofort, dass es sich nicht überzeugender angehört hatte. Dafür küsste er sie schnell aufs Ohr.

„Ich schwitze", dachte er. „Es ist Oktober und ich schwitze."

„Ich mag Jungen mit lockigem schwarzem Haar", flüsterte sie. Zärtlich strich sie mit ihrer Hand über seinen dunklen Kopf.

„Ich hasse das", dachte er. „Mum hat das immer gemacht."

„Lass uns doch spazieren gehen", schlug er vor und streckte die Hand nach dem Türgriff aus.

„Ich weiß nicht recht – ist das nicht gefährlich?" Ihre Stimme klang gespannt und ihre dunklen Augen glitzerten vor Aufregung.

Er zuckte die Schultern. „Ich komme hier ja auch nicht so oft hin."

Rainer's Point war der beliebteste Treffpunkt für alle Central-High-Schüler. Der schmale Weg endete auf einer Lichtung, die zum Rand einer steilen Felsklippe hin abfiel. Hinter der Lichtung war ein dichter Wald.

Es war still hier oben, nur der Wind flüsterte durch die Bäume.

„Nun komm schon", ermunterte er sie und drückte ihre Hand. „Ich werde dich beschützen."

Sie lachte unsicher.

Er machte die Autotür auf, sodass die Innenbeleuchtung anging. Einen Augenblick blendete sie das harte gelbe Licht in den Augen.

„Warte doch, Joe“, sagte sie und bückte sich. „Du hast dein Portemonnaie fallen lassen.“

Neugierig klappte sie die Geldbörse auf.

Ihre Augen weiteten sich vor Überraschung, als sie den Führerschein sah. „Joe –?“ Sie blickte ihn fragend an.

„Jetzt geht’s los“, dachte er. Sein Herz klopfte.

„Joe Hodge“, sagte sie zögernd und schaute sich noch einmal den Führerschein an. „Du sagtest, dein Name sei Joe Hodge. Hier auf dem Führerschein steht aber Lonnie Mayes.“

„Er – er – gehört jemand anderem“, stotterte er.

Wieder hatte er das Gefühl, dass das Auto ihn langsam zu erdrücken begann. Das Auto? Nein. Sie war es. Candy erdrückte ihn.

Sie sah ihn prüfend an. „Aber es ist doch dein Foto auf dem Führerschein.“ Sie hielt die Papiere näher an sein Gesicht, so, als wäre er fast blind.

„Eigentlich schade“, ging es ihm durch den Kopf. „Warum tut sie das? Warum beschuldigt sie mich?“

„Ich habe meinen verloren“, erklärte er mürrisch und nahm ihr den Führerschein aus der Hand. „Deshalb benutze ich jetzt diesen hier.“ Er steckte den Führerschein in seine Jackentasche.

„Dann bist du also Joe Hodge? Und nicht Lonnie Mayes?“ Sie runzelte die Stirn.

„Wirklich schade“, dachte er wieder.

Entschlossen öffnete er die Autotür und stieg aus. Er

streckte sich, holte tief Luft und lehnte sich dann noch einmal in das Auto, um sie beruhigend anzulächeln.

„Nun komm schon, Candy. Lass uns spazieren gehen, nur ganz kurz. Es ist so schön hier draußen. Und es ist keine Menschenseele in der Gegend."

„Keine Menschenseele", dachte er. Seine Gedanken wirbelten, seine Muskeln spannten sich an. Jetzt war er hellwach und bereit.

Sie stieg aus dem Auto und schloss die Tür. Das Innenlicht ging aus. Es wurde stockdunkel.

Mit langen, entschlossenen Schritten überquerte er die Lichtung. Seine Schuhe streiften im Vorbeigehen den Tau vom hohen Gras. Bald kam er zum Rand der Klippen und starrte hinunter. Nichts als Dunkelheit.

Sie trat neben ihn und tastete mit ihrer heißen, feuchten Hand nach seiner. Ängstlich schaute sie auf den Klippenrand hinunter.

„Können wir nicht ein Stück zurückgehen?", fragte sie nervös. „Ich habe Höhenangst."

„Klar doch." Er führte sie langsam wieder über die Lichtung zurück zu den Bäumen.

„Wie alt bist du eigentlich?", fragte sie plötzlich.

„Ich bin zwanzig", dachte er. „Siebzehn", sagte er laut.

„Und wie ist das mit deinem Führerschein passiert? Hattest du einen Unfall oder so was?"

„Du bist diejenige, die hier einen Unfall haben wird", dachte er. „Einen tödlichen Unfall."

Wenn sie nur nicht versucht hätte, ihn zu erdrücken. Wenn nur ihr Haar nicht dieselbe dunkle Farbe hätte wie …

„Nein. Ich habe ihn wirklich einfach nur verloren", murmelte er undeutlich.

Er legte seinen Arm um ihre Schultern und zog sie näher zu sich heran, während er sie unter die Bäume führte. „Ich mag dich, Candy“, flüsterte er ihr ins Ohr.

Wieder stieg ihm der Duft von Orangen aus ihrem Haar in die Nase.

Mochte er sie wirklich? Oder log er sie an? Er war sich nicht sicher. Er wusste es nicht. Er wusste nur, dass sie sterben musste.

Einige Minuten später ging er ruhig zum Auto zurück. Alleine. Sein Herz klopfte wie wild, aber er fühlte sich gut.

Wirklich ausgezeichnet. Es war so einfach gewesen, sie zu töten.

Er machte den Reißverschluss seiner Lederjacke zu und setzte sich ans Steuer. Das Auto sprang sofort an. Er stellte das Gebläse an und wartete darauf, dass die Windschutzscheibe wieder klar wurde. Die Luft vom Gebläse fühlte sich kühl und trocken an.

Er lachte laut auf, ein befreites Lachen.

Nach und nach konnte man durch die beschlagene Windschutzscheibe wieder sehen.

„Joe Hodge“, sagte er laut zu sich. „Ich sagte ihr, dass mein Name Joe Hodge sei. Warum sollte ich ihr auch meinen richtigen Namen nennen? Es war ja nur unsere erste Verabredung.“

Eigentlich hatte er gar nicht vorgehabt, sie schon heute Nacht zu töten. Er hatte sie irgendwie gemocht. Er hatte sie wirklich gemocht. Sie hatte ihn nicht so sehr an die anderen erinnert. Nur ihr Haar, das lange braune Haar.

Auf dieses hier war er nicht vorbereitet gewesen.

Warum musste sie ihm auch das Gefühl geben, zu ersticken? Warum musste sie ihr Haar so nach hinten werfen? Warum musste sie seinen Führerschein entdecken? Warum musste sie so viele Fragen stellen?

Er war darauf nicht vorbereitet gewesen. Er hatte es so nicht geplant. Und dabei plante er doch immer gerne im Voraus.

Aber nun war sie sowieso tot.

„Ich werde nicht mehr hier sein, wenn sie die Leiche finden", dachte er. „Ich habe keine Spuren hinterlassen. Es gibt keine Zeugen. Alles ist in Ordnung."

Wenigstens konnte er wieder frei atmen.

Die Windschutzscheibe war inzwischen klar. Mit eingeschalteten Scheinwerfern wendete er den Wagen.

Auf zu einer anderen Stadt. Früher oder später war es immer an der Zeit weiterzuziehen. Er hatte einfach keine andere Wahl. Wenn die Mädchen so aussahen? Wenn sie ihm Fragen stellten und ihn nicht frei atmen ließen?

Er hielt noch einmal den Wagen an, zog die Handbremse fest und machte das Handschuhfach auf. Seine Hand zitterte nicht. Das war ein gutes Zeichen. Er konnte wieder frei atmen und seine Hand zitterte nicht.

Er machte die Innenbeleuchtung an, zog die Karte heraus und entfaltete sie sorgfältig mit ruhigen Händen. Seine Augen glitten über das Gewirr von Straßen und Orten und stoppten beim Namen der nächsten Stadt.

Shadyside.

Er sprach den Namen ein paarmal leise vor sich hin.

Shadyside.

Das hörte sich gut an.

Nachdem er die Karte ins Handschuhfach gelegt hatte, drehte er die Innenbeleuchtung aus und fuhr in die kühle, stille Dunkelheit. Leise summte er vor sich hin.

2

Chelsea Richards brach mit einem schrillen Ton ihr Spiel ab und ließ das Saxofon schlecht gelaunt sinken. „Ich hasse mein Leben“, sagte sie ausdruckslos.

„Fang nicht schon wieder an.“ Ihre Mutter saß auf der anderen Seite des kleinen Wohnzimmers. Sie ließ die Zeitung sinken und blickte Chelsea warnend an. Ihr Blick sagte: „Ich bin jetzt wirklich nicht in der Stimmung, mir deine übliche Liste von Beschwerden anzuhören!“

Chelsea lehnte sich in ihrem Klappstuhl nach vorne, bis sie fast mit ihrem Kopf an den Notenständer vor ihr stieß. „Manchmal glaube ich, dass ich überhaupt kein echtes Mitglied dieser Familie bin“, beschwerte sie sich. „In Wirklichkeit bin ich bestimmt adoptiert oder so.“

„Von wegen adoptiert, du wurdest ausgebrütet“, versuchte Mrs Richards zu scherzen. Sie war noch immer hinter ihrer Zeitung versteckt. „Bist du eigentlich fertig mit Üben oder hab ich mich zu früh gefreut?“

„Du magst noch nicht einmal, wenn ich Saxofon spiele“, klagte Chelsea.

„Du hast darauf gespielt? Es hörte sich eher an, als ob du es *folterst*!“, lachte Mrs Richards.

Chelsea war an den trockenen Humor ihrer Mutter gewöhnt. Manchmal halfen die Witzeleien, ihre schlechte Laune zu vertreiben, aber nicht jetzt. „Wirklich lustig“, fauchte Chelsea beleidigt. „Ich sehe nicht so gut aus wie meine Mutter und ich habe noch nicht einmal ihren Humor", dachte sie bitter.

„Wenn ich nicht adoptiert bin, wie kommt es dann, dass du so groß und schlank bist und ich kurz und dick?" Chelsea zog das Mundstück vom Saxofon.

„Chelsea, wirklich!" Ihre Mutter wurde langsam ungeduldig. Sie legte die Zeitung auf ihre Knie und schüttelte den Kopf. „Warum musst du nur immer und immer wieder über die gleichen Dinge sprechen?"

„Na wenigstens sprechen wir mal", antwortet Chelsea mit wachsendem Ärger. „Normalerweise tun wir das überhaupt nicht, weil du zur Arbeit musst."

„Junge, Junge, du hast aber wirklich eine Laune heute Morgen", sagte ihre Mutter. „Es tut mir leid, aber dein Vater und ich müssen nun einmal hart arbeiten. Es ist ja nicht so, dass du ein Vermögen mit deinem Saxofonspielen verdienst."

„Immerhin arbeite ich in Dads Café. Ich verdiene mein eigenes Geld", zischte Chelsea. „Hör doch auf, mir die Musik mieszumachen. Es ist das Einzige, was mir noch Spaß macht."

„Das Einzige", wiederholte Chelsea für sich. „Das absolut Einzige in meinem ganzen bescheuerten Leben."

„Warum bemitleidest du dich in letzter Zeit immer nur selber?", fragte Mrs Richards. Sie legte mit einem Seufzer die Zeitung auf den Tisch und ging zu Chelsea hinüber.

Chelsea zuckte mit den Schultern. „Es ist diese neue Stadt. Shadyside. Und dieses unheimliche alte Haus."

„Nun hör doch bitte auf, dich über das Haus zu beschweren. Wir werden es wieder herrichten." Mrs Richards verschränkte die Arme über ihrem hellblauen Rollkragenpullover. „Du weißt doch, dass dein Vater schon immer davon geträumt hat, einmal sein eigenes Café zu besitzen. Der Umzug hierher ist für ihn eine große Chance. Für uns alle."

„Aber in der Schule erzählen sie sich Geschichten über diese Straße. Die Fear Street. Sie sagen, dass alle möglichen verrückten Dinge hier passieren."

„Verrückte Dinge passieren überall", erwiderte ihre Mutter trocken. Sie warf einen Blick aus dem Fenster. Die Wolken lichteten sich, und die Abendsonne schien ins Zimmer.

Chelsea nahm ihr Instrument auseinander und legte die Teile sorgfältig in den Saxofonkasten.

„Warum habe ich kein glattes Haar wie du?", begann sie wieder. Eigentlich war ihr klar, dass sie damit aufhören sollte, aber sie konnte nicht anders. „Warum muss mein Haar so gelockt sein und diese furchtbare mausbraune Farbe haben?"

„Willst du deine Haarfarbe ändern?", fragte ihre Mutter überrascht. „Das ist einfach."

„Und wie verändere ich mein Gesicht?", jammerte Chelsea und blickte in den Spiegel an der Wand beim Eingang.

„Meine Nase ist zu dick und mein Kinn ist zu schmal", dachte sie zum tausendsten Mal.

„Chelsea, du bist ein sehr attraktives Mädchen", sagte ihre Mutter, immer noch die Arme verschränkt. „Wenn du etwas abnehmen würdest und etwas Lippenstift …"

Chelsea sprang aufgebracht von ihrem Stuhl hoch.

Ihre Mutter war so überrascht, dass sie einen Schritt zurücktrat.

„Hör doch bitte auf, Mum. *Attraktiv!* So was erzählt man immer den Leuten, die es gerade nicht sind. Warum sagst du nicht gleich, dass ich einen guten Charakter habe, dann hast du es hinter dir. Hässliche Mädchen haben nämlich einen guten Charakter, weil mit ihnen ja sonst nicht viel los ist."

„Ganz ehrlich, du siehst umwerfend aus. Nur dein Charakter …", versuchte ihre Mutter wieder zu scherzen.

„Mum –", schrie Chelsea. Sie fühlte, wie sie langsam die Kontrolle über sich verlor. „Kannst du denn niemals ernst sein?"

Mrs Richards machte einen Schritt nach vorne und nahm ihre Tochter ungeschickt in die Arme. Dies überraschte Chelsea völlig. Ihre Mutter zeigte nur selten ihre Liebe so offen. Chelsea konnte sich nicht einmal erinnern, wann ihre Mutter sie das letzte Mal umarmt hatte.

„Es – es tut mir leid", rutschte es ihr heraus, obwohl sie gar nicht genau wusste, warum sie sich entschuldigte.

„Ssshhh." Mrs Richards legte ihren Finger auf Chelseas Lippen. Dann trat sie einen Schritt zurück. „Es war der Umzug, meine Liebe", sagte sie und schaute Chelsea aufmunternd an. „Es ist, weil du wieder völlig von vorne anfangen musst. Eine neue Stadt, eine neue Schule, das ist ja wirklich nicht so einfach."

Chelsea nickte und dachte darüber nach, was ihre Mutter gesagt hatte.

„Und du bist unglücklich, weil dein Vater immer im Café ist und ich die ganze Zeit im Altersheim, wo ich mich um Patienten kümmere, anstatt hier zu Hause bei dir zu sein“, fuhr Mrs Richards fort. „Aber wir können doch nichts daran ändern, Chelsea. Dies ist unsere große Chance. Vor allem für deinen Vater. Wenn er es schafft, das Café zu einem Erfolg zu machen, dann wird er so glücklich sein, und dann werden wir auch keine Schulden mehr haben.“

Mrs Richards steckte ihre Hände in die Taschen ihrer Jeans und begann, im kleinen Zimmer auf und ab zu gehen. „Aber – du darfst nicht anfangen, an dir selbst zu zweifeln. Es liegt an den Umständen, am Umzug, aber *nicht* an dir.“

Chelsea schaute wieder in den Spiegel. „Das ist leicht zu sagen“, dachte sie traurig. „Sie ist groß und hübsch, aber ich sehe aus wie eine Kuh.“

„Alles klar, Mum“, sagte sie mit gezwungener Fröhlichkeit. „Du hast recht. Tut mir leid.“

Das Gesicht ihrer Mutter zeigte, wie besorgt sie war. „Aber Schatz, du hast doch schon eine Freundin hier gefunden, oder nicht?“, hakte sie noch einmal nach.

Chelsea nickte. „Nina Darwin.“

„Warum rufst du sie nicht an?“, schlug Mrs Richards vor. „Sie scheint wirklich nett zu sein. Und sehr beliebt. Ich bin mir sicher, dass du durch sie noch andere Freunde finden wirst.“

Sie schaute auf ihre Uhr. „Oh nein, ich bin viel zu spät. Ich muss sofort los.“ Sie gab Chelsea einen flüchtigen Kuss auf die Stirn, griff sich ihre Schlüssel und das Portemonnaie vom Flurtisch und hastete aus der Tür.

Chelsea seufzte. „Was sollte das nun schon wieder sein?“, fragte sie sich. „Mum hat aber recht. Ich muss aufhören, mich selber zu bemitleiden.“

Sie brachte das Saxofon in ihr Zimmer und räumte es in den Schrank. Dann zog sie ihr weißes Sweatshirt aus, weil ihr plötzlich zu warm geworden war, und suchte nach etwas Kühlerem zum Anziehen.

„Ich muss aus diesem Haus raus“, dachte sie und zog ein grünes T-Shirt aus der Schublade. „Vielleicht kann Nina mich etwas aufmuntern.“

Nina Darwin wohnte ganz in der Nähe, nur zehn Minuten von Chelsea entfernt. Chelsea hatte Nina in der Schulband kennengelernt, mehr oder weniger durch einen Unfall: Die beiden Mädchen waren nach der ersten Probe regelrecht ineinandergerannt. Chelseas Saxofon bekam eine Beule und Ninas Knie einen Kratzer. Ansonsten blieben beide unverletzt.

Danach waren sie gute Freundinnen geworden, obwohl Nina bei den Proben für den Musikzug immer darauf bestand, mit ihrer Flöte am anderen Ende, weit entfernt von Chelsea, zu gehen.

Nina war klein und sah lustig aus, mit intelligenten, feinen Gesichtszügen und glattem blondem Haar. Sie war ganz anders als Chelsea, hatte eine völlig unkomplizierte Art und schien eine Menge Freunde zu haben.

„Sie sieht aus wie zwölf“, dachte Chelsea manchmal. „Wenn wir zusammen sind, denken die Leute wahrscheinlich, dass ich ihre Mutter bin!“

„Nun mach dich nicht wieder selber schlecht“, sagte sich Chelsea energisch.

Nina war eine gute Freundin. Ihre einzige Freundin bis jetzt.

„Also fang nicht an, ihre schlechten Seiten zu suchen“, warnte sie sich.

Chelsea merkte, wie ihre schlechte Laune langsam

verflog, während sie zu Ninas Haus ging. Es war ein klarer Herbsttag, die Luft frisch und trocken. Einige Häuser in der Fear Street waren alt und verwahrlost, aber sie sahen nicht Furcht einflößend oder unheimlich aus, so wie die anderen Kinder sie beschrieben hatten.

Als sie in Ninas Straße einbog, fuhr ein Auto an ihr vorbei. Die Fenster waren heruntergekurbelt, das Radio plärrte auf voller Lautstärke. Chelsea erkannte einige Jungen aus ihrer Schule. Sie lachten und sangen und schienen sie im Vorbeifahren überhaupt nicht zu bemerken.

Ninas Haus – ein langes Gebäude aus Holz, das sie ein bisschen an eine Ranch erinnerte – stand oben auf einem mit Gras bewachsenen Hügel.

Gerade, als Chelsea die Stufen zum Eingang hochstieg, ging die Tür auf. Nina kam heraus, gefolgt von ihrem Freund, Doug Fredericks. Er war ein schlaksiger, gut aussehender Junge mit langem blondem Haar und einem gewinnenden Lächeln.

Nina riss ihre Augen vor Erstaunen weit auf. „Chelsea! Wo kommst du denn her?"

„Von zu Hause", antwortete Chelsea und zeigte ungefähr in die Richtung, wo sie wohnte.

„Hallo", sagte Doug. Er schob Nina zur Seite, sodass er die Tür schließen konnte.

„Ich wusste ja nicht –", begann Nina.

„Ich hätte anrufen sollen", bemerkte Chelsea schnell.

„Wir gehen nur eben rüber zu Dougs Cousin", erklärte Nina. „Willst du nicht mitkommen?"

„Ja, komm doch mit!" Doug winkte Chelsea aufmunternd zu und ging zu seinem roten Toyota. „Wir wollen nur ein bisschen quatschen und so."

„Ach nein, ich weiß nicht so recht“, sagte Chelsea. „Aber trotzdem danke. Ich rufe dich später mal an, Nina.“

„Okay.“ Nina zuckte die Schultern. „Du weißt, dass du gerne mitkommen kannst.“

„Nun geh schon mit ihnen“, drängte eine leise Stimme in Chelseas Kopf.

Aber dann sagte eine andere Stimme: „Du wirst das fünfte Rad am Wagen sein, völlig überflüssig und störend.“

„Nein, nein, geht ihr nur“, sagte Chelsea.

Doug war schon im Auto. Er hupte ungeduldig. Nina rannte zu ihm hinunter. Einige Sekunden später sah Chelsea die beiden davonfahren.

Auf dem Weg nach Hause bemitleidete sie sich wieder selber. „Doug hupt und Nina kommt angerannt“, dachte sie. „Aber ich würde auch angerannt kommen, wenn ich nur einen Freund hätte.“

Einen Freund? Eine Verabredung wäre schon toll. Ja, ein richtiges erstes Date. Es wurde aber auch Zeit. Sie war jetzt schon fünfzehn und noch nie hatte sich ein Junge mit ihr verabreden wollen. Wenn doch nur einer sie fragen würde!

In dem Augenblick hörte Chelsea, wie ein Auto hinter ihr anhielt. Erschrocken blieb sie stehen, als ein Junge rief: „Hey, schöne Lady, wie wär’s mit einem Date?“

3

Chelsea wirbelte herum und sah vier grinsende Jungen in einem winzigen Honda Civic. Der auf dem Beifahrersitz hatte fettiges braunes Haar, das im Nacken zu einem Pferdeschwanz zusammengebunden war, und einen Ohrring. Er streckte seine Hand auffordernd aus dem Auto. „Und? Wie wär's?"

Chelsea zog ein angewidertes Gesicht und ging schnell weiter.

Das Auto fuhr langsam hinter ihr.

„Wie wär's mit uns?", wiederholte der Junge. „Wie wär's mit einer Verabredung?"

„Hier ist genug Platz", sagte eine andere Stimme.

Lautes Lachen dröhnte aus dem Auto.

Chelsea ging weiter, immer schneller. Das Auto beschleunigte etwas und blieb dann direkt neben ihr.

Sie hörte mehr Gelächter. Einer der Jungen machte laute schmatzende Knutschgeräusche.

„Nun komm schon. Wir sind ganz nett", grinste der Junge mit dem Pferdeschwanz. Sein Arm hing immer noch aus dem Fenster.

„Wir sind toll. Wir sind wirklich toll", rief jemand vom Rücksitz.

„Ich wette, du bist auch toll", witzelte eine andere Stimme.

Wieder Gelächter.

Chelsea wirbelte ärgerlich herum. „Lasst mich in Frieden", fauchte sie. Ihre Augen funkelten vor Zorn.

„Das ist aber nicht sehr nett“, sagte einer der Jungs tadelnd.

„Nun sei doch nicht so zimperlich!“, rief ein anderer.

Alle lachten.

„Ich warne euch …“, begann Chelsea.

„Oh, sie wird wütend“, sagte der Fahrer.

„Das ist wirklich nicht sehr nett“, stichelte es vom Beifahrersitz.

Chelseas Herz begann schneller zu schlagen. Ihr Ärger wurde langsam zu Angst. Wollten die Jungen sie nur provozieren? Würden sie einfach weiterfahren? Oder hatten sie etwa Schlimmeres vor?

Sie starrte in das Auto und sah sich alle feixenden Gesichter genau an. Sie war sich ziemlich sicher, dass keiner von ihnen auf die Shadyside High School ging.

„Nun komm schon, sei doch nicht so.“ Der Beifahrer griff nach ihrem Arm. Das Auto kam noch näher an sie heran, sodass der Junge sie erreichen konnte.

„Nein!“ Chelsea sprang schnell zur Seite.

Die vier Jungen lachten höhnisch.

„Lasst mich in Frieden!“, schrie sie verzweifelt.

Einer von ihnen warf eine brennende Zigarette nach ihr. Sie landete auf ihrem Turnschuh. Chelsea schüttelte sie ab und fing an zu laufen.

Das Gelächter der Jungen war laut und grausam.

„Bestien“, schoss es ihr durch den Kopf. „Das sind gemeine Bestien.“

Sie rannte jetzt auf dem Gras, nah an dem Gebüsch, das die Straße säumte. Keuchend und schluchzend lauschte Chelsea, ob das Auto ihr folgte, hörte das Lachen, hörte Stimmen, wartete auf das Geräusch der sich öffnenden Autotür, auf Schritte, die sie verfolgten.

Erst als das kleine Auto endlich laut hupend an ihr vorbeiraste, blieb sie stehen, um wieder Luft zu bekommen. Die Angst blieb, ihre Beine zitterten, ihr Herz raste.

„Sie sind weg“, dachte sie, als sie das Auto mit quietschenden Reifen um die Ecke biegen sah. Sie war erleichtert, fühlte sich aber schrecklich.

„Wenn mir doch nur einmal etwas Gutes passieren würde.“ Chelsea ließ den Kopf hängen. „Wenn ich doch nur einen Jungen treffen würde, der mich wirklich mag.“

Am nächsten Morgen in der Schule ließ sich Chelsea auf ihren Platz ganz hinten im Versammlungsraum fallen. Wie jeden Tag vor Unterrichtsbeginn traf sich ihre Klasse hier, um den Ankündigungen mehr oder weniger aufmerksam zu lauschen, die der Kursleiter Mr Carter verlas.

Doch diesmal blieb sie nicht alleine in der hintersten Reihe: Mr Carter hatte einen neuen Schüler angekündigt, dem der Platz neben ihr zugewiesen wurde.

Chelsea musterte den Neuen, als er den langen Gang auf sie zukam. Er ging schnell, hielt seinen Rucksack wie ein Schild vor sich und mied jeden Blickkontakt. Er hatte immer noch seine Lederjacke an.

„Wahrscheinlich hat er noch keinen Spind bekommen“, sagte sich Chelsea.

Der Junge war mittelgroß, nicht zu schwer und hatte dunkle Augen und schwarzes lockiges Haar. Er lächelte Chelsea schüchtern an und setzte sich dann hin. Seine muskulösen Arme schienen nicht zum Rest seines Körpers passen zu wollen.

Da erwischte er sie, wie sie ihn anstarrte, und sie drehte verlegen ihren Kopf nach vorne.

Will Blakely.

Mr Carter hatte gesagt, dass er so hieß.

Will Blakely.

„Er sieht nett aus“, dachte Chelsea und riskierte einen weiteren langen Blick. Seine dunklen Augen blickten auf den Boden und er war ganz rot im Gesicht.

„Anscheinend ist er schüchtern.“ Chelsea wollte „hallo“ sagen oder „willkommen“ oder irgendetwas, aber sie konnte es nicht. „Ich bin auch einfach zu schüchtern“, stellte sie fest. „Ich *hasse* es, schüchtern zu sein!“

Mr Carter raste durch die morgendlichen Ansagen, las mal wieder schneller, als das menschliche Ohr überhaupt mitkommen konnte. Dann senkte er das Blatt für einen Moment und blickte prüfend durch den Raum. Er suchte nach leeren Sitzen.

„Alle anwesend“, sagte er schließlich und machte sich eine Notiz auf der Anwesenheitsliste. Dabei rutschte seine Brille die Nasenspitze herunter. „Ich glaube, dass heute eine Feueralarm-Übung stattfinden wird. Hoffe, ihr verkraftet alle die Aufregung.“

Mr Carter hatte einen trockenen Humor, aber da hier jeder die ganze Zeit lachte und redete, konnte man im Versammlungszimmer sowieso nichts von dem verstehen, was er sagte.

Es klingelte zur ersten Stunde. Chelsea guckte sich noch einmal nach Will um, aber er sah weg. Nervös strich er sich mit seiner Hand durch das schwarze Haar, bevor er seine Sachen unter dem Stuhl hervorzog.

Chelsea stand auf und wollte ihren Rucksack mit Schwung auf die Schultern hieven. „Oh nein!“, rief sie.

Alle ihre Blöcke, Bücher und Stifte fielen auf den Boden. Sie hatte vergessen, den Reißverschluss zuzumachen.

Ihre Lunchtüte für das Mittagessen platzte auf und Chelsea sah, wie ihr Brot ihr vor die Füße plumpste und ein Apfel durch den Raum rollte.

Mit einem lauten Seufzer bückte sie sich und begann, ihre Sachen wieder einzusammeln. Zu ihrer Überraschung stellte Will seinen Rucksack ab und kniete sich neben sie, um zu helfen.

„Ziemlich blöde von mir, nicht?“, war alles, was Chelsea herausbrachte.

Er lächelte. Sein Gesicht wurde noch röter. Er stopfte das Brot wieder zurück in die Tüte und gab sie ihr. Ihre Augen trafen sich nur für eine Sekunde. Dann drehte er sich schnell weg.

„Er ist ja sogar noch schüchterner als ich“, fiel ihr auf.

Da bemerkte sie, dass sie seine muskulösen Arme anstarrte, und schaute schnell auf den Boden.

„Sag etwas. Sag doch irgendetwas!“, schimpfte Chelsea mit sich.

„Vielen Dank für die Hilfe“, krächzte sie endlich.

Klasse! Was für eine tolle Bemerkung!

Will zuckte mit den Schultern und lächelte sie unsicher an. Dann nahm er seinen Rucksack und ging schnell zur Tür, ohne sich noch einmal nach ihr umzusehen.

„Verdammt. Warum bin ich bloß so schüchtern?“, fragte sich Chelsea verzweifelt. Sie war total sauer, weil sie immer so ungeschickt war.

Aber was sollte sie denn machen? Jedes andere Mädchen hätte sich irgendetwas Pfiffiges ausgedacht, etwas

Schlagfertiges. Nina hätte ihn zum Lachen gebracht. Nina hätte es geschafft, dass er sich mit ihr verabredet hätte, noch bevor ihr Rucksack wieder eingeräumt war. Warum konnte sie nicht sein wie alle anderen normalen Mädchen?

„Ich werde morgen früh mit ihm reden“, entschied sie sich und eilte hinaus in den überfüllten, lauten Gang. „Ich habe den ganzen Tag Zeit, darüber nachzudenken, was ich zu ihm sagen werde.“

Jetzt fühlte Chelsea sich etwas besser. Sie lächelte sogar, als sie sich zur Englischstunde auf ihren Platz in der hintersten Reihe setzte.

An diesem Nachmittag träumte Chelsea von Will, während sie in dem Café ihres Vaters arbeitete. Das All-Star Café war ein enges, viel zu hell erleuchtetes Café an einer der schmalen, verwahrlosten Straßen der Altstadt. Heute war Chelsea die einzige Kellnerin. Eigentlich war ja auch nur Platz für eine einzige. Außerdem hatte sich Ernie, der Koch, krankgemeldet. Deshalb stand ihr Vater müde und missmutig in der Küche.

Es waren nur wenige Besucher da. Zwei alte Männer tranken Kaffee an dem einen Ende der Theke. Ein Teenager und seine Freundin saßen mit Pommes und Cola an einem der Tische ganz hinten im Lokal.

Chelsea hatte sich überlegt, was sie zu Will sagen würde. Sie wollte ihn fragen, ob er mit Gewichten trainierte. Und wann er mit seiner Familie nach Shadyside gezogen war. Und wo er wohnte.

Ein weiterer alter Mann kam herein und setzte sich zu den beiden anderen an die Theke. Er rief nach Chelsea und bestellte Kaffee. Sie nahm einen Becher, trug ihn zu der Kaffeemaschine, füllte ihn und brachte ihn zu dem alten Mann. Sie war in Gedanken und passte nicht richtig auf. „Oh nein!“

Der schwere Becher war ihr aus der Hand geglitten und landete auf der Theke, bevor er auf den Fußboden fiel und zerbrach. Heißer Kaffee spritzte überall hin.

Chelsea sah, wie ihr Vater sie aus der Küche wütend anstarrte. „Ich mache es gleich sauber“, rief sie ihm schnell zu.

Zuerst brachte Chelsea dem Gast einen neuen Becher mit Kaffee. Dann holte sie Besen und Schaufel und beugte sich über die Scherben auf dem Boden. Sie hob die großen Stücke auf und warf sie vorsichtig in den Mülleimer. Dann richtete sie sich wieder auf – und stieß mit jemandem zusammen, der gerade hereingekommen war.

„Oh! Das tut mir aber leid!“, rief sie erschrocken.

„Mir hat's gefallen“, witzelte der Neuankömmling. Er sah aus wie siebzehn oder achtzehn. Er hatte unergründliche dunkle Augen, ein markantes Gesicht mit hohen Wangenknochen und dichtes schwarzes Haar.

„Der sieht aber ziemlich finster aus“, dachte Chelsea unbehaglich. Sie starrte seine Lederjacke mit den silbernen Reißverschlüssen und seine schwarze, zerrissene Jeans an. Die Jacke war halb offen, darunter konnte sie ein schwarz-weißes Metallica-T-Shirt sehen.

„Tut mir leid. Ich bin im Weg.“ Chelsea zog sich vorsichtshalber hinter die Theke zurück. Sie beobachtete, wie er zum anderen Ende des Cafés ging, mit einem stolzen und herausfordernden Gang. Wenn er nicht gerade spöttisch lächelte, war sein Gesichtsausdruck hart, beinahe aggressiv.

Chelsea warf den Rest der Scherben in den Mülleimer und beeilte sich, dem Jungen eine Speisekarte zu bringen. Er hielt abwehrend die Hand hoch und schob die Karte weg. „Ich weiß schon, was ich will. Nur einen Hamburger und eine Cola."

„Wie möchtest du deinen Hamburger?", fragte Chelsea und wischte ihre Hände an der langen weißen Schürze ab.

„Na, am besten gegrillt", grinste der Junge.

Chelsea merkte, wie sie rot wurde. Sie war plötzlich verlegen. „Ich muss total blöde aussehen mit dieser peinlichen Schürze und mit meinem zusammengebundenen Haar. Und dann frage ich auch noch, wie er seinen Hamburger haben will!", schoss es ihr durch den Kopf.

„Das sollte ein Scherz sein", erklärte er.

Chelsea zwang sich zu einem Lachen. „Ich weiß." Sie drehte sich um und gab die Bestellung durch das Fenster zur Küche an ihren Vater weiter. Er nickte und sie konnte hören, wie er das Fleisch auf den heißen Grill legte.

„Na, und wie verdienst du dir deinen Lebensunterhalt?", fragte der Junge. Seine dunklen Augen glitzerten herausfordernd.

Chelsea starrte ihn nur an. Ihr fiel mal wieder keine Antwort ein.

„Das sollte auch ein Scherz sein", murmelte er. „Du bist wahrscheinlich nicht gerade in einer lustigen Stimmung, hm?"

„Ich höre nicht so viele Witze hier", erklärte Chelsea, nahm einen Lappen und begann, hektisch die Bar abzuwischen.

„Wie heißt du?“ Er starrte ihr provozierend in die Augen.

„Chelsea. Chelsea Richards.“ Er war der erste Besucher, der nach ihrem Namen fragte.

„Ich bin Tim Sparks“, antwortete er. „Aber alle nennen mich einfach Sparks.“ Er schüttelte ihr kräftig die Hand.

„Hallo, Sparks.“ Chelsea brachte irgendwie ein schiefes Lächeln zustande.

Geschäftig füllte sie dann die Kaffeetassen der drei Männer hinten an der Theke auf. Danach schaute sie nach, ob Sparks Hamburger schon fertig war. Noch nicht. Sie brachte ihm also erst mal nur seine Cola.

„Ich bin gerade hierhergezogen“, erzählte er. Er drehte das Glas in seinen Fingern und starrte sie schon wieder an.

„Wir sind auch erst vor Kurzem nach Shadyside gezogen. Ungefähr vor einem Monat“, sagte Chelsea.

Die beiden Teenager am anderen Tisch machten ihr ein Zeichen. Sie wollten anscheinend bezahlen. Chelsea ignorierte sie.

„Ist das Kaff hier so verloren, wie es aussieht?“, fragte Sparks verächtlich.

„Na ja, ich denke schon.“ Chelsea war es irgendwie unheimlich, mit diesem Jungen zu reden. Trotz seiner Witze war da etwas Hartes, Kaltes, fast Aggressives an ihm, etwas – Gefährliches.

„Hey, wie wär’s, wenn du mit mir ins Kino gehst?“, fragte er völlig unerwartet.

4

„Was?“

„Komm, lass uns was total Verrücktes tun!“, drängte er.

Chelsea starrte Sparks mit offenem Mund an. Sie war auf die Frage überhaupt nicht gefasst gewesen und wusste jetzt nicht, was sie sagen sollte.

Sparks sah sie erwartungsvoll an.

Ehe sie reagieren konnte, fühlte Chelsea plötzlich eine Hand auf ihrer Schulter. Sie drehte sich um und sah ihren Vater. Sein Gesicht war mit Schweißperlen bedeckt. Er sah sie ärgerlich an.

„Die Gäste hinten am Tisch wollen bezahlen“, sagte er gefährlich leise, langsam und deutlich. So redete er immer, wenn er sehr wütend war.

„Tut mir leid.“ Chelsea zog schnell ihren Rechnungsblock aus der Schürzentasche. Sie warf noch einen Blick auf Sparks. Überrascht sah sie, dass sein Gesicht rot angelaufen war. Seine dunklen Augen blitzten vor Wut. Er warf einen zornigen Blick auf Mr Richards, stand vom Stuhl auf und ging schnell zur Tür.

„Hey – dein Hamburger!“, rief Chelsea ihm nach.

Aber er war schon weg. Die Tür knallte laut hinter ihm zu.

Sein Verhalten kam Chelsea seltsam vor. „Wollte er sich wirklich mit mir verabreden?“, fragte sie sich. „Warum ist er dann aber so schnell weggelaufen?

Wahrscheinlich war er wütend, weil Dad uns gestört hat."

Sie schrieb auf, was die Teenager bezahlen mussten, und legte ihnen dann die Rechnung auf den Tisch. Dabei dachte sie die ganze Zeit an Sparks.

„So viel also zu meinem ersten Date", dachte sie bitter.

Sie begann schon wieder, sich selbst zu bemitleiden, zwang sich aber schnell, die gute Seite zu sehen. Wenigstens wollte er sich mit ihr verabreden. Ein Junge wollte sich wirklich mit ihr verabreden. Aber hätte sie Ja gesagt? Wäre sie mit ihm ausgegangen?

Er sah immerhin ziemlich dubios aus, wirkte irgendwie so erwachsen und rücksichtslos. Sie dachte daran, wie aggressiv Sparks geworden war, als ihr Vater das Gespräch unterbrochen hatte, wie sein Gesicht sich verändert hatte, voller Hass zu sein schien.

„Nein", entschied sich Chelsea. „Ich hätte mich nicht mit ihm verabredet. Auf keinen Fall. Ich hätte Nein gesagt. Wenn ich die Chance dazu gehabt hätte."

Sie warf einen Blick durch das Fenster in die Küche. Ihr Vater warf gerade mit einem mürrischen Gesichtsausdruck den verbrannten Hamburger in den Abfall.

Zwei weitere ältere Besucher kamen herein – Stammgäste. Sie setzten sich an einen Tisch am Fenster. Chelsea brachte ihnen die Speisekarte und blieb bei ihnen stehen, die Hände in der Schürzentasche. Sie wartete darauf, dass sie sich entschieden. Diesmal schweiften ihre Gedanken zu Will Blakely.

Sie starrte aus dem Fenster in den dunkler werdenden Nachmittag und wiederholte ihr Gespräch mit Will zum hundertsten Mal. Sie wusste schon jedes Wort auswendig. Sie fragte sich, wie Will wohl reagieren würde. Würde er sie jemals fragen, ob sie zusammen ins Kino gehen wollten?

„Wirst du meine erste Verabredung sein, Will? Oder läufst du auch weg, genau wie Sparks?“, fragte sie sich wieder und wieder.

Will schien so schüchtern zu sein, so wahnsinnig schüchtern. Genauso schüchtern wie Chelsea.

„Vielleicht sollte *ich* mich mit *ihm* verabreden“, kam ihr plötzlich eine neue Idee. Da eröffneten sich ja noch ganz andere Möglichkeiten! Sie beschloss sofort, das auswendig gelernte Gespräch zu vergessen. Stattdessen würde sie ihn fragen, ob er nicht Samstag mit ihr ausgehen wollte.

„Nein. Das wird ja doch nichts“, bremste sie sich sofort wieder. „Das könnte ich nie. Nie und nimmer. Eher würde ich sterben. Was wäre, wenn er Nein sagen würde? Ich wäre ja für den Rest meines Lebens blamiert.“

Den Rest ihrer Arbeitszeit dachte sie aber doch darüber nach, wie sie sich mit Will zu einem Treffen verabreden könnte. Schon bald war es sieben Uhr, Zeit, das Café zu schließen.

„Lass uns nach Hause gehen.“ Die schlechte Laune ihres Vaters besserte sich zusehends, als er die Kasse leerte. Er legte alles Geld sorgfältig in einen großen Briefumschlag. Das Geld wurde immer in einer Schreibtischschublade im hinteren Raum verschlossen, bis ihr Vater es am nächsten Morgen zur Bank bringen konnte.

„Mum wird nicht da sein“, erinnerte Chelsea ihn.

„Ich weiß. Sie muss heute die Nachtschicht übernehmen“, erwiderte er mit einem hilflosen Schulterzucken.

Ungeduldig zerrte Chelsea die verhasste Schürze herunter, knüllte sie zusammen und stopfte sie in den Wäschesack. Ihr Vater ging nach vorne, um die Tür abzuschließen.

Da hörte sie Geräusche vorne im Café, gedämpfte Rufe und Schritte.

Chelsea schnappte nach Luft. An der Tür sah sie drei gefährlich aussehende Jugendliche in zerrissenen Jeansjacken, die sich an ihrem Vater vorbei durch die Tür drängelten.

Sie wollte schreien, aber ihre Stimme versagte.

„Wir haben schon geschlossen!“, rief Mr Richards. „Sie können nicht hereinkommen. Wir haben geschlossen!“

Einer der jungen Männer, groß und muskulös mit langem, strähnigem blondem Haar, stieß ihren Vater zurück gegen die Theke.

„Mach die Kasse leer und wir gehen“, zischte er.

„Da ist nichts drin“, keuchte Mr Richards mit vor Angst geweiteten Augen. „Überhaupt nichts!“

„Er sagt die Wahrheit!“ Chelsea begann zu weinen. Sie kauerte im Gang zur Küche.

„Das wollen wir erst mal sehen“, sagte einer von ihnen. Er wollte zur Kasse gehen.

„Nein!“, schrie Chelseas Vater aufgebracht. „Gehen Sie weg! Gehen Sie raus hier!“ Er rannte hinter dem jungen Mann her und packte ihn von hinten an der Schulter.

„Nein! Nicht!“, schrie Chelsea. „Dad – pass auf!“

5

Einer der jungen Männer, ein blasser, dünner Junge mit wilden grauen Augen, trat hinter Chelseas Vater und schlug ihn mit einer schweren Eisenstange über den Kopf. Die Augen von Mr Richards öffneten sich weit. Er stöhnte.

Chelsea schrie entsetzt auf.

Ihr Vater verdrehte seine Augen, taumelte, bis seine Knie langsam nachgaben und er kopfüber auf das Linoleum krachte.

Er bewegte sich nicht mehr.

Chelsea schlug die Hände vor ihr Gesicht. Sie wollte wieder schreien, aber es kam kein Laut aus ihrer Kehle. „Dad –“, schluchzte sie endlich. „Dad –“

Der große junge Mann mit dem strähnigen blonden Haar haute wütend mit der Faust auf die Kasse, als er sah, dass sie wirklich leer war. „Lass uns verduften!“, rief er seinen Freunden zu.

„Dad –“ Chelsea starrte auf ihren bewegungslosen Vater, der mit dem Gesicht auf dem Boden lag, reglos, die Arme weit von sich gestreckt.

„Ist er tot?“ Der blasse Junge ließ die Eisenstange fallen.

„Willst du hierbleiben und es herausfinden?“, zischte sein blonder Freund.

Alle drei lachten, als sie durch die Vordertür hinausrannten. Chelsea beobachtete sie durch das Fenster, bis sie um die Ecke verschwunden waren.

Dann lief sie schnell zu ihrem Vater und kniete sich neben ihm nieder. „Dad –? Dad –?“

Er antwortete nicht. Entsetzt sah sie, dass Blut von einer Wunde an seiner Stirn herunterlief.

„Dad –?“

Sie drehte ihn behutsam um.

Bitte sei nicht tot. Bitte sei nicht tot. Bitte sei nicht tot.

Seine Augen waren geschlossen. Er atmete langsam und geräuschvoll durch den Mund. Jeder Atemzug hörte sich an wie ein Stöhnen.

Erleichtert, dass er noch lebte, aber besorgt wegen des Blutes und der Wunde am Kopf, zog Chelsea sich hoch, stolperte zum Telefon in der Küche und rief einen Notarzt.

Zwei Stunden später war Chelsea alleine zu Hause. Sie ging unruhig im Wohnzimmer hin und her; ihre Arme hatte sie schützend um sich gelegt. Das Ticken der weißen Porzellanuhr auf dem Kaminsims schien mit jeder Sekunde lauter zu werden.

„Beruhige dich, Chelsea“, sagte sie sich. „Beruhige dich. Es wird alles gut.“

Sie wiederholte die Wörter so lange in ihrem Kopf, bis sie keinen Sinn mehr ergaben.

„Er wird wieder gesund werden“, redete sie sich selber gut zu.

Ihr Vater lag auf der Intensivstation des Shadyside-General. Der diensthabende Arzt hatte ihr gesagt, dass sein Zustand „ernst, aber stabil“ sei. Sie war zu verängstigt, aber auch zu erleichtert, um zu fragen, was das bedeuten sollte.

Ernst, aber stabil.

Diese Worte hörten sich immer noch besser an als *tot*.

„Wir konnten keine inneren Blutungen feststellen", hatte der junge Arzt mit den roten Haaren und Sommersprossen erklärt. „Dein Vater hatte Glück."

„Glück? Wie kann man das als Glück bezeichnen?", wollte Chelsea fragen.

Aber sie hielt sich zurück, schluckte die bissigen Kommentare herunter, die ihr auf der Zunge lagen, und zwang sich stattdessen zu einem Lächeln und irgendeiner höflichen Antwort.

Ihre Mutter war einige Minuten später im Krankenhaus angekommen. Sie war blass und völlig verstört. Der rothaarige Doktor hatte sie einen langen Gang hinuntergeführt und beruhigend auf sie eingeredet.

Nun war es fast zehn Uhr und Mrs Richards war immer noch im Krankenhaus. Von da aus würde sie wahrscheinlich direkt zurück zur Arbeit gehen.

Und Chelsea war mal wieder allein zu Hause. Sie ging immer noch unruhig im Wohnzimmer auf und ab. Die Dielenbretter knarrten unheimlich, als ob sie bei jedem ihrer Schritte aufstöhnen würden.

„Ich hasse dieses beklemmende alte Haus", dachte sie und ließ sich in den alten Korbstuhl in der Ecke fallen. „Ich hasse diese Stadt. Ich hasse … alles."

Aber ihre Wut konnte die Angst nicht vertreiben.

Im Gegenteil, aus der Angst wurde Panik. Jemand oder etwas schien ihr eine schwere Decke überzuziehen, sie fest einzuschnüren, fest und immer fester, bis sie darunter ersticken würde.

„Und wenn Dad nun stirbt? Was wird dann aus uns werden?"

„Hör auf damit, Chelsea“, schimpfte sie mit sich selber. „Hör auf damit – sofort.“

Sie sah an sich herunter und merkte erst jetzt, dass sie das Telefon in der Hand hielt. Ohne nachzudenken, wählte sie Ninas Nummer.

Es klingelte dreimal. Dann nahm Nina ab.

„Hallo?“

„Nina, ich bin's – Chelsea.“

„Oh, hallo. Wie geht's? Doug und ich wollten gerade …“

„Nina, etwas Schreckliches ist passiert“, unterbrach Chelsea sie ungeduldig. Sie fühlte die Panik wieder hochsteigen, ihr war eiskalt und ihr Herz schlug wie verrückt. „Wir wurden ausgeraubt. Im Café. Sie haben meinen Vater niedergeschlagen.“

„Oh mein Gott, das ist ja furchtbar!“, rief Nina. „Ist er in Ordnung? Geht es ihm gut?“ Chelsea hörte Doug im Hintergrund. Er fragte, was los war.

„Ich weiß es nicht genau. Er liegt auf der Intensivstation. Sie sagen, sein Zustand sei stabil. Meine Mutter ist im Krankenhaus. Ich bin ganz allein hier.“ Chelsea starrte so lange auf die Uhr über dem Kamin, bis sie nur noch ein weißer verschwommener Fleck war. „Könntest du mir einen Gefallen tun? Kannst du rüberkommen und über Nacht hier bleiben?“

„Klar. Kein Problem“, sagte Nina schnell. „Lass mich nur eben schnell meine Mutter fragen.“

Chelsea hörte, wie der Hörer hingelegt wurde, hörte Stimmen im Hintergrund, konnte aber keine Worte ausmachen. Sie starrte immer noch die Uhr an und trommelte mit ihren Fingern auf der weichen Lehne des großen alten Sessels.

„Ich bin sofort bei dir“, ertönte Ninas Stimme aus dem Hörer.

„Danke“, antwortete Chelsea erleichtert und legte auf.

Einige Minuten später sah Chelsea Scheinwerfer in der Einfahrt. Sie machte schnell die Tür auf und schaltete das Außenlicht ein.

„Das ist wirklich nett von Nina“, dachte Chelsea. „Sie ist eine gute Freundin.“

Dann sah sie, dass Doug mitgekommen war.

Nina kam in den Flur, gefolgt von einem kalten Luftzug. Sie nahm Chelsea spontan in die Arme und drückte sie fest. „Bist du in Ordnung? Du musst solche Angst gehabt haben!“

„Ja. Ich –“ Plötzlich konnte Chelsea nicht die richtigen Worte finden.

Doug schob sich an ihnen vorbei und rieb sich fröstelnd die Hände. „Es ist furchtbar kalt geworden“, meinte er und lugte neugierig in das Wohnzimmer.

„Ich mache uns heißen Kakao“, bot Chelsea an.

„Kaffee wäre besser“, sagte er und warf lässig seine Daunenjacke auf den Boden vor der Couch.

„Na gut, dann eben Kaffee.“ Chelsea ging sofort in die Küche.

Doug und Nina kamen ihr nach. „Ich koche Pulverkaffee, ist das in Ordnung?“

„Lass mich das doch machen“, drängte Nina. „Du Arme. Sieh doch, deine Hände zittern.“

„Es – es war wirklich total schlimm“, gab Chelsea zu. Sie trat zurück und ließ Nina den Kessel mit Wasser füllen. „Ich dachte, mein Vater ist – ich meine, da war so viel Blut.“

„Wer waren diese Typen denn?“, fragte Doug und hievte seinen großen Körper auf einen der hohen Küchenstühle. Er lehnte sich vor und stützte seine Ellenbogen auf die Anrichte.

„Ich weiß nicht“, antwortete Chelsea. „Ich habe sie noch nie vorher gesehen. Sie hatten alle Jeansjacken an. Sahen gefährlich aus. Wie eine Bande oder so.“

„Mein Vater sagt, dass die Kriminalitätsrate in der Gegend total hoch ist“, bemerkte Nina.

„Wird dein Vater wieder gesund?“, fragte Doug.

„Ich glaube schon“, sagte Chelsea und hatte plötzlich wieder Angst. Sie konnte kaum die Worte herausbringen.

Ein paar Minuten später saßen alle drei im Wohnzimmer. Der Fernseher lief. Schnell wechselnde Bilder eines MTV-Videos flackerten über den Bildschirm und tauchten den Raum in ein gespenstisches Licht. Chelsea saß in dem Korbsessel in der Ecke, die Füße unter sich gezogen, den Kaffeebecher zwischen ihren Händen. Nina und Doug räkelten sich auf der Couch.

Chelsea wandte ihren Blick vom Fernseher und sah, wie Doug Nina näher zu sich hinzog. Sie hob ihr Gesicht zu seinem und sie küssten sich, ein langer, zärtlicher Kuss.

„Deshalb also konnte Nina es gar nicht erwarten, von zu Hause wegzukommen und mir beizustehen“, dachte sie enttäuscht. „Damit sie und Doug ungestört zusammen sein können.“

Die beiden küssten sich wieder, ganz so, als seien sie allein auf der Welt, ganz so, als gäbe es Chelsea gar nicht.

Sie versuchte, sich auf das Musikvideo zu konzentrieren, aber ihre Augen kehrten immer wieder zu Nina und Doug zurück.

Die beiden zu beobachten machte sie noch einsamer als je zuvor.

„Warum kann ich das nicht sein mit einem Jungen auf der Couch?“, fragte sie sich. „Warum muss ich immer am Rand stehen und zusehen? Ich hab es satt, alleine zu sein. Ich hab es satt, nie auszugehen, nie jemanden zu haben, der mich wirklich mag.“

Dann überlegte sie weiter: „Wenn dieser coole Typ, der in das Café kam – Tim Sparks –, ja, wenn dieser Sparks zurückkommt und mich noch einmal fragt, ob ich etwas mit ihm unternehmen will, dann sage ich Ja. Ich werde nicht eine Sekunde zögern!“

Chelsea schloss ihre Augen.

Bilder des Überfalls flackerten wieder vor ihr auf: die Eisenstange, die Überraschung auf dem Gesicht ihres Vaters, als die Stange seinen Kopf traf, seine verdrehten Augen, der Sturz – wie in Zeitlupe. Und das Blut.

Da kam ihr ein furchtbarer Gedanke. Ein Gedanke, der mit Sparks zu tun hatte. Er war so plötzlich verschwunden. Nicht einmal seinen Hamburger hatte er gegessen. Er hatte in dem Augenblick das Café verlassen, als Chelseas Vater kam. Sobald er gesehen hatte, dass Chelsea und ihr Vater die Einzigen waren, die dort arbeiteten.

Wenn nun Sparks geschickt worden war, um das Café für die anderen drei Typen auszukundschaften? Das würde erklären, warum er so schnell wieder ging. Und warum die anderen so kurz darauf kamen.

„Das kann doch nicht möglich sein – oder doch?“, fragte sich Chelsea. „Na ja, wenn er einer von ihnen ist, dann kommt er bestimmt nicht wieder. Er kann sich ja denken, dass er sonst gefasst werden könnte."

In ihrem Kopf begann sich alles zu drehen, schneller und immer schneller. Gleich würde ihr Gehirn platzen. Sie schloss fest ihre Augen, die Musik des Videos dröhnte laut in ihren Ohren.

Und wenn er nun zurückkam? Was würde sie dann tun?

6

Es war kalt am Fluss, aber schön. Die Morgensonne hing noch niedrig über den Bäumen.

Er mochte kaltes Wetter. Er mochte den scharfen Wind, der alles mitnahm, der ihn befreite.

Wassertropfen glitzerten auf den lockigen Haaren, die unter seiner Skimütze hervorlugten. Heftige Böen wehten ihn fast um, dann legte sich der Wind etwas.

Der Fluss war breiter, als er ihn in Erinnerung hatte. Ihm gefiel das kühle Rauschen des vorbeifließenden Wassers. Er stand bewegungslos im hohen Gras, die Hände in den Hosentaschen, und starrte lange Zeit in das strudelnde braune Wasser. Der Wind frischte wieder auf und blies das lange Gras flach gegen seine Knöchel. Das fühlte sich gut an. Vor allem in seinem Gesicht. Sein Gesicht brannte, brannte lichterloh. Er brauchte den Wind, um es zu kühlen.

Der Fluss hieß Conononka. Das stand auf dem Schild. Es war wahrscheinlich ein indianischer Name. Was es wohl bedeuten sollte? Kleiner, lehmiger Fluss?

Er lachte in sich hinein.

Langsam hob er den Kopf und schaute auf die Klippen gegenüber vom Fluss. Er konnte eine Straße sehen, die sich dahinter schlängelte. Sie hieß River Road. Er hatte sie sich ganz genau auf der Karte angesehen.

Er zog die Skimütze vom Kopf und stopfte sie in die Jackentasche. Sie war ihm viel zu warm. Er wollte kalt sein, eiskalt. Vor allem sein Gesicht sollte sich kalt anfühlen. Ihm war immer heiß, als käme er direkt aus der Sonne, als hätte er einen Sonnenbrand. Obwohl die Luft kalt war, konnte sie sein Gesicht nicht kühlen.

Er schlenderte weiter durch das hohe Gras. Seine Schuhe machten schmatzende Geräusche auf dem weichen Boden und seine Hosenbeine waren schon ganz nass vom Morgentau.

„Shadyside ist gar keine so schlechte Stadt“, dachte er. Er hatte eine gute Wahl getroffen. Es war eine größtenteils sogar hübsche Stadt. Und der Fluss war schön.

Er liebte es, auf die großen Häuser in North Hills zu schauen, mit ihren sauberen Vorgärten, ihren hohen Hecken und sorgfältig geschnittenen Büschen. Natürlich würde er niemals dort hinpassen. Er gehörte nicht dazu und das wusste er.

Er mochte auch das Village, den freundlichen Teil von Shadyside, gemütlicher, familiärer.

„Keine schlechte Stadt“, dachte er wieder und hob einen großen, flachen Kieselstein vom Ufer auf. Er versuchte, ihn über das eilig dahinfließende Wasser flippen zu lassen, aber der Stein versank sofort.

Natürlich waren da Mädchen in der Stadt, die sterben mussten.

„Mädchen wie du, Mum.“ Er steckte seine Hände wieder in die Taschen.

Die altbekannte Wut stieg wieder in ihm auf.

Sie begann immer in seinem Magen und arbeitete sich an seinem Rücken hoch, bis seine Nackenmuskeln völlig angespannt waren. Dann begann es in seinem Kopf zu pulsieren, Schmerzen und Wut, Schmerzen und Wut, stärker und stärker.

Und sein Gesicht wurde heiß, brennend heiß.

Das plätschernde Wasser, der kalte Wind, das nasse Gras an seinen Füßen – nichts half. Nichts konnte die Wut stoppen, wenn sie einmal begonnen hatte.

Sie kam immer, sobald er an seine Mutter dachte.

„Viele Mädchen müssen sterben, Mum. Du auch."

Er fühlte diese Wut nun schon seit vielen Jahren. Es kam ihm wie eine Ewigkeit vor. Begonnen hatte es, als er vier Jahre alt war. Da ließen seine Eltern sich scheiden. Seine Mutter ging weg und nahm seine große Schwester mit. Sie ließ ihn ganz allein bei seinem Vater.

„Du wusstest, was du tust, Mum", dachte er, nahm einen zweiten Kieselstein und warf ihn mit voller Wucht in den Fluss, mit all seiner Kraft, all seiner Wut. Diesmal wollte er nicht, dass der Stein über das Wasser sprang, diesmal wollte er ihn begraben, tief, tief unten im dunklen braunen Wasser.

„Du wusstest, was du tust. Du wusstest, dass Dad jede Nacht trank. Du wusstest, dass Dad mich schlug, wenn er getrunken hatte. Aber du hast trotzdem nur meine Schwester mitgenommen, bist nur mit ihr weggelaufen. Mich hast du zurückgelassen. Einfach so – mit ihm.

Jede Nacht dachte ich an dich, Mum. Bei jeder Tracht Prügel dachte ich an dich. Ich dachte nur an dich. Und an meine Rache. Ich werde es dir heimzahlen, Mum. Ich habe schon damit begonnen. In jeder Stadt, die ich besuche. Wenn ich dich nur finden könnte. Wenn ich nur wüsste, wo du jetzt lebst."

Plötzlich erschien ein weißes Kätzchen unter den Bäumen. Es starrte ihn mit dreisten schwarzen Augen über das Gras hinweg an.

„Komm, kleines Kätzchen", lockte er und bückte sich. „Komm, Kätzchen, komm, komm."

Das Kätzchen starrte zurück, legte seinen Kopf schief, aber es bewegte sich nicht.

„Manchmal bekomme ich meine Rache, Mum", dachte er grimmig. Geduldig lockte er das schüchterne weiße Fellbündel. „Und dann fühle ich mich besser."

Er fühlte sich besser, wenn er töten konnte. Allerdings nur für eine Weile.

„Komm, Kätzchen, komm, komm." Er schnalzte sanft und lockend mit seiner Zunge. „Komm her, Kätzchen."

„Aber es muss das richtige Mädchen sein, Mum. Es kann nicht irgendeines sein, es muss das richtige Mädchen sein. Und stell dir vor, ich habe genau das richtige Mädchen hier in Shadyside gefunden. Sie ist dunkel wie du, Mum. Wenigstens bist du in meiner Erinnerung dunkel. Ich habe ja kein Foto von dir. Du hast mir nie ein Foto geschickt. Auch keinen Brief. Du hast mich einfach dagelassen, allein mit den Schlägen jeden Abend. Aber ich glaube, dass sie wie du aussieht. Sie ist dunkel und etwas rundlich. Sie ist nicht wirklich hübsch, aber sie ist ganz in Ordnung. Und sie scheint so schüchtern zu sein. Richtig schüchtern. Sie ist die Richtige, Mum. Ich glaube, sie ist genau die Richtige. Wenn die Wut wiederkommt, dann wird es mit ihr schon gehen."

„Komm, Kätzchen, komm", rief er.

Das Kätzchen machte einen zögernden Schritt auf ihn zu und miaute leise. Dann einen weiteren Schritt. Und noch einen. Es starrte ihn an, prüfend und vorsichtig.

„Komm, Kätzchen, komm, komm", lockte er mit einer hohen, sanften Stimme. „Ich werde dich nicht lange leiden lassen."

Langsam kam das Tier auf ihn zu.

7

Chelsea wischte geistesabwesend mit einem Lappen über die Theke. Sie warf einen Blick durch das offene Fenster in die Küche. Sie war leer. Ernie, der muskulöse, tätowierte Koch, war wahrscheinlich draußen bei einer Zigarettenpause.

„Ich hasse es, hier ohne Dad zu arbeiten“, dachte Chelsea. „Na ja, eigentlich hasse ich es auch, wenn er da ist.“ Sie seufzte. Wenigstens verdiente sie sich genug Geld für ein paar neue Klamotten und die eine oder andere CD.

Der Überfall war nun schon vier Tage her und Mr Richards lag immer noch auf der Intensivstation. Aber die Ärzte waren zuversichtlich. Chelsea schaute kurz auf die Neonuhr. Zwanzig vor sieben, bald war Feierabend. Wenn sie sich beeilte, würde sie ihren Vater noch im Krankenhaus sehen können, bevor die Besuchszeit um halb acht endete.

Ihre Augen wanderten langsam durch das leere Café. Es war unheimlich, so ganz allein hier drin zu sein. Wenn nun die drei Widerlinge wiederkamen?

„Ernie?“, rief sie, plötzlich ängstlich geworden. Ernie war groß und sehr kräftig. Er würde sie beschützen, wenn es Ärger gab. Aber wo war er bloß? „Ernie?“

Keine Antwort. Er war wohl immer noch irgendwo draußen hinter dem Café.

Der große stählerne Kühlschrank sprang mit einem lauten Klicken an und erschreckte sie. Sie beschloss, lieber an Will, den Neuen in der Schule, zu denken, um sich abzulenken.

Bis jetzt hatten es weder sie noch Will geschafft, ein Gespräch in Gang zu bringen. Chelsea hatte immer wieder geprobt und ausprobiert, was sie zu ihm sagen würde. Sie hatte sich endlose Gespräche ausgedacht und immer beide Rollen gespielt.

In ihrer Fantasie waren die Gespräche einfach und lustig. Sie zogen sich gegenseitig auf und lachten über die Witze des anderen.

Aber wenn sie dann wirklich morgens im Versammlungsraum neben ihm saß, dann traute sie sich doch nicht. Oder Mr Carter hatte eine ganze Seite mit Ansagen vorzulesen. Oder Will schrieb übereifrig in seinem Notizbuch. Oder es schien einfach nicht der richtige Zeitpunkt zu sein.

Er hatte sie ein paarmal angelächelt und sie sogar zweimal gegrüßt und einmal hatte er sie gefragt, wie es ihr geht. Aber dann war er immer gleich wieder mit seinem Notizbuch oder mit einem Buch, das er gerade las, beschäftigt.

„Er wird mich nie zu einer Verabredung einladen", seufzte Chelsea.

Obwohl sie ihn ja eigentlich gar nicht richtig kannte, ertappte sich Chelsea oft dabei, wie sie über Will nachdachte. Sogar wenn sie Saxofon übte, sah sie manchmal sein schüchternes Lächeln, seine dunklen Augen vor sich.

Sie führte gerade wieder eines ihrer Traumgespräche mit ihm, als die Tür aufging und zwei merkwürdig aussehende Jugendliche hereinkamen. Ihre Augen schweiften nervös durch das ganze Café. Einer von ihnen war groß und breit, sein blondes Haar war so kurz geschoren, dass es aussah wie der Flaum auf einem Pfirsich. Der andere war dünn und schlaksig mit einem pockennarbigen Gesicht und einem unschönen Grinsen. Beide trugen ausgebleichte Jeans und, trotz des kühlen Herbstwetters, nur T-Shirts mit den Namen von Heavymetal-Gruppen vorne drauf.

Erschrocken trat Chelsea von der Bar zurück und schob sich langsam in Richtung Küche.

„Ernie?“, flüsterte sie eindringlich.

Keine Antwort.

„Das gibt’s doch nicht, wir werden schon wieder ausgeraubt!“, dachte sie. Sie stand mit dem Rücken zur Wand und schaute sich die beiden Schlägertypen genau an. Ob sie Waffen dabeihatten?

In der Kasse waren weniger als 50 Dollar, das wusste sie. „Die werden mich dafür ja wohl nicht verletzen, oder?“ Sie beschloss, ihnen das Geld zu geben, ohne jeden Protest.

Wieder kam die Erinnerung an ihren Vater hoch, der sich mit den drei Schlägern gestritten hatte, der versucht hatte, sie abzuwehren, ihnen den Weg zur Kasse zu verstellen. „Wenn er sich nicht gewehrt hätte, dann hätten sie ihn nicht verletzt“, sagte sich Chelsea.

„Ich werde nicht den Helden spielen“, beschloss sie. „Ich werde so weit wie möglich kooperieren.“

Als die beiden sich sicher waren, dass das Café leer war, kamen die jungen Männer an die Kasse. „Bist du ganz allein hier?“, fragte der Dünne Chelsea, immer noch grinsend, aber mit einem angespannten Gesicht.

„Nein“, entgegnete sie und bemühte sich, ihre Stimme fest klingen zu lassen. „Ich bin nicht allein.“

Die beiden Schläger tauschten einen spöttischen Blick und lachten.

„Wir wollen gerade schließen.“ Chelseas Stimme zitterte trotz ihrer Entschlossenheit, nicht ängstlich zu klingen. Sie schaute auf die Uhr. Zehn vor sieben.

„Ihr wollt gerade schließen?“, echote der Dünne.

Sie lachten wieder.

„Was kann ich Ihnen bringen?“, fragte Chelsea.

„Du bist auf deine Art ganz niedlich“, sagte der Große und kratzte sich am Kopf. Sein Kumpel grinste noch breiter.

„Wirklich. Wir schließen jetzt“, wiederholte Chelsea. Ihre Kehle schnürte sich langsam zu. Ihr Mund fühlte sich trocken an.

„Echt, du bist das niedlichste Ding hier drin“, feixte der Große und legte eine fleischige Hand auf die Theke, nur einige Zentimeter von der Kasse entfernt. Er starrte in ihre Augen und wartete auf ihre Reaktion.

„Was wollen Sie?“ Es war mehr eine Bitte als eine Frage.

„Na ja …“, begann der Große. Dann tauschten er und sein Kumpel wieder Blicke und kicherten.

Chelseas Herz klopfte schneller. „Wenn sie mich ausrauben wollen, warum bringen sie es nicht einfach hinter sich?“, überlegte sie mit einem unguten Gefühl in ihrer Magengegend.

„Tja, was wollten wir eigentlich?“, fragte der Große und grinste.

„Gute Frage“, meinte sein Kumpel.

„Wann bist du fertig mit deiner Arbeit?“ Der Große lehnte sich noch weiter über die Theke, bis sein Gesicht ganz nah an Chelseas war.

Sie war vor Entsetzen wie gelähmt. „Was werden sie machen? Wollen sie nicht einfach die Kasse ausräumen und dann abhauen? Warum stellen sie all diese Fragen? Warum grinsen sie mich so gemein an?“, wirbelte es Chelsea durch den Kopf.

„Wann bist du hier fertig?“, wiederholte der Große. Es klang jetzt drohend.

Chelsea starrte die Uhr an, als könne die ihr helfen. Sie öffnete ihren Mund, um etwas zu sagen, wollte ihnen befehlen zu verschwinden, aufzuhören, sie zu belästigen. Aber sie blieb stumm.

Da ging plötzlich die Tür auf und ein anderer Junge kam in das hell erleuchtete Café.

Er ging schnell den Gang hoch zur Theke, die Arme lässig schlenkernd an den Seiten. Chelsea brauchte eine Weile, bis sie ihn wiedererkannte.

„Sparks!“, rief sie.

Dann zögerte sie. „Gehört er etwa zu denen?“, fragte sie sich. Nein. Die beiden Schläger waren von Sparks Auftauchen überrascht, das konnte sie genau sehen.

Er stellte sich an das andere Ende der Theke und starrte die beiden an. Die Muskeln an seinen Armen waren angespannt, die Hände an seinen Seiten schienen bereit zu einem Kampf. Seine dunklen Augen fixierten drohend erst den einen, dann den anderen.

„Habt ihr immer noch geöffnet?“, fragte Sparks Chelsea.

„Ich wollte gerade schließen“, antwortete sie leise. Sie rührte sich nicht.

„Kann ich noch schnell eine Tasse Kaffee haben?“, bat Sparks. Er warf den beiden Typen wieder einen drohenden Blick zu.

„Kein Problem." Chelsea ging zur Kaffeemaschine.

„Ein anderes Mal", grollte der große Typ. Er und sein Kumpel sahen sich an. Das blöde Grinsen war endlich vom Gesicht des Dünnen verschwunden.

„Ja. Wir kommen ein anderes Mal wieder", echote der Dünne und versuchte, seine Stimme gefährlich klingen zu lassen.

Sie drehten sich um und schlenderten aufreizend langsam an Sparks vorbei aus dem Café.

Chelsea wartete angespannt, bis die Tür sich hinter den beiden geschlossen hatte. Dann atmete sie erleichtert auf und ließ sich gegen die Theke fallen. Gott sei Dank, die waren weg.

„Haben die beiden dich belästigt?", fragte Sparks. Er hatte sich auf einen Hocker am Ende der Theke gesetzt.

„Ja. Das heißt, ich weiß nicht. Ich bin mir nicht sicher." Chelsea zitterte noch immer. Sie bemühte sich, ihre Hand ruhig zu halten, sodass sie den Kaffee in den weißen Porzellanbecher gießen konnte. Als sie den Becher vor ihn hinstellte, sah sie, dass er sie prüfend ansah. Sein Gesichtsausdruck war ernst und gedankenverloren.

Sie schob ein kleines stählernes Milchkännchen zu ihm hin. „Sie waren ziemlich fies. Ich habe keine Ahnung, was sie wollten. Wahrscheinlich das Geld aus der Kasse."

Sie zog die Schürze aus und knüllte sie zusammen. Er nahm einen Schluck Kaffee, schwarz. Seine Augen ruhten immer noch auf ihr. Sie warf die Schürze in eine Ecke.

„Sie schienen Angst vor dir zu haben", lächelte sie unsicher.

„Das sollten sie auch“, antwortete Sparks trocken. Er starrte auf seinen Becher.

„Was meint er denn damit schon wieder?“, wunderte sich Chelsea. „Macht er einen Witz? Oder meint er das ernst?“

Sein Gesichtsausdruck verriet keine Antwort.

Er nahm wieder einen Schluck Kaffee. Den dampfenden Becher behielt er zwischen beiden Händen, als wolle er sie wärmen. „Ziemlich gefährlich hier“, meinte er. Er mied immer noch ihre Augen.

Und das? War das jetzt nur eine allgemeine Bemerkung? Oder wollte er sie warnen?

Chelsea hörte Geräusche aus der Küche. Sie drehte sich um und sah Ernie, den Koch. Er machte gerade den Grill sauber, eine Zigarette zwischen den Lippen. „Feierabend?“, rief er mit seiner rauchigen Stimme herüber.

„Ja“, antwortete Chelsea. „Ich schließe jetzt ab.“

Sparks nippte weiter an seinem Kaffee. Chelsea wartete darauf, dass er etwas sagen würde, aber er schien in Gedanken versunken.

Sie wollte ihm danken, dass er sie vor den widerlichen Typen gerettet hatte, sie wollte irgendwie das Gespräch in Gang halten. Aber sie war zu schüchtern. Ihr fiel nichts ein, was sie sagen konnte.

„Wird er mich wohl wieder fragen, ob wir etwas zusammen machen wollen?“, überlegte sie. „Und wenn ja, was sage ich dann?“

Ihr wurde klar, dass sie einerseits etwas Angst vor ihm hatte, aber andererseits fühlte sie sich zu ihm hingezogen, beides zur gleichen Zeit.

„Warum fällt mir nichts ein? Warum kann ich nicht

einfach irgendetwas sagen? Warum ist es für andere Mädchen so einfach, für Mädchen wie Nina, und für mich so schwer?“

Diese Fragen schossen ihr durch den Kopf, während sie ihn von ihrem Platz hinter der Theke unauffällig beobachtete. Chelsea versuchte, in seinem Gesicht zu lesen.

Sie räusperte sich. „Möchtest du noch etwas mehr Kaffee?“

Er schüttelte den Kopf. „Nein danke.“

Ernie kam aus der Küche, die Jacke über seinem Arm. „Bis morgen dann“, sagte er und nickte ihr kurz zu. Im Vorbeigehen sah er Sparks flüchtig an.

„Okay. Tschüss.“ Chelsea sah zu, wie Ernie aus der Tür ging.

„Jetzt bin ich ganz allein mit Sparks.“ Dieser Gedanke ließ ihr einen kleinen kalten Schauer über den Rücken laufen.

Sparks trank den letzten Schluck Kaffee, schob den Becher zurück und legte einen Dollarschein auf die Theke.

„Ob er noch etwas sagt?“, fragte sich Chelsea. „Ob er sich wohl mit mir verabreden will?“

„Ich würde Ja sagen, Sparks“, dachte sie und versuchte mit aller Kraft, ihre Gedanken auf ihn zu übertragen. „Ich würde Ja sagen.“

Er stand auf und lächelte sie schüchtern an. „Danke.“

„Gern geschehen“, murmelte sie und griff nach dem Becher.

„Bis demnächst.“ Seine Schuhe machten kein Geräusch auf dem Linoleumboden. Er ging weg, ohne sich umzuschauen. Die Tür schloss sich leise hinter ihm.

Chelsea ließ ihre Schultern hängen. Sie seufzte enttäuscht auf und stellte den Becher auf das Tablett mit dem schmutzigen Geschirr.

Dann schloss sie sorgfältig die Tür ab und zog das metallene Schutzgitter herunter, genauso, wie ihr Vater es sonst immer tat.

Nur wenige Blöcke vom Café entfernt öffnete Sparks die Tür zu seinem winzigen Apartment im dritten Stock und trat in das enge Wohnzimmer, ohne das Licht anzumachen. Als die Tür sich hinter ihm schloss, umgab ihn fast völlige Dunkelheit. Nur ein schwaches gelbes Licht von einer Straßenlaterne drang durch die Fenster herein.

Er ging nervös in dem kleinen, heißen Raum hin und her und boxte immer wieder mit seiner rechten Faust in die offene linke Handfläche. Nach einigen Minuten schrie er einmal wütend auf und tigerte dann weiter auf und ab wie ein gefangenes Tier im Zoo.

„Warum habe ich mich nicht mit ihr verabredet?“, fragte er sich aufgebracht. „Warum? Ich wollte es doch tun. Ich hatte es mir genau zurechtgelegt. Warum saß ich da nur herum wie ein Idiot und habe diesen blöden Kaffee getrunken, ohne etwas zu sagen? Wir waren doch ganz alleine. Warum habe ich nur diese Gelegenheit vertan? Was stimmt nicht mit mir?“

Er war so wütend, dass er sich das Telefon vom Tisch schnappte und es mit aller Kraft gegen das Fenster schmiss. Das Glas zerbrach mit einem lauten Klirren. Aber er hörte nichts als das wütende Röhren in seinem Kopf.

8

Am nächsten Tag nach Schulschluss knallte Chelsea die Tür ihres Spindes zu und suchte im vollen Korridor nach Nina. Sie brauchte eine Weile, bis sie sie entdeckt hatte. Ein Streuner, ein großer Deutscher Schäferhund, hatte sich in die Schule verirrt. Ein Pulk aufgeregter Schüler hatte sich um den Hund geschart und blockierte den ganzen Gang. Sein lautes Bellen hallte durch den Flur.

„Wie können die bloß um einen Hund solch einen großen Aufstand machen?“, fragte sich Chelsea. „Alle tun so, als wäre das was ganz Besonderes.“

Einige Schüler versuchten, den Hund in das Büro des Schulleiters zu bringen. Das war gar nicht so einfach, denn er hatte kein Halsband um. Die anderen folgten ihnen.

Endlich entdeckte Chelsea Nina an ihrem Spind. Sie hatte ihre blaue Jacke in den Händen und starrte in Chelseas Richtung, ohne sie richtig zu sehen.

„Hallo – Nina!“ Chelsea bahnte sich einen Weg durch den immer noch von Schülern wimmelnden Gang. Sie wollte ihre Freundin um Rat fragen wegen Sparks und Will.

Vor allem wollte sie sie fragen, wie sie einen von beiden dazu kriegen konnte, sich mit ihr zu verabreden.

Aber scheinbar war Nina schlechter Laune. Ihre Augen waren rot gerändert, so als hätte sie geweint.

„Nina – was ist denn passiert?“, fragte Chelsea und wuchtete ihren Rucksack auf die Schultern.

„Ach – es ist nur wegen Doug." Nina knallte ihre Spindtür mit voller Wucht zu, sodass sie gleich wieder aufsprang.

„Was ist denn mit ihm?", erkundigte sich Chelsea neugierig.

„Ich habe ihn in der Cafeteria gesehen", antwortete Nina unglücklich. „Er redete mit Suki Thomas."

„Wer ist denn das?" Chelsea beobachtete aus den Augenwinkeln, wie der Hund am Ende der Halle den Kindern entkam. Jetzt rannten wieder alle hinter ihm her. „Und überhaupt – warum soll er nicht mit jemandem reden?"

„Es war die Art, wie er mit ihr geredet hat!" Nina schlug die Spindtür noch einmal zu. Diesmal blieb sie geschlossen.

Chelsea wollte gerade etwas sagen, da kam der Hund vorbeigerast. Er rutschte mit den Pfoten über den glatten Steinfußboden, seine Augen weit aufgerissen vor Aufregung.

„Lasst ihn laufen! Macht doch die Tür auf und lasst ihn laufen!", schrie jemand von hinten.

Am anderen Ende des Flures drückte jemand die Doppeltüren auf und der dankbare Hund verschwand schlingernd und rutschend in die Freiheit.

Ein fröhlicher Applaus echote durch die Halle. Langsam beruhigten sich alle wieder, sammelten Bücher und Rucksäcke ein und verließen einer nach dem anderen die Schule.

„Eigentlich wollte ich dir ja von dem Jungen erzählen, der zweimal zu uns ins Café kam", erklärte Chelsea. Zwei Schüler in Hockeyuniformen und mit Hockeyschlägern drängelten sich an ihr vorbei.

Nina ruckelte am Zahlenschloss, um sicherzugehen, dass sie ihren Spind abgeschlossen hatte, aber dann erinnerte sie sich, dass sie doch noch ein Buch brauchte. Mit einem frustrierten Brummeln stellte sie wieder die richtige Kombination zum Öffnen ein.

„Er sieht ziemlich cool aus“, fuhr Chelsea fort. „Er heißt Tim Sparks, aber er sagte, dass alle ihn nur Sparks nennen. Er scheint ziemlich launisch zu sein. Ein bisschen jähzornig vielleicht. Kann aber auch sein, dass er einfach nur schüchtern ist oder so. Gleich beim ersten Mal, als er in das Café kam, wollte er sich mit mir verabreden. Aber ich hab nichts dazu gesagt. Das heißt, wir wurden unterbrochen. Von meinem Vater. Also dann …“

„Ich kann es überhaupt nicht fassen mit Doug“, unterbrach Nina sie. Ihr Gesicht war hinter der offenen Spindtür verborgen. Sie kniete davor und suchte nach dem Buch. „Wo Suki Thomas doch so eine Schlampe ist.“

„Also, ich finde, er ist total interessant.“ Chelsea sah ihre Freundin an. Die Spucke konnte sie sich sparen. „Du hast ja überhaupt nicht zugehört“, beschwerte sie sich.

Nina stand wieder auf und schloss ihre Spindtür. „Was?“ Sie runzelte ihre Stirn. „Tut mir leid, Chelsea. Ich war mit den Gedanken ganz woanders.“ Plötzlich weiteten sich ihre Augen. „Mensch, da ist er ja! Hallo – Doug!“, schrie sie. „Doug, hey, warte doch!“

Sie kämpfte mit ihren Büchern und dem Rucksack und eilte dann den Gang hinunter, um ihren Freund einzuholen.

Chelsea starrte Nina eine Weile hinterher. Sie war

enttäuscht und fühlte sich betrogen. Dann machte sie Ninas Spind zu, schloss ihn ab und bummelte zur Vordertür der High School.

Sie war nur noch wenige Schritte von der Tür entfernt, da spürte sie plötzlich eine Hand auf ihrer Schulter. Erschrocken hielt sie an und drehte sich um.

Es war Will Blakely.

Sein Gesicht war ziemlich rot und er lächelte schüchtern. Das schwarze Haar lugte unter einer blauen Dockers-Mütze hervor. Er trug einen großen Ordner und ein Schulbuch unter dem Arm.

„Hallo." Er lächelte sie an.

„Oh. Hallo. Wie geht's denn so?"

Er zuckte mit den Schultern. „Geht so."

„Das ist aber gar kein Schuljackett von hier." Chelsea zeigte auf seine schwarz-braune Wolljacke.

„Was für eine idiotische Bemerkung", dachte sie sofort. „Natürlich ist es nicht von der Shadyside High School. Wie kannst du auch nur so etwas Banales sagen!"

„Sie ist – äh – von meiner alten Schule."

„Und wo war das?", fragte sie.

„Unten im Süden." Will starrte an ihr vorbei. „Hast du gerade irgendwas vor?" Er mied immer noch ihre Augen.

„Eigentlich wollte ich nach Hause gehen", antwortete Chelsea. Zwei Schüler drängelten sich an ihnen vorbei. „Ich muss in ein paar Stunden zur Arbeit."

„Oh." Sein Gesicht zeigte seine Enttäuschung. „Dann hast du wohl keine Zeit für einen kleinen Spaziergang ..."

„Aber ja doch! Natürlich habe ich Zeit!" Chelsea

wurde ganz aufgeregt. „Ein Spaziergang wäre toll. Es ist so ein schöner Tag.“

Sie sah aus der Tür, die gerade von einigen Schülern geöffnet wurde. Dicke Wolken waren aufgezogen. Der Himmel war grau und bedeckt. „Na ja – es war ein schöner Tag“, kicherte sie verlegen.

„Oh. Dann willst du also doch nicht mitkommen?“

„Der ist ja noch schlimmer als ich“, dachte sie. Der Gedanke munterte sie auf.

„Lass uns gehen“, ergriff sie die Initiative. „Shadyside Park ist direkt hinter der Schule. Bist du schon einmal dort gewesen?“

Er schüttelte den Kopf und folgte ihr zur Rückseite des Gebäudes. Sie gingen schweigend durch die langen Korridore.

Es war kälter draußen, als Chelsea gedacht hatte. Der Wind fühlte sich eher nach Winter als nach Herbst an. Sie machte den Reißverschluss ihrer Jacke bis oben hin zu. Nebeneinander liefen sie am Lehrerparkplatz, den Baseball- und Fußballfeldern vorbei, bis sie in den schönen Park hinter der Schule kamen.

Chelsea holte einmal tief Luft. „Hier riecht es gut!“

„Herrlich, dieser modrige Geruch nach nassem Laub“, witzelte Will. „Fast wie alter Schulmief!“

Sie lachte. „Na, er hat also doch Humor“, dachte sie.

Er lachte auch, ein trockenes, fast lautloses Lachen von ganz weit unten aus seiner Kehle.

„Er sieht wirklich gut aus“, fiel ihr auf.

Chelsea schaute hoch in die Bäume. Sie hatten fast keine Blätter mehr, die Äste ragten kahl in den Himmel. „Übrigens, der Wald hinter dem Park geht bis ans Flussufer.“ Das war alles, was ihr im Augenblick einfiel.

„Ich würde gerne mal den Fluss sehen", sagte Will. „Gibt es einen Weg durch den Wald?"

Sie nickte. „Ja, ich glaube schon. Aber ich bin hier auch ziemlich neu. Wir sind doch erst Ende September nach Shadyside gezogen."

„Zieht ihr oft um?", fragte er ernst.

„Nein. Eigentlich nicht", erzählte sie. Hin und wieder stieß ihr Arm beim Gehen an seinen Körper. Die Herbstblätter raschelten unter ihren Füßen. „Mein Vater konnte hier günstig ein Café kaufen. Deshalb sind wir hier."

„Seid ihr reich?" Sofort wurde er rot. „Ich meine –"

Sie lachte, nicht so sehr über seine Frage, sondern wegen seiner Verlegenheit. „Es ist einfach nur ein kleines Café im Village. Mein Vater musste einen Kredit aufnehmen, um es kaufen zu können. Aber es war etwas, was er sich schon immer gewünscht hatte."

Sie gingen schweigsam weiter.

„Zieht ihr denn häufig um?" Chelsea versuchte krampfhaft, das Gespräch in Gang zu halten.

„Ja." Er schien etwas verstimmt. Sie wartete darauf, dass er mehr sagen würde. Aber er hatte einen verlorenen Ausdruck in seinen Augen. Er starrte einfach nur geradeaus und ging schweigend weiter.

Sie liefen auf einem engen, mit Blättern bedeckten Pfad, der sich zwischen den Bäumen schlängelte. Der Himmel wurde schwärzer. Er schien auf sie herabzusinken, immer tiefer und tiefer, und verdunkelte den Wald.

„Es ist schon fast kalt genug für Schnee." Chelsea unterbrach sich entnervt. „Nun hör doch schon auf", wies sie sich zurecht. „Red doch nicht über das Wetter!"

„Ich liebe Schnee.“ Will drehte sich zu ihr um. „Schnee ist so weiß und rein.“

Er blieb vor einer breiten Birke stehen und warf sein Buch und den Ordner an den Fuß des glatten Stammes. „Warum lassen wir nicht unseren Kram hier.“ Will zeigte auf ihren Rucksack. „Der sieht echt schwer aus.“

„Gute Idee.“ Sie nahm den Rucksack ab und stellte ihn neben seine Sachen. „Jetzt fühle ich mich um Tausend Kilo leichter!“

„Wir kommen ja hierhin zurück.“ Will blieb ein paar Schritte hinter ihr. Der Pfad schlängelte sich durch die Bäume.

„Hey – ich glaube, ich kann den Fluss schon sehen!“ Aufgeregt zeigte Chelsea nach vorne. „Guck mal!“

Sie wartete, bis er sie eingeholt hatte. „Er wird Conononka genannt“, erklärte sie.

Will kam dicht neben sie. Atemwölkchen stiegen vor ihm auf. Wenn er lächelte, schimmerten seine dunklen Augen.

„Ich gehe mit einem Jungen im Wald spazieren“, Chelsea war glücklich. „Für die meisten Mädchen ist das bestimmt nichts Besonderes. Aber ich bin noch nie mit einem Jungen spazieren gegangen.“

Sie lächelte Will spontan an. Er lächelte zurück, wandte aber schnell wieder seinen Blick ab.

Sie gingen noch ein Stückchen weiter. Es wurde immer kälter, als sie sich dem Flussufer näherten. Sie konnte jetzt das fließende Wasser hören, ein leises Murmeln neben dem Säuseln des Windes.

„Der Spaziergang war wirklich eine tolle Idee“, erklärte sie fröhlich. „Hey –“

Da fiel ihr auf, dass er nicht mehr neben ihr war. Sie

drehte sich um. Er war zurückgeblieben und hielt etwas in der Hand. Es war ein Stück graue Schnur. Er hatte sie doppelt zusammengelegt und zog sie beim Gehen immer wieder zwischen seinen beiden Händen straff.

Er schaute hoch und bemerkte, dass sie ihn anstarrte. „Hab ich gerade gefunden." Will zeigte auf einen Baumstumpf und hielt dann die Schnur hoch. „Dort hinten, auf dem Boden." Er zuckte die Schultern und steckte die Schnur in seine Tasche.

Es begann zu schneien. Der erste Schnee dieses Jahr, und das so früh! Dicke weiße Flocken schwebten zwischen den Bäumen zu Boden.

Chelsea legte ihren Kopf zurück, öffnete ihren Mund und streckte die Zunge heraus. Ob sie eine Schneeflocke fangen konnte? Da sah sie, wie Will sie anstarrte. Schnell zog sie ihre Zunge wieder in den Mund.

„Schneit es hier immer so früh im Oktober?", fragte er.

„Weiß nicht. Vielleicht." Sie blickte auf ihre Uhr. „Oh nein. Ich glaube, ich muss nach Hause. Ich darf auf keinen Fall zu spät zur Arbeit kommen."

„Tut mir leid." Will wurde wieder rot. „Ich wollte nicht, dass du meinetwegen Ärger kriegst."

„Nein, nein, keine Sorge." Chelsea ging jetzt dicht neben ihm. „Das war ein toller Spaziergang. Hat mir wirklich Spaß gemacht!" Sie lächelte ihn an.

Er lächelte diesmal nicht zurück. Er sah aus, als ob er sich Sorgen machen würde. Dann ging er mit langen Schritten schnell weiter, bis er vor ihr war.

Das Schneien hörte so abrupt auf, wie es angefangen hatte. Es wurde etwas heller. Als die beiden zu der Birke kamen, an der sie ihre Sachen gelassen hatten, blieb

Will plötzlich stehen und drehte sich wieder zu Chelsea um. Seine dunklen Augen blitzten. Sie schienen sich in die ihren bohren zu wollen.

Er zögerte. Dann fragte er: „Willst du vielleicht am Samstag mit mir ins Kino gehen oder so?"

„Oh ja! Klasse!" Chelsea war begeistert. „Meine erste Verabredung!"

Sie biss sich auf die Zunge. Wie peinlich! Sie bückte sich nach ihrem Rucksack. Hoffentlich hatte er ihre blöde Bemerkung nicht gehört. Hoffentlich sah er nicht, wie peinlich ihr das alles war. Warum musste ihr das auch herausrutschen? Warum musste sie immer so uncool sein?

„Ich will sterben", dachte sie. „Ich will im Boden versinken, damit mich niemand je wiedersieht."

Zögernd blickte sie zu ihm hoch. Würde er sie auslachen? Sich über sie lustig machen? Aber nein – er lächelte sie ganz verständnisvoll an!

„Kann ich dir ein Geheimnis verraten, Chelsea?" Er kam ganz nahe zu ihr. „Es ist auch meine erste Verabredung."

„Da bin ich aber froh." Sie wünschte, sie wüsste eine bessere, schlagfertige Antwort. Wenigstens fühlte sie sich durch sein Geständnis nicht mehr so verlegen.

„Lass uns die Verabredung geheim halten", schlug er leise vor. Er stand sehr nahe bei ihr und sah ihr tief in die Augen. „Erzähle keinem davon. Es soll unser eigenes, privates und geheimes erstes Date sein. Nur wir beide und keiner weiß davon."

„Wie romantisch", dachte sie.

Sie war so glücklich, sie wollte in die Luft springen und vor Freude laut schreien.

Ein wirklich gut aussehender Junge hatte sie gefragt, ob sie etwas mit ihm unternehmen wollte!

Er war so nett. Und so – ehrlich. Er war genauso schüchtern wie sie. Und er mochte sie.

„Klar.“ Ihre Stimme war fast ein Flüstern. „Es bleibt unser Geheimnis, Will. Unser geheimes erstes Date.“

9

Am nächsten Nachmittag saß Chelsea im Wohnzimmer und übte Saxofon. Da öffnete sich die Tür und ihre Mutter platzte herein. Ihr Haar war triefend nass, ihr Regenmantel völlig durchgeweicht.

Chelsea schaute zum Fenster und sah, dass es stockdunkel draußen war. Es goss in Strömen. Der Schnee von gestern war nur Minuten liegen geblieben und dann sofort geschmolzen. Chelsea hatte sich so sehr auf ihre Musik konzentriert, dass sie gar nicht gemerkt hatte, was für ein Wetter draußen war.

„Oh nein, Mum!“ Chelsea lief durch den Raum zu ihrer Mutter und half ihr, den nassen Mantel auszuziehen. „Warum bist du denn schon so früh zu Hause?“ Sie schaute auf die Uhr über dem Kaminsims. Es war erst halb fünf.

„Frag lieber nicht.“ Ihre Mutter schien müde zu sein. Sie zitterte und drehte sich zu Chelsea um. „Mir ist eiskalt.“

Chelsea holte erschrocken Luft, als sie sah, dass die weiße Uniform ihrer Mutter mit Blutflecken bedeckt war.

„Was ist denn bloß passiert?“

„Wir hatten einen kleinen Unfall im Altersheim. Ein Patient rutschte in der Badewanne aus und hat sich geschnitten. Es sieht viel schlimmer aus, als es war. Leider ist meine Ersatzuniform hier. Oben. Ich musste extra nach Hause fahren, um sie zu holen.“

„Dann gehst du also zur Arbeit zurück?“ Chelsea hielt immer noch den Regenmantel fest.

„Ja. Und ich muss auch noch die Schicht von Alice Brody übernehmen. Sie hat die Grippe.“ Mrs Richards lief die Treppe hoch zu ihrem Zimmer, um sich umzuziehen. „Nun sieh dir nur meine Schuhe an. Sie sind völlig durchgeweicht.“

Chelsea kam mit nach oben. „Du bist immer nur im Altersheim, Mum. Ich sehe dich fast überhaupt nicht mehr.“

„Chelsea, bitte, fang jetzt nicht wieder an, dich zu beschweren.“ Ihre Mutter sah sie streng an. „Ich bin wirklich nicht in der Stimmung dafür. Glaub mir.“ Sie drehte sich an der Tür noch einmal um. „Ich verspreche dir, dass ich Samstagabend zum Essen zu Hause bin. Ich muss erst spät zur Arbeit. Dann können wir beide gemütlich zusammensitzen und uns unterhalten.“

„Nein. Können wir nicht“, rutschte es Chelsea heraus.

Ihre Mutter starrte sie verdutzt an.

„Ich habe eine Verabredung“, erklärte Chelsea schnell. „Mit einem Jungen.“

Mrs Richards bekam ganz große Augen. „Mensch, das ist ja toll!“

„Keine Witze?“ Chelsea war erstaunt, dass ihre Mutter diesmal keine sarkastische Bemerkung gemacht hatte.

„Ich bin viel zu nass für Witze“, sagte ihre Mutter lächelnd. „Und überhaupt, ich freue mich für dich. Ich weiß, wie einsam du immer warst.“

Während ihre Mutter die saubere weiße Uniform anzog, erzählte ihr Chelsea alles über Will. Dass er neu in der Schule war. Dass sie zusammen einen Spaziergang gemacht hatten. Dass er zwar schüchtern war, aber sehr nett.

Mrs Richards zog sich eine gestärkte weiße Bluse an. Sie schien sehr zufrieden. „Ich kann es gar nicht erwarten, ihn kennenzulernen.“ Sie griff sich an die Stirn. „Ach, fast hätte ich es vergessen. Ich habe mit deinem Vater gesprochen.“

„Und?“

„Er liegt nicht mehr auf der Intensivstation. Er ist jetzt in einem Zweibettzimmer. Die Ärzte sagen, dass er in einer oder zwei Wochen nach Hause kommen kann.“ Sie lief zu Chelsea und umarmte sie spontan. „Ist das nicht toll?“

„Na klar!“, freute Chelsea sich. „Jetzt können wir ihn auch ganz normal besuchen gehen und müssen nicht mehr die Besuchszeiten für die Intensivstation beachten!“

Ihre Mutter warf einen Blick auf die Uhr. „So, jetzt aber schnell! Ich löse heute gleich Kristy ab und die ist immer so sauer, wenn ich auch nur eine Sekunde zu spät komme.“

„Na los, hol deine Jacke“, sagte Mrs Richards. Sie sah noch einmal prüfend in den Spiegel und bürstete sich das Haar zurecht. „Ich setze dich auf dem Weg ins Altersheim im Café ab.“

Es war eine Nacht für heiße Suppen und Chili, für viele dampfende Tassen Kaffee. Aber wegen des Regens waren die meisten Leute an diesem Abend zu Hause geblieben. Nur wenige stolperten in das Café, schüttelten das Wasser aus ihren Regenschirmen, rieben sich die kalten Hände und schauderten noch von der Kälte draußen.

Chelsea konnte fast die ganze Zeit ungestört hinten im Raum an einem Tisch bleiben und ihre Hausaufgaben erledigen. Sie war gerade dabei, die letzte Aufgabe für den Mathekurs zu lösen, da schlüpfte eine dunkle Gestalt in das Café und setzte sich an den Tisch gegenüber.

„Sparks!“ Sie war ganz überrascht.

Er grinste sie an. Das Wasser tropfte von seinem schwarzen Haar und lief die Stirn herunter. Er zog seine Jacke aus und stopfte sie hinter sich auf den Stuhl. Darunter trug er ein ausgeblichenes blaues Arbeitshemd.

„Und, wie sieht's aus?“ Er schüttelte das Regenwasser aus seinem Haar und spritzte den ganzen Tisch voll.

Chelsea schlug ihr Matheheft zu. „Nichts los heute.“ Ein Schauder lief ihr den Rücken herunter. Er starrte sie so an, so intensiv. In ihrem Bauch kribbelte es und ihre Kehle wurde ganz eng. Sie schielte nach der Küche. Ernie saß auf einem Hocker neben der Spüle und löste das Kreuzworträtsel in der Zeitung.

Chelsea stand auf. Sie wollte nur weg von Sparks' starrenden Augen.

„Kann ich dir was bringen?“

„Kaffee.“ Er trommelte nervös mit seinen Fingern auf den Tisch. „Und einen Donut. Oder sind die von gestern?“

„Nein, von heute Morgen. Sie schmecken ganz gut.“

„Warum nur macht er mich so nervös?“, fragte sie sich. Sie legte das Gebäck auf einen Teller und ging dann hinüber zur Kaffeemaschine. „Etwa weil ich mich von ihm angezogen fühle? Oder ist es, weil irgendetwas an ihm nicht stimmt? Er hat so etwas Seltsames, Gefährliches an sich. Ob er mich wohl mag?“ Sie war so in Gedanken versunken, dass sie den Kaffeebecher viel zu voll goss. Sie musste einen Schluck wegschütten.

„Nein. Natürlich mag er mich nicht. Es ist ja nicht so, dass ich vielleicht hübsch wäre oder so. Vielleicht ist er sehr einsam. Oder vielleicht spielt er auch nur ein Spielchen mit mir. Wahrscheinlich lacht er sich innerlich über mich kaputt. Ja klar“, dachte sie. „Er erlaubt sich bestimmt nur einen Spaß mit mir.“

Sie würde einfach versuchen, mehr über ihn herauszukriegen.

Sie brachte ihm den Kaffee und das Gebäck und stellte beides auf den Tisch. Dann setzte sie sich dazu. Er schien überhaupt nicht überrascht zu sein. Sein Gesicht zeigte keine Regung, ließ nicht erahnen, was in ihm vorging.

Er nahm einen ersten Bissen von dem Donut. Der Puderzucker rieselte auf den Tisch.

„Wo kommst du eigentlich her?“ Chelsea bemühte sich, locker zu bleiben.

Er kaute und schluckte und trank dann noch einen Schluck Kaffee. „Von hier und da.“

„Und wo soll das sein?“, fragte Chelsea.

Er zuckte seine breiten Schultern. „Na ja, hier und da.“ Er nahm noch einen Bissen. „Ich ziehe oft um.“

„Gehst du nicht zur Schule?“ Chelsea war entschlossen, ihm einige Informationen zu entlocken, und wenn es das Letzte sein sollte, was sie tat.

„Na klar doch.“

„Und wo?“

„Okay, eigentlich eher doch nicht.“ Er mied ihren Blick. „Ich bin von der Schule runter.“ Er nahm noch einen großen Schluck Kaffee und sah sie über den dampfenden Becherrand hinweg an. „Ich hab den ganzen Schulkram hingeschmissen.“

Sie lachte etwas gezwungen. „Aber so schlimm ist es doch gar nicht. Ich bin übrigens in der Schulband.“

Sofort wurde sie puterrot „Warum nur habe ich ihm das erzählt?“, fragte sie sich. „Das hört sich ja total bekloppt an!“

„Und was spielst du?“ Er schien die Frage ernst zu meinen. „Tuba?“

Was sollte das jetzt schon wieder sein? Ein Witz? Chelsea war beleidigt. „Er denkt, weil ich dick und fett bin, muss ich auch Tuba spielen. Warum hat er nicht Flöte gesagt?“

Sie schüttelte den Kopf. „Du machst dich ja doch nur über mich lustig.“ Sie schaute wieder zur Küche hinüber. Ernie saß immer noch an der gleichen Stelle, mit dem Stift über die Zeitung gebeugt.

„Aber nein!“ Sparks hob entschuldigend beide Hände in die Luft. „Ich dachte wirklich nur, dass du vielleicht Tuba spielen könntest.“

„Tue ich aber nicht.“ Chelsea war sauer. „Ich spiele Saxofon.“

„Das wäre mein nächster Versuch gewesen.“ Er senkte seine Augen und ein Lächeln geisterte über sein Gesicht.

„Und wie ist es mit dir? Arbeitest du?“ Chelsea wollte das Thema wechseln.

„Stellst du gerne Fragen?“, zischte er. Er sah plötzlich ärgerlich aus.

„Tut mir leid.“ Wieder merkte Chelsea, wie sie rot wurde. „Ich war nur neugierig. Wenn ich gehen soll, dann …“

Er griff über den Tisch und nahm ihren Arm. „Nein. Bleib hier.“ Er schien gar nicht zu merken, wie stark er war. Sein fester Griff tat Chelsea weh. Sie wollte gerade protestieren, da ließ er sie los und zog seine Hand weg.

„Ich suche gerade nach Arbeit.“ Sein Gesichtsausdruck war wieder verschlossen. „Meine Eltern wollen, dass ich einen Job annehme. Bis ich weiß, was ich wirklich will.“

„Und, wo hast du dich beworben?“

Er ließ seine Augen durch das verlassene Café gleiten. „Na, hier sieht's doch gar nicht so schlecht aus.“ Sein Lächeln kehrte zurück; er zwinkerte ihr zu. „Sieht so aus, als könntet ihr hier noch extra Hilfe gebrauchen. Was meinst du?“

Chelsea seufzte. „Sehr lustig. Wo hast du gesucht?“

„Na ja, ich hatte ein Vorstellungsgespräch in der Mühle. Ich glaube, es lief ganz gut.“

„Die Mühle ist schon seit Jahren stillgelegt“, platzte Chelsea heraus. „Meine Freundin Nina hat mich mal hochgefahren, damit ich sie sehen kann.“

„Oh. Dann lief das Gespräch wohl doch nicht so gut.“ Er versuchte, über seinen eigenen Witz zu lachen.

Sie hatte ihn bei einer Lüge erwischt. Vielleicht war alles, was er sagte, eine Lüge? Was versuchte er nur zu verbergen?

Da griff er wieder über den Tisch und nahm noch einmal ihre Hand. „Hey – hast du Samstagabend schon etwas vor? Lass uns etwas ganz Tolles zusammen machen!“

„Ich kann mich nicht mit ihm verabreden." Chelseas Herz klopfte wie wild in ihrer Brust. „Ich weiß ja überhaupt nichts über ihn. Und ich traue ihm nicht."

Plötzlich erinnerte sie sich an Will. „Ich habe schon eine Verabredung für Samstag", erklärte sie fest.

Sparks starrte sie an, als wolle er herausfinden, ob sie die Wahrheit sagte. „Auch gut." Abrupt sprang er auf.

Chelsea blickte zu ihm hoch. Sein Gesicht war vor Wut verzerrt und rot angelaufen. Er griff in seine Hosentasche, zog zwei zusammengerollte Dollarnoten heraus und knallte sie auf den Tisch vor sie hin.

„Bis dann." Es klang kalt und endgültig.

„Ja. Okay." Chelsea erkannte ihre eigene Stimme fast nicht wieder.

Er schnappte sich seine Jacke, drehte sich um und stürmte zum Ausgang. Er drückte die Tür auf und trat in den strömenden Regen, die Jacke immer noch über dem Arm.

„Puh." Chelsea saß wie angewurzelt auf ihrem Platz.

„Ganz schön unheimlicher Typ", dachte sie. „Wie eine Bombe kurz vor der Explosion."

10

„Sag schon, was machen wir?“, fragte Chelsea.

„Wir gehen ins Kino.“ Will saß sehr aufrecht hinter dem Steuer, seine Augen starr nach vorne auf die Straße gerichtet.

„Aber dann müssten wir doch da langfahren.“ Chelsea zeigte in die andere Richtung.

„Ich weiß.“ Er trat fest auf das Gaspedal und der alte Pontiac machte einen Satz nach vorne. „Der gleiche Film läuft auch in Waynesbridge. Ich hab es in der Zeitung gelesen.“

Chelsea starrte aus dem Seitenfenster. Sie versuchte, sich ihre Enttäuschung nicht anmerken zu lassen. Es war immerhin ihre erste Verabredung. Sie wollte eigentlich lieber hier in Shadyside ins Kino gehen. Da waren auch alle anderen und jeder sollte sie doch mit Will sehen! Warum fuhr er bloß in die nächste Stadt?

Sie sah im Vorbeifahren die Umrisse der Häuser in der Dunkelheit. Im Radio spielte ein alter Beach-Boys-Song.

Der Regen hatte am Nachmittag plötzlich aufgehört. Es war eine klare, kühle Nacht; das Gras und die Bäume, ja sogar die Straße waren noch nass und glänzten im Scheinwerferlicht.

„Selbst jetzt, im Dunkeln, sieht alles sauberer und freundlicher aus“, dachte Chelsea. Lag das am Regen? Oder daran, dass sie gerade ihre erste Verabredung hatte?

Plötzlich kam ihr ein Gedanke. Sie wusste jetzt, warum Will mit ihr nach Waynesbridge fuhr.

Es war doch ihr erstes geheimes Treffen. Er wollte, dass es auch ein Geheimnis blieb. Ihr ganz privates, romantisches Geheimnis.

Sie drehte sich wieder zu ihm hin und lächelte ihn an. Sein ernster Gesichtsausdruck ließ ihr Herz höher schlagen. Sie war glücklich und auch ein bisschen nervös.

„Das ist wirklich ein tolles Auto." Sie ließ ihre Hand über den Sitz gleiten. „Wie alt ist es denn?"

„Keine Ahnung. Ende der 70er, würde ich sagen."

„Habt ihr es damals neu gekauft?"

Will räusperte sich und sagte dann zögernd: „Ja – es ist das einzige Auto, das ich jemals gefahren habe."

„Warum machst du nicht das Gebläse an?", fragte Chelsea. „Die Windschutzscheibe ist schon total beschlagen, ich kann fast nichts mehr sehen."

Er ging vom Gas, um ein Auto überholen zu lassen, und tastete dann mit der rechten Hand am Armaturenbrett nach dem Einschaltknopf für das Gebläse. Chelsea lachte, weil er statt der Heizung für Warmluft die Klimaanlage angemacht hatte.

Da kam ihr ein beunruhigender Gedanke und das Lachen blieb ihr im Hals stecken. Wenn doch seine Familie dieses Auto schon seit Jahren besaß und er immer nur damit gefahren war – warum wusste er dann nicht, wie das Gebläse anging?

„Wie kommt es, dass du nicht weißt, wie das Gebläse angeht?" Die Frage war ihr einfach so herausgerutscht. „Ich meine ja nur. Weil du doch gesagt hast, dass du schon immer in diesem Auto gefahren bist."

Im Licht der Straßenlaternen konnte sie sehen, wie er rot wurde. Er fuhr etwas langsamer, behielt aber seine Augen starr auf die Straße gerichtet.

„Ich befürchte, du hast mein Geheimnis entdeckt." Er schien todernst, seine Stimme klang finster.

Chelsea fühlte einen plötzlichen Stich. Ihr Herz klopfte ängstlich. „Dein Geheimnis?"

„Ja." Er streifte sie mit einem Blick. „Ich bin ein absoluter Tölpel."

Er lachte über seinen eigenen Witz. Sie musste auch kichern, aber eigentlich nur aus Erleichterung.

„Ich hatte gehofft, dass du mein dunkles Geheimnis nicht herausfinden würdest. Aber es stimmt schon. Ich bin ein völliger Tollpatsch. Ich kann noch nicht einmal das Gebläse anstellen."

„Ich bin auch meistens ziemlich ungeschickt", gab Chelsea zu. Sie erzählte ihm, wie ihr einmal mitten im Konzert ihr Mundstück von der Bühne heruntergefallen war. Sie musste vor der gesamten Schule von der Bühne klettern, um es wieder zu holen.

„Na, mach dir nichts draus. Dafür kannst du ein Gebläse einschalten."

Den ganzen Rest des Weges zum Kino erzählten sie sich gegenseitig Geschichten von ihrer Ungeschicklichkeit. Es war die lockerste Unterhaltung, die sie beide je gehabt hatten.

„Er ist ja doch ganz lustig, wenn er einmal auftaut", dachte Chelsea.

Sie fragte sich, ob er sie wohl mochte.

Es sah ganz danach aus. Auf jeden Fall wirkte er richtig entspannt.

„Da ist ein Parkplatz." Er parkte das Auto geschickt

rückwärts ein. Dann stellte er den Motor ab und die Scheinwerfer aus, steckte den Autoschlüssel in die Tasche und öffnete seine Tür.

Als die Innenbeleuchtung anging, bemerkte Chelsea Wills Brieftasche auf dem Sitz. „Hey –“, rief sie ihm zu und nahm die Brieftasche in die Hand, um sie ihm zu geben.

Er schnappte sein Portemonnaie so schnell und vehement, dass sie furchtbar erschrak. „Tut mir leid.“ Er blickte stirnrunzelnd auf sie herunter. „Ich wollte dich nicht erschrecken.“ Er stopfte das Portemonnaie in seine Hosentasche und knallte die Autotür zu.

Was war denn jetzt schon wieder los? Chelsea öffnete völlig perplex ihre Tür und kletterte aus dem Auto.

„Er hat doch nicht etwa geglaubt, dass ich seine Brieftasche stehlen würde? Das ist doch lächerlich“, überlegte sie. Aber sie vergaß den Zwischenfall sofort wieder, als Will sie zärtlich anlächelte, seine Hand auf ihre Schulter legte und mit ihr zum Kino ging.

Der Film war total lustig. Eigentlich konnte sich Chelsea mit Komödien nicht sehr schnell anfreunden, aber weil sie so dicht neben Will saß, war alles ganz anders. Ihr erstes Date! Endlich! Sie lachte fast die ganze Zeit und war tatsächlich enttäuscht, als die letzte Verfolgungsjagd im obligatorischen Totalschaden endete und die Lichter wieder angingen.

Die Nacht war überraschend warm, als sie aus dem Kino kamen. Eine schmale Mondsichel hing über ihnen, von einer schwarzen Wolke in zwei Hälften geteilt.

„Das war ja total albern.“ Will grinste sie an und legte wieder seine Hand auf ihre Schulter, als sie zum Auto gingen.

„Ja, aber auch lustig“, antwortete sie.
„Hast du Hunger?“
Sie zuckte die Schultern.
„Weißt du, was ich gerne tun würde?“ Er blieb bei seinem Auto stehen, ganz dicht neben ihr. Seine dunklen Augen glitzerten im Licht einer Straßenlaterne.
„Was denn?“
„Ein bisschen herumfahren, dann irgendwo parken und quatschen.“ Er steckte seine Hände in die Jackentaschen.
„Hört sich gut an.“
„Weißt du, wo wir hinfahren könnten?“, fragte Will. Er blickte die Straße hinunter, die sich schnell leerte. Alle fuhren nach Hause.
„Willst du damit etwa sagen, dass du *nicht* jede Woche mit einem Mädchen irgendwo parkst?“, scherzte Chelsea.
Er lachte. „Gnade, Gnade! Ich bin neu hier, erinnerst du dich nicht?“
„Na, ich bin aber auch neu hier. Lass mich mal überlegen … Wir könnten vielleicht zum River Ridge gehen, bei den Klippen über dem Fluss. Soll ganz in Ordnung sein da oben. Nina meinte, dass sich dort alle treffen.“
„Wer ist Nina?“ Will hörte sich plötzlich misstrauisch an.
„Meine Freundin. Sie ist bis jetzt eigentlich meine einzige Freundin hier in Shadyside. Bis auf dich natürlich“, fügte sie schüchtern hinzu.
Anstatt sich geschmeichelt zu fühlen, runzelte er die Stirn. „Hast du etwa Nina von unserem Treffen erzählt?“

„Natürlich nicht!“ Chelsea öffnete die Beifahrertür. „Es sollte doch unser Geheimnis sein, erinnerst du dich nicht?“

Sie lächelte ihn an und sein Gesicht entspannte sich.

„Na klar erinnere ich mich.“

Er ging um das Auto herum zur Fahrertür und setzte sich hinter das Steuer. Kurze Zeit später waren sie auf dem Weg zurück nach Shadyside, friedlich und schweigsam. Das Radio spielte leise im Hintergrund.

„Wie kommt man denn zum River Ridge?“, fragte Will. Dann beantwortete er seine Frage sofort selber. „Na, man nimmt wohl die River Road.“

„Ich denke schon“, antwortete Chelsea. „Oh. Das ist mein Lieblingslied. The Temptations.“ Sie summte das Lied für einige Sekunden mit. „Hörst du eigentlich immer solche Oldies, Will?“

Er antwortete nicht. Er starrte wieder nur geradeaus durch die Windschutzscheibe und seine Gedanken schienen meilenweit entfernt zu sein.

„Will?“ Chelsea berührte seinen Arm.

„Oh.“ Er zuckte leicht zusammen. „Tut mir leid. Ich habe gerade an etwas gedacht. Das ist ein tolles Lied, nicht?“

River Ridge war vielleicht im Frühling und im Sommer ein beliebter Treffpunkt für Schüler von Shadyside High, aber heute, in dieser kalten und ungemütlichen Oktobernacht, war er völlig verlassen.

Will fuhr mit dem Auto bis an den Rand der Klippen und machte die Scheinwerfer aus. Weit unten war der Fluss, schwarz und geheimnisvoll. Gleich auf der anderen Seite des Wassers erstreckte sich die Stadt. Fast alle Häuser von Shadyside waren dunkel, nur aus einigen

Fenstern schimmerte noch Licht. Hin und wieder blinkte eine Ampel.

Chelsea fühlte, wie ihr Herz schlug. In ihrem ganzen Körper kribbelte es. Sie war so glücklich! Sie wollte lauthals singen, die Autotür aufmachen und aus dem Auto herausfliegen, über die Klippen, über den Fluss, hinein in den dunklen, mit Sternen übersäten Himmel.

Will ließ die Hände vom Lenkrad gleiten und drehte sich zu ihr um. Er lächelte sie an. Dann legte er einen Arm auf die Lehne ihres Sitzes.

„Gleich küsst er mich“, schoss es ihr durch den Kopf. „Ich bin hier oben am River Ridge, in einem Auto, mit einem Jungen, der mich mag. Meine erste Verabredung!“

Will zog sie noch näher zu sich. Nervös leckte sie sich über die Lippen. Sie fühlten sich so trocken an. Da legten sich seine Lippen schon auf ihre.

Es war ein kurzer und ungeschickter Kuss. Aber er lächelte, als er seinen Kopf zurückzog.

„Eine schöne Nacht“, meinte er beiläufig.

Chelsea nickte. Sie wünschte, der Kuss hätte länger gedauert. Er sollte sie wieder küssen, sie festhalten. Wie oft hatte sie sich das in ihrer Fantasie vorgestellt. Jetzt sollte es genau so sein, wie sie es sich immer erträumt hatte.

Aber Will nahm seinen Arm von der Lehne und legte ihn wieder auf das Steuer. „Wie wär’s mit einem Spaziergang? Es ist so schön hier oben. Ich sehe gerne auf die Stadt hinunter. Du auch?“

Er machte seine Tür auf, ohne überhaupt auf ihre Antwort zu warten.

Chelsea öffnete langsam die Tür auf ihrer Seite. „Er

ist richtig romantisch", dachte sie verträumt. „In der Schule ist er immer ziemlich schüchtern, aber hier oben wirkt er ganz anders, viel selbstsicherer, viel souveräner. Vielleicht liegt das ja daran, dass er sich bei mir wohlfühlt."

Sie zwang sich zur Ruhe. Die Innenbeleuchtung erlosch, als sie ihre Tür zuschlug. Die Nacht wurde noch dunkler.

„Will?" Für einen Augenblick konnte sie ihn nicht finden. Dann, als ihre Augen sich an die Dunkelheit gewöhnt hatten, sah sie ihn am Rande der Klippen stehen, die Hände in den Jackentaschen. Er starrte auf die Stadt.

„Sieh mal." Er drehte sich um und winkte sie an seine Seite. „Es sieht überhaupt nicht wirklich aus. Eher wie eine Spielzeugstadt."

Sie ging ein paar Schritte in seine Richtung, zögerte dann aber.

„Nun komm schon", rief er ungeduldig.

Chelsea machte einen weiteren Schritt und blieb dann endgültig stehen. „Ich kann nicht. Ich habe Höhenangst." Für den Bruchteil einer Sekunde glitt ein Schatten von Enttäuschung über sein Gesicht. Er verschwand sofort, als er zu ihr eilte und sie in seine Arme nahm.

„Tut mir leid. Das wusste ich nicht." Er führte sie weg von den Klippen zum Wald, der hinter der Straße lag. „Wir gehen einfach hier entlang. Ich mag den Wald bei Nacht, und du?"

„Es ist ein bisschen kalt." Chelsea zitterte. Kleine Atemwölkchen stiegen bei jedem Wort auf, ganz weiß in der schwarzen Nacht. „Aber es gefällt mir trotzdem hier. Es ist so friedlich. Als ob wir eine Million Kilometer von zu Hause entfernt wären."

Ihre Schuhe knirschten auf dem Weg. Als sie unter den ersten Bäumen ankamen, wurde es noch dunkler. Nicht einmal der Mondschein drang zu ihnen hinunter. Will ging langsamer. Er ließ Chelsea einige Schritte vorausgehen. „Sie ist völlig ahnungslos. Das macht es so einfach“, dachte er. Dann zog er ein Stück Schnur aus der Tasche, legte es zusammen und zog es mit einem leisen Schnapp zwischen seinen Händen straff.

11

Die Kordel in den Händen bereit, ging Will jetzt wieder schneller, um Chelsea einzuholen. Chelsea war genauso wie Jennifer. Seine Schwester. Oder wenigstens das, was er von Jennifer in Erinnerung behalten hatte.

„Du hattest Glück, Jennifer." Die Sätze hämmerten in seinem Kopf. „Du durftest mit Mum mitgehen. Du wurdest nicht jede Nacht von einem Betrunkenen geprügelt. Du musstest nicht diesen Albtraum leben, aus dem es kein Entkommen gibt. Du und Mum, ihr beiden hattet es gut. Ihr seid weggelaufen und habt mich einfach dort gelassen. Ihr habt mir nicht einmal erzählt, wo ihr hingehen wolltet. Ihr habt mir nicht geschrieben und ihr habt nie angerufen. Du und Mum, ihr hattet beide so ein schönes Leben. Und ihr habt nicht ein einziges Mal an mich gedacht." Schneller und schneller jagten sich die Gedanken in seinem Gehirn. „Aber ich dachte an dich, Jennifer. Ich habe oft an Mum und dich gedacht. Viele Mädchen verdienen es, deinetwegen zu sterben. Viele Mädchen werden sterben. Und eines Tages werde ich euch beide finden. Und dann werdet ihr beide auch sterben. Genau so, wie ich jeden Abend gestorben bin. Jeden Abend."

Er öffnete seinen Mund und sog die kühle Nachtluft tief ein.

Mit angehaltenem Atem trat er dann hinter Chelsea und hob die Schnur.

12

Die Lichter flammten jäh auf.

Will hatte gerade noch genug Zeit, die Schnur in seine Jackentasche zu stopfen, bevor Chelsea herumwirbelte.

„Was um Himmels willen ist das?“ Sie flüsterte vor Schreck.

Autoscheinwerfer. Ein zweites Auto parkte neben ihrem.

„Mensch, hab ich mich erschrocken.“ Chelsea hielt sich an Wills Ärmel fest. „Wir waren so ganz alleine, und ...“

„Ganz schön voll hier oben.“ Er lachte. Es klang schrill und fast etwas gezwungen. „Komm, lass uns gehen.“ Er nahm ihre Hand und ging schnell mit ihr zum Auto zurück.

Sein Herz klopfte wie wild. Als er die Lichter sah, hatte er zuerst an eine Polizeistreife gedacht, die nach dem alten Pontiac suchte. Er hatte den Wagen erst am Nachmittag gestohlen. Aber es war gar nicht die Polizei. Es waren nur zwei Teenager, die allein sein wollten.

Sie hatten seinen Plan ruiniert. Und seine Nacht.

Er würde sie nach Hause bringen müssen und danach irgendwie das Auto verschwinden lassen.

Auch gut. Dann würde er sie eben in einer anderen Nacht töten.

„Immer mit der Ruhe“, redete er sich gut zu. Er hielt

ihr die Beifahrertür auf und zwang ein Lächeln auf sein Gesicht.

Immer mit der Ruhe. Es wird noch andere Nächte geben. Die Zeit dieses Mädchens wird kommen. Bald.

Er startete den Motor und fuhr rückwärts auf die Straße. Dann machte er die Scheinwerfer an. Das dichte Gehölz vor ihnen wurde angestrahlt.

Chelsea fröstelte und steckte ihre Hände in die Taschen. „Das war wirklich schön", sagte sie verträumt. Sie sank tief in die Polster und legte ihren Kopf auf die Lehne.

„Ja." Will hielt seine Augen starr auf die Straße gerichtet.

Chelsea wurde klar, dass sie sich noch nie so glücklich gefühlt hatte in ihrem Leben. Selbst in ihrer alten Schule war sie immer eine Außenseiterin gewesen, immer alleine, immer diejenige, die Samstagabend zu Hause blieb und fernsah, anstatt wie ihre Freundinnen zu Partys oder Verabredungen zu gehen.

„Warum gehst du nicht zum Friseur und lässt dir eine schicke Frisur machen?", schlugen ihre Freundinnen vor.

Oder: „Warum nimmst du nicht etwas ab?"

Oder: „Warum nur ziehst du dir nicht etwas anderes an – etwas Gewagteres?"

Alle hatten immer nur gute Ratschläge für Chelsea.

Nun brauchte sie keine mehr. Sie hatte jetzt einen Freund, der sich mit ihr verabredete, einen Freund, der sie wirklich mochte. Einen Freund, der sie küsste, der sie mit zu romantischen Spaziergängen nahm.

Sie fühlte sich so glücklich und entspannt, dass sie sich gegen ihn lehnte und flüsterte: „Warum gehen wir nicht noch zu mir?"

Er reagierte zuerst überhaupt nicht. Er schien völlig in Gedanken versunken, weit weg von ihr. Einen Augenblick dachte Chelsea, er habe sie gar nicht gehört. Aber endlich antwortete er: „Zu dir?“

„Ja.“ Chelsea lächelte ihn an. „Es ist niemand da. Meine Mutter arbeitet und mein Vater ist immer noch im Krankenhaus.“

Er sah immer noch starr geradeaus, aber Chelsea sah, wie ein Lächeln um seine Lippen spielte. Ihr wurde ganz warm ums Herz. „Ihm gefällt die Idee“, dachte sie. „Er mag mich. Ich werde mit einem Jungen, der mich mag, alleine in einem Haus sein.“

Sie war aufgeregt und nervös und glücklich und besorgt – alles zugleich.

Schnell erklärte sie Will den Weg zu ihrem Haus in der Fear Street.

Zu ihrer Überraschung machte er keine blöden Bemerkungen oder Witze über den Straßennamen wie die anderen in Shadyside High. „Wahrscheinlich weiß er gar nichts über diese Straße“, fiel ihr dann aber ein. „Er ist ja auch noch neu in der Stadt. Er hat bestimmt noch nichts von den furchtbaren Dingen gehört, die hier passiert sein sollen.“

Bald waren sie da. Chelsea hüpfte fast aus dem Auto. Sie liebte die Fear Street! Es war die schönste Straße, in der sie je gelebt hatte. Und dies war die schönste Nacht ihres Lebens!

Will folgte ihr hoch zum Haus. Die Treppe zur Vordertür war dunkel. Chelsea hatte vergessen, die Außenbeleuchtung einzuschalten.

Sie suchte in ihrer Tasche nach den Schlüsseln. Endlich hatte sie sie gefunden, aber da fielen sie ihr schon aus der Hand auf die oberste Stufe. Sie bückten sich gleichzeitig. Will packte die Schlüssel zuerst. Sie hoffte, dass ihm ihre zitternden Hände nicht auffielen, als sie mit dem Türschloss kämpfte.

„Das ist doch verrückt“, dachte sie ärgerlich. „Es gibt überhaupt keinen Grund, so nervös zu sein.“

Endlich war die Tür offen. Chelsea machte das Flurlicht an und warf ihre Jacke auf das Treppengeländer. Will nahm etwas aus seiner Jackentasche und warf erst dann seine Jacke neben ihre. Dann ging sie voraus zum dunklen Wohnzimmer.

Gerade, als sie die Lampe neben der Couch anmachen wollte, nahm Will ihre Hand und zog sie sanft davon weg. Bevor sie auch nur Luft holen konnte, hatte er sie in den Arm genommen und küsste sie leidenschaftlich, so lange, bis sie fast keine Luft mehr bekam.

„Will –“, flüsterte sie. Ihr Herz pochte, in ihrem Kopf drehte sich alles.

Aber er ließ sie nicht los.

Er hielt sie ganz fest, zärtlich, aber bestimmt, und zog sie langsam mit auf die Couch hinunter.

Dort küsste er sie noch einmal. Ein wohliger Schauer rann ihr über den Rücken. Chelsea schloss für einen kurzen Augenblick die Augen, öffnete sie aber sofort wieder. Sie wollte ihn sehen. Sie wollte alles ganz genau sehen, wenn es auch nicht viel war in dem dumpfen gelben Licht, das aus dem Flur hereinschimmerte. Sie wollte alles sehen, damit sie es für immer behalten würde.

Wieder rann ihr ein Schauer über den Rücken.

Da erst fiel ihr auf, wie kalt ihr war. Ihr war immer noch kalt von dem Spaziergang und von der Rückfahrt.

„Wie kann mir kalt sein?“, schimpfte sie mit sich selber. „Wie kann ich nur jetzt über so etwas Idiotisches nachdenken? Das ist ja mal wieder typisch.“

Will küsste sie wieder, so lange, bis sie beide ganz außer Atem waren.

Das Licht aus dem Flur schien zu schimmern. Der ganze Raum begann sich langsam zu drehen, ganz so, als würden sie auf einem fliegenden Teppich hoch über dem Boden schweben, unter sich nur die wirbelnde Dunkelheit.

Chelsea setzte sich auf und versuchte, zu Atem zu kommen. Sie schloss ihre Augen und lehnte sich mit ihrem Kopf an seine Schulter. Will zog die Kordel aus seiner Hosentasche.

Unauffällig nahm er sie in beide Hände.

13

Chelsea sprang auf.

Will ließ die Schnur auf die Couch fallen.

„Mir ist eiskalt.“ Sie rieb sich fröstelnd die Arme. „Was hältst du von heißem Kakao?“

Sie fragte sich, warum Will wohl so enttäuscht aussah. Auf seinen Backen waren zwei rote Flecken.

„Was?“ Er schien sie noch nicht einmal richtig gehört zu haben!

„Heißer Kakao! Ich gehe in die Küche und mache welchen. Okay?“

Was war nur plötzlich los mit ihm? War er abgelenkt? Aber wovon? Oder war er einfach nur wieder schüchtern? Vielleicht war er genauso aufgeregt wie sie? Er hatte ja immerhin zugegeben, dass dies auch seine erste Verabredung war.

„Ja. Gut.“ Sein Gesicht hellte sich auf. „Ich werde dir helfen.“

„Nein, lass ruhig.“ Chelsea ging durch das dunkle Wohnzimmer auf den erleuchteten Flur zu. „Aber du kannst mir Gesellschaft leisten.“

„Wo ist euer Badezimmer?“ Will schien seine Meinung geändert zu haben.

Chelsea zeigte es ihm und ging dann schnell in die Küche. Sie machte das Licht an, füllte den Wasserkessel und stellte den Herd an. Dann ging sie zum Küchenschrank, nahm zwei Tassen heraus und suchte nach den Beuteln mit Kakaopulver.

Sie warf einen Blick auf die Küchenuhr über dem Schrank. Es war zwanzig vor zwölf. Sie wünschte, es wäre noch nicht so spät. Die Nacht sollte immer so weitergehen und nie aufhören.

Sie suchte immer noch im Küchenschrank zwischen schmalen Paketen mit Spaghetti, da schlich sich Will heran. Er hielt die Schnur locker zwischen seinen Händen. Es würde einfach gehen.

Natürlich wäre es noch einfacher gewesen, wenn sie sich hätte über die Klippen stoßen lassen.

Er hatte es so gut geplant, dort oben am River Ridge. Ein Stoß. So schnell, so sauber. Aber sie wollte ja nicht mitmachen.

„Manche Dinge muss man einfach auf die komplizierte Art tun", schoss es ihm durch den Kopf und er glitt lautlos direkt hinter sie. „Wenn etwas wert ist, getan zu werden, dann sollte man es auch richtig tun."

Er hob die Schnur und starrte auf ihr mausbraunes Haar hinunter. Er zitterte nicht. Nicht das kleinste Zögern.

„Es liegt daran, dass dies nicht wirklich meine erste Verabredung ist", stellte er fest.

Er hob die Schnur höher. Höher und höher.

Er stand nahe genug hinter ihr, um ihr Parfüm riechen zu können. Er war sogar nahe genug, um das Schild chen lesen zu können, das aus ihrem Pulloverausschnitt herausragte. Er hasste Mädchen, die sich anzogen, ohne auf das Schildchen zu achten.

Seine Schwester war auch so eine Schlampe.

Er las das Schildchen: Größe L.

„Tschüss, Chelsea", dachte er. „Gute Nacht."

Er bewegte seine Arme nach vorne, die Schnur bereit zwischen seinen Händen.

Da klingelte es an der Tür.

„Oh!“, rief Chelsea überrascht aus.

Er ließ seine Arme fallen und zwang sich zur Ruhe, zwang sich, ein ausdrucksloses Gesicht zu machen.

„Will, ich habe dich ja gar nicht hereinkommen gehört!“ Chelsea war ganz atemlos. Sie drückte ihm spontan die zwei Beutelchen mit Kakaopulver in die Hand. „Hier. Tu die schon mal in die Becher. Ich schaue kurz nach, wer an der Tür ist.“

Er sah ihr nach, wie sie aus der Küche eilte. Er knirschte wütend mit den Zähnen, bückte sich und hob die Schnur vom Boden auf.

Er war so nah dran gewesen. So nah.

Er warf einen Blick auf die Uhr. Wer konnte das sein, so spät? Wer störte ihre erste – und letzte – Verabredung? Ihre Mutter? Nein. Ihre Mutter würde nicht an der Tür klingeln. Und überhaupt, Chelsea hatte ja gesagt, dass ihre Mutter die ganze Nacht arbeiten musste.

Er legte die beiden Beutel mit dem Kakaopulver einfach neben die Becher und schlich sich in den Flur, um zu lauschen.

Chelsea öffnete gerade die Tür. „Nina!“

„Oh, Chelsea!“ Nina war völlig verzweifelt. „Es tut mir so leid, dass ich einfach hier hereinplatze.“ Ihre Augen waren rot gerändert, ihr sonst immer so perfekt frisiertes Haar völlig durcheinander.

„Nina, was ist denn passiert?“ Chelsea hielt die Tür weit auf.

Nina ging an ihr vorbei in den Flur und blinzelte im hellen Licht. „Es ist Doug. Wir haben uns gestritten. Ich glaube, er will mit mir Schluss machen, Chelsea. Diesmal ist es ernst."

„Komm erst mal herein." Chelsea war nicht sehr begeistert. „Das ist so typisch Nina", dachte sie unglücklich. „Platzt einfach herein und fragt noch nicht einmal, ob ich gerade beschäftigt bin oder ob es mir passt oder so. Sie denkt an nichts anderes als an Doug."

Nina fing ihren Blick auf. „Oh, es tut mir so leid, Chelsea. Ist noch jemand hier? Du bist nicht allein?" Sie folgte Chelsea zur Küche.

„Ich habe eine Verabredung." Chelsea konnte nicht verhindern, dass ein strahlendes Lächeln sich auf ihr Gesicht stahl.

„Eine Verabredung?", flüsterte Nina zurück. Sie blieb sofort stehen und überprüfte ihr Haar und ihr Make-up im Flurspiegel. „Mit einem Jungen?"

Chelsea warf ihrer Freundin einen bösen Blick zu.

„Tut mir leid." Nina hob bittend die Hände. „Ich bin total durcheinander. Ich wusste überhaupt nicht, mit wem ich reden soll. Ich habe die ganze Zeit geweint und wollte mit dem Auto weg und dann dachte ich …"

„Nun geh erst mal rein und setz dich hin." Chelsea zeigte auf das Wohnzimmer. „Ich komme gleich. Ich möchte, dass ihr euch kennenlernt."

Nina zögerte, doch dann tat sie, was ihre Freundin gesagt hatte. Chelsea lief in die Küche.

„Will, es tut mir leid." Sie sprach leise, damit Nina sie nicht hören konnte. „Ich befürchte, unsere geheime Verabredung kann nicht länger geheim bleiben. Meine Freundin Nina ist gekommen, und …"

Chelsea brach erstaunt ab.

Die Küchentür war weit offen. Und Will war weg.

14

„Kannst du nicht leise üben?“ Mrs Richards linste hinter ihrer Zeitung hervor. „Ich versuche hier, Zeitung zu lesen.“

„Mum“, sagte Chelsea, „wie soll ich mit einem Saxofon *leise* üben?“ Sie blätterte durch den Stapel Noten, den sie auf einen Ständer vor die Couch gestellt hatte.

„Vielleicht könntest du das Mundstück abnehmen?“, schlug ihre Mutter vor. Ihr Gesicht verschwand wieder hinter der Zeitung.

„Warum musst du immer Witze über mein Saxofon machen?“ Chelsea klimperte mit ihren Fingern leise auf dem Instrument herum und starrte ihre Mutter an, die hinten im Esszimmer am Tisch saß und verschiedene Teile der Zeitung um sich herum ausgebreitet hatte.

„Ich will doch nur nicht, dass dein Gehirn genauso anschwillt wie deine Lippen“, ertönte es dumpf hinter der Zeitung.

„Warum kannst du mich auch nie ermutigen?“ Chelseas Stimme hob sich um einige Oktaven.

„Ich will dich überhaupt nicht ermutigen. Ich hasse das Saxofon. Vor allem so früh am Morgen.“

Chelsea hob das Instrument an ihre Lippen und blies hinein, so stark sie nur konnte. Das Saxofon gab einen schrillen Protestlaut von sich.

Mrs Richards zuckte zusammen und ließ beinahe die Zeitung fallen. Sie funkelte Chelsea zornig an. Dann fingen beide an zu lachen.

„Okay. Ich ergebe mich. Waffenstillstand?"

„Waffenstillstand." Chelsea hob ihr Instrument wieder an die Lippen, holte tief Luft und wollte gerade voller Eifer weiterüben, da klingelte das Telefon.

„Gerettet!" Mrs Richards war dankbar.

„Hey, das war aber ein kurzer Waffenstillstand!", rief Chelsea ins Esszimmer hinüber und nahm den Hörer ab.

„Hallo, Chelsea. Rufe ich zu früh an?"

Sie brauchte einen Moment, bis sie schaltete. Es war Will. „Oh, hallo. Nein, nein. Wir sind schon seit Stunden wach."

„Wer ist dran?", erkundigte sich ihre Mutter von der anderen Seite des Zimmers.

„Für mich", sagte Chelsea schnell. Dann drehte sie sich etwas um, damit sie ihre Ruhe hatte. „Wohin bist du denn letzte Nacht verschwunden?", fragte sie Will.

„Hm?" Die Frage schien ihn zu überraschen.

„Och, nun komm schon, Will." Sie wurde ungeduldig. „Als ich zurück in die Küche kam, warst du weg. Was ist denn passiert?"

„Was? Hast du mich etwa nicht gehört? Ich habe doch ganz laut Tschüss gesagt!"

„Nein. Ich habe nichts gehört."

„Ich habe richtig laut gerufen. Und du hast geantwortet. Erinnerst du dich nicht? Ich sagte auch noch, dass ich heute anrufen würde."

Chelsea erinnerte sich an gar nichts. Konnte es sein, dass sie ihn einfach nicht gehört hatte? „Na ja –" Sie wusste nicht, was sie sagen sollte.

Es hatte sie verletzt, dass er einfach so verschwunden war. Verletzt und verwirrt. Sie hatte sich einfach eingeredet, dass er zu schüchtern war und Nina nicht treffen wollte. Oder vielleicht war er so romantisch, dass er ihr geheimes Treffen wirklich geheim halten wollte.

„Na, wenigstens hast du heute angerufen", brachte sie schließlich heraus.

„Wer ist dran?", meldete sich ihre Mutter wieder. „Ist es ein Verehrer?"

„Mum – bitte!" Chelsea hielt ihre Hand über den Hörer.

„Entschuldige bitte!" Ihre Mutter war so laut, dass Chelsea gar nicht hören konnte, was Will als Nächstes sagte.

„Tut mir leid, Will. Was hast du gerade gesagt?"

„Ich fragte dich, ob du vielleicht heute Abend wieder etwas mit mir machen willst. Damit wir unser erstes Treffen richtig beenden können."

„Er ist wirklich süß", dachte Chelsea. Sie wollte gerade zusagen, da fiel ihr etwas ein. „Ich kann nicht. Ich muss meinen Vater im Krankenhaus besuchen und ich habe noch so viele Hausaufgaben. Ich habe noch nicht einmal den Aufsatz für Lash angefangen."

„Oh, wie schade." Will hörte sich sehr enttäuscht an.

Das beflügelte Chelsea. Seine Enttäuschung klang wie Musik in ihren Ohren.

„Vielleicht könnten wir uns ja morgen Abend nach der Arbeit treffen." Sie war selbst über ihren Vorschlag überrascht.

„Okay. Hört sich gut an."

Sie erklärte ihm, wo das Café war und dass sie um sieben Feierabend hatte.

Sie redeten noch eine Weile, über den Film, den sie gesehen hatten, über den kurzen, kalten Spaziergang und über die Schule. Er schien das Gespräch gar nicht beenden zu wollen. Chelsea war glücklich. Ihre Enttäuschung von gestern Nacht war wie weggeblasen.

Als sie endlich auflegte und sich herumdrehte, sah sie ihre Mutter. Sie hatte die Zeitung auf den Tisch gelegt und starrte ihre Tochter durch den Raum hinweg an. „Du hast einen Freund?"

„Mum, nun tu doch nicht so!" Chelsea wurde ärgerlich. „Weißt du, es ist anscheinend doch möglich, dass ein Junge mich mag."

„Es tut mir leid", sagte Mrs Richards schnell. „Ist es der gleiche Junge, mit dem du dich getroffen hast? Wie heißt er denn?"

„Ja, er ist der gleiche. Und er heißt Will. Er ist auch neu in der Schule."

„Schatz, das ist doch toll." Ihre Mutter schien es ernst zu meinen. „Wann kann ich ihn denn mal kennenlernen?" Sie warf einen Blick auf ihre Uhr und stand hastig auf. „Ach Gott, ich muss schon wieder weg. Ich habe eine Extraschicht heute Morgen übernommen." Und ehe Chelsea ihre Frage beantworten konnte, war sie auch schon durch die Tür verschwunden.

Gedankenverloren sah Chelsea ihr durchs Wohnzimmer nach. Es schneite schon wieder. Große Flocken schwebten langsam zu Boden. Es war völlig windstill.

„Wie wunderschön", dachte Chelsea. „Das ist so schön und weich, es sieht total unwirklich aus."

Sie rannte zur Tür und machte sie auf, um alles noch besser sehen zu können.

„Oh!"

Sie schnappte nach Luft. Draußen stand ein großer, massiger Mann in einem dunklen Mantel. Er starrte sie mit den kältesten Augen an, die sie jemals gesehen hatte.

15

Chelsea sprang zurück und wollte die Tür zuschlagen. Die stahlblauen Augen des Mannes verengten sich zu Schlitzen. Schneeflocken klebten an seinem kurzen blonden Haar, an seinen buschigen Augenbrauen und auf seinen breiten Schultern. Er hielt seine Hand hoch.

Chelsea zögerte.

Was hielt er da in seiner Hand? Was wollte er ihr zeigen?

Es war eine Art Ausweis. Auf einem Kärtchen stand deutlich FBI.

Der Mann trat zwei Schritte zurück. Er schien ihr zeigen zu wollen, dass er ihr nichts tun würde.

Ihr Herz klopfte immer noch wie wild. Chelsea zögerte noch etwas, zog die Tür dann aber doch wieder ein Stück weiter auf. Die Luft war kalt und feucht vom fallenden Schnee.

„Was wollen Sie?“, rief sie. Es klang schriller, als sie beabsichtigt hatte.

„Es tut mir leid, dass ich dich erschreckt habe.“ Die Stimme war dünn und schwankend, überhaupt nicht der tiefe, feste Bass, den sie von einem solchen Mann erwartet hatte. „Ich bin Agent Martin vom FBI. Sind deine Eltern zu Hause?“

Durch das dichte Schneetreiben konnte Chelsea einen schwarzen Plymouth sehen, der unten auf der Straße geparkt war. Wahrscheinlich sein Auto. Agent Martin hielt immer noch seinen Ausweis hoch.

„Nein, sie sind nicht zu Hause." Chelsea zögerte wieder und sah forschend in seine blauen Augen. Sie waren so klar wie Glasmurmeln. Er erwiderte ihren Blick.

„Könnte ich dir ein paar Fragen stellen? Es dauert nur einen Moment."

Chelsea nickte und machte die Tür ganz auf. Er ließ seinen Ausweis sinken und steckte ihn in die Manteltasche. „Wie gesagt, ich werde dich nicht lange aufhalten." Er folgte Chelsea in den schmalen Flur.

„Wie heißt du?"

Chelsea sagte es ihm.

Er wischte sich mit einer Hand die Schneeflocken aus dem Haar.

„Habe ich irgendetwas falsch gemacht?" Chelsea starrte besorgt auf die Pfützen, die sich um seine Schuhe bildeten.

Er lächelte und plötzlich wirkten seine blauen Augen gar nicht mehr so kalt und unnahbar. Er schüttelte den Kopf.

„Nein, überhaupt nicht. Mein Partner und ich machen hier in der Nachbarschaft die Runde." Er erklärte schnell, was er meinte. „Wir gehen von Haus zu Haus und befragen die Leute. Wir suchen nach einem jungen Mann."

„Nach einem jungen Mann?" Chelsea verschränkte ihre Arme.

„Wir hoffen, dass jemand ihn gesehen hat." Seine Augen wanderten an Chelsea vorbei in Richtung Küche. „Gehst du auf die Shadyside High?"

„Ja. Aber erst seit letztem Monat. Wir sind neu in der Stadt."

„Vielleicht hast du ihn ja trotzdem gesehen. Mittelgroß. Mittelschwer, sieht aber aus, als ob er Gewichte hebt. Er hat muskulöse Arme, eine breite Brust und dunkles, lockiges Haar und dunkle Augen, fast schwarz. Als er das letzte Mal gesehen wurde, trug er Jeans und eine schwarze Lederjacke."

„Hm. Ich weiß nicht so recht. So sehen doch viele aus."

„Denk mal drüber nach. Irgendjemand in der Schule, auf den die Beschreibung passt? Oder hast du einen Job. Vielleicht jemand dort?"

Eine Erinnerung zuckte durch Chelseas Kopf. Tim Sparks! Oh mein Gott! Die Beschreibung passte genau auf Sparks!

„Ist – ist dieser Junge gefährlich oder so?" Sie konnte es nicht verhindern, dass ihre Stimme zitterte.

Agent Martin nickte. Sein Gesicht wurde ernst, seine Augen verengten sich wieder zu Schlitzen, während er sie genau beobachtete.

„Ja, er ist tatsächlich gefährlich. Und es sieht so aus, als wäre er in der Gegend."

Chelsea wollte etwas sagen, konnte sich aber noch nicht dazu überwinden. Sie wusste nicht, was sie tun sollte. Sollte sie Martin von Sparks erzählen?

„Wenn du irgendjemanden gesehen hast, auf den diese Beschreibung passt, dann musst du es mir sagen." Martin schien ihre Gedanken gelesen zu haben. Er verlegte sein Gewicht auf den anderen Fuß und steckte seine Hände in die Manteltaschen. Er blickte Chelsea erwartungsvoll an.

„Sie sagten, er hätte schwarzes lockiges Haar?" Chelsea versuchte, Zeit zu gewinnen. Sie überlegte fieberhaft. „Und er sieht so aus, als würde er im Fitnessclub Gewichte stemmen?“

Agent Martin nickte.

„Sparks wirkte doch immer so gefährlich“, dachte Chelsea. „Wahrscheinlich ist er das wirklich.“

„Ein Junge kam in das Café meines Vaters. Dort helfe ich manchmal aus“, erklärte sie langsam. „Ich glaube, dass die Beschreibung ganz gut auf ihn passt.“

Chelsea wusste nicht, wohin mit ihren Armen, also verschränkte sie sie. Sie lehnte sich nervös gegen das Treppengeländer.

Martin zog einen schmalen Block und einen Kugelschreiber aus seiner Manteltasche. Er kritzelte etwas auf das oberste Blatt.

„Genau wie im Fernsehen“, schoss es Chelsea durch den Kopf.

„Weißt du seinen Namen?“, fragte er, die Augen auf den Notizblock geheftet.

„Ja. Sparks. Tim Sparks. Er sagte mir, ich solle ihn Sparks nennen, das machten alle.“

„Sparks“, wiederholte Agent Martin langsam und schrieb es sorgfältig in seinen Block.

„Hat er schon einmal Ärger mit der Polizei gehabt?“, fragte Chelsea neugierig. Sie sah Sparks vor sich und dachte daran, wie wütend er werden konnte.

Martin gab keine Antwort. „Bist du mit ihm ausgegangen?“

„Nein!“ Chelsea sagte das lauter, als sie eigentlich gewollt hatte. „Nein“, wiederholte sie noch einmal. „Ich habe nur ein paarmal mit ihm gesprochen. Im Café. Er kam ja auch nur zweimal.“

„Hat er dir erzählt, wo er wohnt, Chelsea?“

Sie schüttelte ihren Kopf. „Ich erinnere mich nicht. Nein, ich glaube nicht. Er sagte, dass er nach Arbeit sucht."

Martin schrieb auch diese Information auf. Diesmal blieben seine Augen auf Chelsea gerichtet. „Geht er auch auf deine Schule?" Er senkte den Notizblock.

„Was?"

„Deine Schule. Shadyside High. Hast du ihn irgendwann einmal dort gesehen? Manchmal meldet er sich in der Schule an. Er ist zwanzig, sieht aber jünger aus." Geduldig wartete Martin auf ihre Antwort.

„Nein. Ich habe ihn noch nie in der Schule gesehen. Nur in unserem Café."

Er fragte sie nach dem Namen und der Adresse des Cafés. Sie sagte es ihm.

„Du hast uns sehr geholfen." Martin verlagerte sein Gewicht wieder und steckte den Notizblock und den Kugelschreiber zurück in seine Manteltasche. Er gab Chelsea eine Visitenkarte. „Wenn dir noch irgendetwas einfällt, das uns helfen könnte, dann ruf bitte mich oder meinen Partner an. Die Nummer steht auf der Karte."

Er drehte sich um und ging zur Tür. Da, wo er gestanden hatte, blieben zwei dunkle Pfützen zurück. „Und wenn du ihn wieder siehst, rufst du mich sofort an, okay?"

„Okay." Chelsea hielt die Karte ganz fest in ihrer Hand.

„Mädchen, lass es nicht drauf ankommen."

„Wie bitte?"

„Sei vorsichtig, ja?"

„Okay", versprach Chelsea. Sie blieb nahe am Treppengeländer.

Agent Martin machte die Tür auf. „Wenn du diesen Sparks siehst, dann ruf mich sofort an.“ Er schlug die Tür laut hinter sich zu.

Chelsea beobachtete, wie er mit langen, federnden Schritten durch den Garten hinunter zur Straße ging. Sein Mantel wehte hinter ihm. Dann zog sie die Tür zu, schloss sie ab und lehnte sich mit dem Rücken dagegen.

Sie schloss ihre Augen. Die Karte von Agent Martin hielt sie immer noch fest in ihrer Hand.

Sparks hatte ja immer etwas dubios ausgesehen. Aber wie konnte sie ahnen, dass er so *gefährlich* war! Und nicht nur das – er wurde auch noch vom FBI gesucht!

Er hatte sich sogar mit ihr verabreden wollen.

„Lass uns etwas ganz Verrücktes machen“, hatte er vorgeschlagen.

Etwas Verrücktes. Was wäre geschehen, wenn sie mitgegangen wäre? Was hätte er ihr angetan?

Und dann kam ihr ein anderer beunruhigender Gedanke. Wenn Sparks nun zum Café zurückkäme? Was würde sie dann tun?

16

„Und – wo ist der geheimnisvolle Junge?“ Nina zog ihren Stuhl an den Tisch. Sie holte ihren Lunch aus einem Beutel. Ein fettreduzierter Vanillejoghurt und ein Apfel.

„Er war heute Morgen nicht im Versammlungsraum.“ Chelsea war unglücklich. Vor ihr lagen ein dick mit Schinken belegtes Brot, ein kleiner Beutel mit Kartoffelchips, ein Schokoladenpudding und eine Cola.

„Nina denkt bestimmt, dass ich ein totaler Vielfraß bin“, schoss es ihr durch den Kopf. „Aber wenn ich mittags nur einen Joghurt und einen Apfel essen würde, dann wäre ich bis Schulschluss am Nachmittag verhungert.“

„Möchtest du den Rest von meinem Joghurt? Ich kann so einen ganzen Becher überhaupt nicht aufessen.“

„Nein danke.“ Chelsea nahm schnell einen großen Bissen von ihrem Brot, sonst hätte sie Nina einen kräftigen Tritt verpasst.

In Gedanken versunken griff Nina über den Tisch und nahm sich eine Handvoll von Chelseas Kartoffelchips. „Nun komm schon, erzähl mir von Will.“ Ihre Augen hatte sie auf die Doppeltüren der Cafeteria geheftet.

„Er ist sehr schüchtern“, erklärte Chelsea. „Und total süß. Er wird die ganze Zeit rot.“

Nina passte gar nicht richtig auf.

„Nach wem hältst du denn die ganze Zeit Ausschau?“

Chelsea wurde ungeduldig. Sie nahm einen großen Schluck Cola.

„Doug." Nina stibitzte sich noch mehr von Chelseas Kartoffelchips. „Wir haben uns gestern Abend wieder vertragen."

„Das ist ja toll! Vielleicht können wir vier ja am Wochenende zusammen was unternehmen."

„Hm." Nina nickte abwesend. „Übrigens – was war denn nun los Samstagnacht? Warum ist er einfach verschwunden?"

Chelsea wusste nicht, was sie antworten sollte. Sie zögerte und erzählte Nina dann, dass es ihr erstes Treffen gewesen war und dass Will es geheim halten wollte.

„Seltsam", war Ninas Antwort. Dann sprang sie von ihrem Sitz auf. Sie hatte Doug an der Tür gesehen und rannte zu ihm hin, um ihn zu begrüßen.

Chelsea kaute an ihrem Brot. Sie starrte gedankenverloren auf Ninas restlichen Joghurt und dachte an Will. Sie fragte sich, warum er nicht im Versammlungsraum gewesen war. Vielleicht konnte er heute Abend ja überhaupt nicht zum Café kommen.

Dabei konnte sie es doch gar nicht erwarten, ihn wiederzusehen! Sie wollte ihm unbedingt erzählen, dass sie mit einem echten FBI-Agenten gesprochen hatte. Sie wollte ihm von Sparks erzählen und dass er vom FBI gesucht wurde und wie gefährlich er war und dass sie um ein Haar mit Sparks ihre erste Verabredung gehabt hätte anstatt mit ihm.

Will würde die Geschichte gefallen, da war sie sich sicher. Er würde sie so spannend finden wie sie. Sie und Will waren sich ziemlich ähnlich.

An diesem Abend war das Café überfüllt. Aber Chelsea hatte Schwierigkeiten, sich auf ihre Gäste zu konzentrieren. Sie ertappte sich, wie sie immer wieder auf die Uhr starrte und überlegte, ob Will wohl um sieben kommen würde oder nicht.

„Bestellung abholen!", meldete sich Ernie aus der Küche. Er knallte mit seiner Hand auf die Edelstahlanrichte, auf der er mehrere Teller mit fertigen Gerichten platziert hatte. „Chelsea, bist du taub oder was ist los?"

„Tut mir leid." Chelsea beeilte sich, die Teller zu nehmen.

„Du benimmst dich heute Abend so komisch", nuschelte Ernie, einen Zahnstocher zwischen den Zähnen. „Bis du verliebt oder was?"

Chelsea lachte. Sie merkte, wie sie rot wurde. Wieder sah sie auf die Uhr. Erst halb sieben.

Auf dem Weg zurück zur Theke, voll beladen mit einem Stapel dreckiger Teller, berührte sie plötzlich jemand an der Schulter.

Sparks!

Mit einem spitzen Schrei ließ Chelsea die Teller fallen. Scherben und Essensreste flogen durch die Gegend. Sie wirbelte herum und sah einen älteren Mann mit einem schockierten Gesicht. Kein Sparks weit und breit.

„Oh, das tut mir aber leid, Fräulein. Ich wollte Sie wirklich nicht erschrecken. Ich bräuchte nur etwas Ketchup."

Chelsea seufzte vor Erleichterung laut auf. „Nein, nein, es war ganz allein meine Schuld. Ich wollte nicht so schreien. Ich habe mich einfach nur –"

Der Mann bückte sich und wollte ihr helfen, die Scherben aufzusammeln.

„Oh nein. Bitte. Das ist meine Aufgabe. Wirklich."

Endlich konnte sie ihn davon überzeugen, sich wieder an seinen Tisch zu setzen. Dann sammelte sie die größten Scherben mit der Hand auf, fegte die Splitter und die Essensreste auf eine Schaufel und warf alles in den Müll.

Die halbe Stunde bis Feierabend schien ihr wie eine Ewigkeit. Von seinem Platz hinter dem Grill witzelte Ernie die ganze Zeit über ihre Verliebtheit. Er lachte in sich hinein, grinste und blinzelte ihr zu. Das machte das Warten noch schlimmer.

„Ganz ruhig, Chelsea. Ganz ruhig." Sie wiederholte die Worte für sich, wieder und wieder, aber sie schienen nicht zu helfen.

Um zehn nach sieben hatte auch der letzte Besucher das Café verlassen.

Chelsea machte fast alle Lichter aus und leerte die Kasse.

„Wo bleibst du nur, Will?", fragte sie laut. Sie brachte alle Einnahmen zu dem kleinen Schreibtisch ganz hinten im Café.

„Vielleicht ist er krank", fiel ihr eine Erklärung für sein Ausbleiben ein. „Vielleicht war er deshalb nicht in der Schule."

Sie nahm sich vor, ihn anzurufen, sobald sie nach Hause käme.

Seufzend griff sie nach den Scheinen und begann, das Geld zu zählen. Aber ihre Gedanken kehrten zu Will zurück, und sie verzählte sich. Wieder und wieder musste sie von vorn anfangen.

Der große Grill in der Küche war noch an und Ernie hatte ihn auch noch nicht sauber gemacht. Er zischte leise im Hintergrund. Die einzigen anderen Geräusche waren das Summen des großen Kühlschranks und das stetige Tropfen des Wasserhahnes. Die Spüle war voll mit dreckigem Geschirr.

„Wo bleibt Ernie bloß?“, wunderte sich Chelsea. Da hatte sie sich schon wieder verzählt. Okay, noch einmal.

In dem Augenblick hörte sie, wie die Tür aufging. Die Glocke klingelte leise. Chelsea erstarrte. Eigentlich schloss sie die Tür immer ab, bevor sie die Kasse leerte. Aber heute Nacht hatte sie sie offen gelassen, falls Will doch noch auftauchte. Die Tür wurde leise wieder geschlossen. Schritte vorne im Café. Die Schritte kamen näher.

„Will?“ Ihre Stimme war zu leise, um bis nach vorne zu dringen.

Die Schritte stoppten abrupt.

„Will?“ Diesmal rief sie lauter.

Wieder Schritte, jetzt schon auf dem Steinboden vor der Küche.

„Will, bist du das?“

Warum antwortete er nicht?

Plötzlich hatte sie Angst. Sie nahm die Geldscheine, die sie zählen wollte, und stopfte sie schnell in die Schreibtischschublade. Dann schob sie sie fest zu.

Sie sprang auf. Ihr Herz klopfte wie wild in ihrer Brust.

Wo war nur Ernie? Er rauchte wahrscheinlich wieder draußen bei den Mülleimern. Warum war er nie zur Stelle, wenn Gefahr drohte?

„Will, ich komme schon!“, rief sie laut, um sich selbst Mut zu machen.

Sie steckte ihren Kopf durch das Fenster und lugte in das halbdunkle Café. Sie konnte niemanden sehen.

„Will?“

Es *musste* Will sein.

Bitte, bitte lass es Will sein.

17

Sie holte einmal tief Luft und trat dann entschlossen aus der Küche an die lange Theke. „Wer ist da?“ Sie zwang sich, ruhig und fest zu sprechen. „Will?“

Aber es war Sparks, der aus dem Schatten trat, eine Hand auf einer Stuhllehne, ein seltsames Lächeln auf seinem Gesicht.

Chelsea erstarrte und hielt sich an der Theke fest.

Warum grinste er sie so komisch an?

Sein Kopf war im Schatten verborgen, aber sie konnte seine Augen glitzern sehen, meinte, einen bösen Ausdruck in seinem Gesicht zu entdecken.

„Sparks – was willst du denn?“ Chelsea fühlte, wie ihre Kehle vor Angst ganz eng wurde.

Er kam auf sie zu. Er sah so groß aus, so gefährlich. Er kam näher und immer näher. Seine dunklen Augen waren wässrig, sein sonst blasses Gesicht gerötet. Er lachte, sagte aber nichts.

„Will er mir Angst machen?“, fragte sie sich. „Wenn ja, dann hat er das wirklich geschafft.“

Sie tastete mit der Hand nach ihrer Hosentasche. Dort hatte sie die Karte von Agent Martin. Endlich fühlte sie den festen Karton.

„Sparks? Geht es dir gut?“

Er kicherte wieder, ein hohes, unnatürliches Lachen. Er machte einen unsicheren Schritt auf die Theke zu.

„Komm her.“ Er klang heiser. Seine Augen starrten in ihre, schienen sie aber gar nicht richtig zu sehen.

„Sparks – du bist ja betrunken.“ Chelsea wich an die Wand zurück.

„Nur ein paar Biere.“ Er zuckte die Schultern. „Nun komm schon. Sei nett zu mir.“

„Nein. Geh weg. Ich meine es ernst, Sparks.“

Er schüttelte seinen Kopf. Jetzt wurde er ärgerlich. „Ach, nun hör schon auf. Ich weiß, dass du mich magst.“ Er lehnte sich gegen einen Barhocker.

Chelsea behielt ihn genau im Auge und überlegte fieberhaft, was er wohl vorhatte. Sie dachte an Agent Martins Warnung. Sie erinnerte sich an den Gesichtsausdruck des Beamten, als sie ihn fragte, ob Sparks gefährlich war.

Ja, er ist gefährlich. Sehr gefährlich.

Was hat er nur getan? Welche Verbrechen hat er begangen? Sie mussten wirklich furchtbar gewesen sein, wenn er vom FBI gesucht wurde.

„Hey, komm schon her“, wiederholte Sparks noch einmal, diesmal heftiger. Er lehnte sich über die Theke zu ihr hin. Sie konnte sehen, dass seine Stirn von Schweißtropfen bedeckt war.

„Sparks, bitte –“, fing sie an.

Ein Grinsen breitete sich auf seinem Gesicht aus. Er sprang plötzlich auf sie zu und prallte ungeschickt gegen die Theke.

„Ernie!“, schrie sie verzweifelt. Aber der Koch war nicht da.

Von Panik gepackt, rannte Chelsea zur Küche. In der Tür drehte sie sich um.

Sparks schien verwirrt. Er schüttelte seinen Kopf, so, als wolle er ihn klar kriegen. „Hey, ich mache doch nur Spaß! Nun komm doch schon zurück.“

Chelsea ignorierte ihn und rutschte vor lauter Angst fast auf der schwarzen Gummimatte aus, die den Küchenboden bedeckte. Sie wollte zur Hintertür. Sobald sie draußen war, könnte sie nach vorne laufen und um Hilfe rufen. Es war immer noch früh am Abend, noch nicht einmal halb acht, und es würden bestimmt noch Menschen auf der Straße sein.

„Nun sei doch nicht so!" Sparks war schon an der Küchentür. Er hob seine kräftigen Arme und hielt sich am Türrahmen fest. Jetzt hatte er den Weg blockiert. Seine Augen glitten schnell durch den ganzen Raum.

„Geh weg! Lass mich in Frieden!" Chelsea schrie laut. Sie wollte die Tür nach draußen öffnen, aber die bewegte sich nicht. Erst jetzt fiel ihr auf, dass der schwere Metallriegel von außen vorgeschoben und mit einem Schloss gesichert war. Sie war gefangen.

„Hey, ich tue dir doch nichts." Sparks schwankte auf sie zu. „Ich spiele nur. Willst du nicht mitspielen?"

„Sparks, bitte geh weg!", flehte Chelsea. Sie zog sich die Schürze herunter und warf sie auf den Boden.

„Vielleicht sollte ich an ihm vorbeirennen. Er ist ja nicht so sicher auf den Beinen", schoss es ihr durch den Kopf.

Sie holte einmal tief Luft und nahm Anlauf. Sparks Augen weiteten sich vor Überraschung. Sein Grinsen wurde breiter. Er streckte einen Arm aus, um sie zu packen.

Chelsea wich aus und lief beinahe in den immer noch heißen Grill.

Laut lachend machte er einen Satz auf sie zu.

Sie schaffte es gerade noch, an ihm vorbeizukommen. Dann hörte sie einen Knall, gefolgt von einem lauten Zischen. Sie drehte sich um und sah, dass Sparks in den Grill gelaufen war. Seine Hand lag auf der glühenden Platte. Er öffnete seinen Mund in einem stummen Schrei. Endlich kam der Laut, er heulte wie ein wildes Tier.

„Meine Hand! Meine Hand!“ Er schrie und fiel vor Schmerzen auf die Knie.

„Meine Hand! Ich sterbe!“, heulte er. Er rollte sich zusammen und schaukelte vor und zurück.

„Ich muss ihm helfen“, dachte Chelsea. Sie eilte zurück in die Küche. „Hier, Sparks.“ Sie drehte den Wasserhahn auf. „Kaltes Wasser. Halte deine Hand unter das kalte Wasser. Ich rufe einen Krankenwagen.“

Er wimmerte nur noch leise, seine Augen waren vor Schmerzen fest geschlossen. Gehorsam hielt er die Hand unter das fließende Wasser.

„Was hast du gesagt? Wohin gehst du?“, murmelte er.

„Ich rufe einen Krankenwagen. Ich komme gleich wieder.“

Chelsea rannte nach vorn und nahm den Telefonhörer ab. Dann griff sie nach der Karte in ihrer Hosentasche.

„Ich werde zuerst Agent Martin anrufen. Dann kann ich mich immer noch um einen Krankenwagen kümmern“, entschied sie sich.

Mit zitternden Händen wählte Chelsea die Nummer auf der Karte. Sie hielt den Hörer an ihr Ohr und schaute zurück zur Küchentür. Sparks stand an der Spüle, sein Gesicht war schmerzverzerrt.

Das Telefon klingelte einmal. Zweimal.

„Komm schon. Bitte nehmen Sie doch ab.“ Chelsea ließ Sparks nicht aus den Augen.

„Agent Forrest“, meldete sich eine tiefe Stimme am anderen Ende der Leitung.

„Ist – ist Agent Martin nicht da?“ Chelsea flüsterte und hielt ihre Hand über den Hörer, sodass Sparks nichts hören konnte.

„Nein, er ist nicht da. Kann ich Ihnen helfen?“

„Ja. Hier ist Chelsea Richards. Vom All-Star Café. Bitte …“

Sparks trat hinter sie. Er hielt seine Hand umklammert.

„Oh!“, rief Chelsea erschrocken aus.

Hatte er gehört, was sie gesagt hatte?

„Hast du sie erreicht? Schicken sie einen Krankenwagen?“ Seine Stimme war schwach, sein Gesicht blass, der Schweiß rann ihm in Strömen herunter.

„Sparks, bitte, geh zurück in die Küche. Du musst die Hand kühlen.“ Chelsea sprach extra in den Hörer, sodass der FBI-Agent Sparks Namen hören konnte. „Ich rufe dir einen Krankenwagen, Sparks.“

Am anderen Ende der Leitung blieb es einen Augenblick still. Dann sagte Agent Forrest: „Wir sind schon auf dem Weg. Versuche, ihn aufzuhalten. Wir verständigen auch einen Krankenwagen. Bist du in Gefahr?“

„Ich glaube nicht.“ Chelsea hörte sich nicht sehr überzeugt an.

„Wir kommen sofort.“

Die Leitung war tot.

Sparks ließ sich auf den nächsten Stuhl fallen. Er stöhnte leise und legte die Hand mit der verbrannten Handfläche nach oben auf den Tisch.

Chelsea machte alle Lichter an. Sie trat hinter der Theke hervor und ging zu dem Tisch, an dem er saß.

„Kommen sie?“, fragte er.

Sie nickte. „Zeig mir mal deine Hand.“

Sie beugte sich über den Tisch. Die Hand war rot und geschwollen. Die Haut war an einigen Stellen aufgeplatzt, und Blut sickerte langsam hervor. Chelsea musste wegsehen. Sie holte einmal tief Luft und kämpfte gegen ihre plötzliche Übelkeit an.

„Sieht übel aus“, brachte sie schließlich heraus.

Sparks stand mühsam auf. „Ach, nicht so schlimm“, murmelte er. Er vermied es, sie anzusehen. „Vielleicht sollte ich doch besser gehen.“

„Nein!“ Sie hatte lauter geschrien als beabsichtigt.

Er drehte sich misstrauisch zu ihr um.

„Der Krankenwagen wird jeden Moment hier sein. Du musst deine Hand behandeln lassen. Es ist eine schlimme Verbrennung.“

Er stolperte zur Tür. „Ach nein, ist schon in Ordnung. Ich gehe nach Hause und wickle einen Verband darum.“

„Nein – bitte“, bettelte Chelsea.

Sie musste ihn aufhalten. Er musste hier bleiben, bis das FBI kam. Er war gefährlich. Sie konnte ihn nicht einfach gehen lassen.

„Hier, trink das.“ Sie nahm kurz entschlossen ein Glas und füllte es mit Mineralwasser. „Sparks, bitte. Setz dich doch hin.“

Er zögerte, dann drehte er sich wieder zu ihr um. Sie hielt das Glas hoch. „Hier.“

„Hey, ganz umsonst? Das ist meine glückliche Nacht“, sagte er. Es klang bitter.

Chelsea hörte draußen eine Sirene näher kommen.

„Beeilt euch. Bitte, beeilt euch doch“, dachte sie verzweifelt.

„Hier, Sparks.“ Sie hielt ihm auffordernd das Glas hin.

„Ich muss gehen“, wiederholte er. Er hob seinen unverletzten Arm und wischte sich den Schweiß von der Stirn. „Mir ist etwas schwindelig. Ich muss mich hinlegen.“

„Das liegt am Schock. Setz dich hin. Komm schon, Sparks.“

Die Sirene wurde lauter.

„Warum brauchen die nur so lange?“, fragte sie sich. Es schien Stunden zu dauern.

„Sparks“, Chelsea schrie fast. „Trink das. Dann fühlst du dich besser.“

Er nahm das Getränk an. „Chelsea, ich habe wirklich nur Spaß machen wollen. Einfach so. Das weißt du doch?“

„Ja, natürlich.“ Chelsea behielt die Tür im Auge.

„Beeilt euch, beeilt euch!“, dachte sie.

„Ich habe zwar ein paar Biere getrunken, aber …“

„Immer mit der Ruhe.“ Sie versuchte, ihn hinzuhalten. „Trink einfach dein Mineralwasser. Bitte.“

Er hatte gerade die ersten Schlucke getrunken, da flog die Vordertür auf und zwei Sanitäter mit einer Trage rannten in den Raum. „Wo ist er?“, fragte einer von ihnen, ein großer, schlanker, junger Mann mit knallrotem Haar. Er zeigte auf Sparks. „Sind Sie der Verletzte?“

Sparks setzte das Glas sorgfältig auf den Tisch und drehte sich zu dem Sanitäter um. „Ich habe mir die Hand verbrannt“, sagte er leise.

„Das sieht nicht gut aus. Wie ist denn das passiert?“ Der Sanitäter untersuchte kurz die Hand und machte ein besorgtes Gesicht.

„Einfach so. Ein Unfall. Ich bin aus Versehen an den Grill gekommen.“

„Können Sie laufen?“, fragte der große Sanitäter.

Sparks nickte.

„Wir werden Sie zum Shadyside General bringen.“

„Warten Sie –“, begann Chelsea. Wo war nur der FBI-Agent? Sie konnte Sparks doch nicht einfach mit den Sanitätern mitgehen lassen.

Glücklicherweise erschien in dem Augenblick ein Mann in der Tür. „Agent Forrest“, stellte er sich vor. Er hielt seinen Ausweis hoch. Seine Augen wanderten durch den Raum zu Chelsea. „Bist du in Ordnung?“

Chelsea nickte. „Ja. Mir geht es gut. Aber ich bin froh, dass Sie hier sind.“

Sparks stöhnte vor Schmerzen und drehte sich dann verwirrt zu Chelsea um. „Was ist denn los?“

Agent Forrest steckte seinen Ausweis wieder in die Manteltasche und ging zu den Sanitätern. „Bringen Sie ihn ins Krankenhaus. Ich fahre mit.“ Dann drehte er sich zu Sparks um. „Ich bin Agent Forrest vom FBI. Ich habe ein paar Fragen.“

„Was ist hier los?“ Sparks war benommen und durcheinander. Er sah Hilfe suchend auf Chelsea.

Sie schaute verlegen zur Seite.

„Was habe ich denn getan?“, fragte Sparks aufgebracht. „Worum geht's überhaupt?“

Er protestierte immer noch, als die beiden Sanitäter ihn aus der Tür führten und zum Krankenwagen brachten. Der FBI-Agent folgte ihnen. Er verschwand durch die Tür, steckte aber wenige Augenblicke später doch noch einmal den Kopf in das Café. „Bist du dir sicher, dass du alleine klarkommst?“

Chelsea nickte.
„Möchtest du, dass ich hierbleibe, während du abschließt?"
„Nein. Wirklich. Es geht mir gut. Es ist alles okay. Ich schließe jetzt ab und dann gehe ich sofort nach Hause." Chelsea bemühte sich, ihre Stimme fest und sicher klingen zu lassen.
„Wir müssen dann später noch einmal mit dir reden." Und schon war Agent Forrest wieder verschwunden.
Chelsea atmete erleichtert auf und sank rückwärts gegen die Wand.
Da hörte sie Schritte, laut und deutlich auf dem Küchenfußboden. „Wer ist da?", schrie sie.
Ernie steckte den Kopf durch das Küchenfenster. „Was ist denn los da draußen?", fragte er. „Können wir langsam Feierabend machen?"
„Ernie – wo warst du bloß?"
Er zeigte auf die Hintertür.
„Ja. Lass uns endlich gehen." Chelsea seufzte.
Es dauerte nicht lange, da war alles dunkel und still, das Café verschlossen. Ernie war nach Hause gegangen. Er hatte den Rest Brathähnchen mitgenommen, der übrig geblieben war.
Chelsea sah ihm nach. Ihr Herz klopfte immer noch vor lauter Aufregung und sie fühlte sich ganz zittrig. Obwohl Sparks jetzt gefasst war, saß der Schock noch tief.
„Oh!"
Sie schrie vor Schreck laut auf, als sie eine dunkle Gestalt an der Tür sah, nur eine Silhouette im Licht einer Straßenlaterne. In ihrer Angst erkannte sie ihn erst gar nicht.

„Will!“

Er lächelte sie schüchtern an und kam dann auf sie zu. „Es tut mir leid, dass ich so spät bin.“

„Oh, Will – ich bin ja so froh, dich zu sehen!“ Chelsea weinte fast vor Erleichterung.

Ohne zu zögern, rannte sie in seine Arme.

Die Überraschung auf seinem Gesicht verschwand schnell und er hielt sie ganz fest. „Ich freue mich auch, dich zu sehen.“

„Heute Nacht ist es so weit“, sagte er zu sich. Ihr Haar roch nach Frittierfett. Ihm wurde etwas übel.

Er schloss die Augen und drückte sie fest an sich.

„Heute Nacht ist es so weit“, wiederholte er bei sich.

18

Will saß auf der Couch neben Chelsea, hörte sich ihre Geschichte an und versuchte, sich das Lachen zu verkneifen. Er hätte sich am liebsten auf die Couch gestellt, die Arme in die Luft geworfen und vor Freude laut geschrien.

Das blöde Mädchen hatte den falschen Kerl an das FBI ausgeliefert. Und hier saß sie nun und quasselte und quasselte, erzählte ihm, wie viel Angst sie gehabt hatte, wie gefährlich der arme Clown ausgesehen hatte, als er hinter ihr herkam, und wie froh sie war, Will zu sehen.

„Es ist so verrückt!“, dachte er. „Die Kleine weiß ja überhaupt nicht, was Angst wirklich ist. Oder besser gesagt, noch nicht.“

Außer ihnen war wieder niemand im Haus. Ihre Mutter musste die ganze Nacht arbeiten, hatte Chelsea erzählt. Und ihr Vater war ja noch im Krankenhaus. Es war perfekt. Er hätte sich nichts Besseres wünschen können.

Eigentlich schade. Er hatte gerade angefangen, diese hier etwas gern zu haben. Aber es lohnte sich nicht, Mädchen gern zu haben. Sie verließen einen nur, früher oder später. Genau wie seine Mutter. Sie verließen einen und vergaßen einen.

„Aber ich werde niemals vergessen“, bekräftigte Will einen alten Schwur, den er sich selbst geleistet hatte. „Ich werde mich immer erinnern, so lange, bis ich dich gefunden habe, Mum. Und ich werde dich finden, das verspreche ich dir. Eines Tages werde ich dich finden.“

Chelsea erzählte immer noch ahnungslos von ihrer aufregenden Nacht. Sie drückte seine Hand.

Mit der anderen Hand tastete er in seiner Hosentasche nach der Kordel. Ja, da war sie.

Bereit zum Einsatz.

Plötzlich kam ihm ein ernüchternder Gedanke. Er kniff seine Augen zusammen und dachte nach, versuchte verzweifelt, Chelseas Redeschwall auszublenden und sich zu konzentrieren.

Das FBI. Es dürfte nicht lange dauern, bis sie herausfanden, dass sie den Falschen hatten. Und dann wären sie wieder auf der Jagd. Sie könnten sogar schon hinter ihm her sein. Ihm folgen. Ihn überall beschatten, egal, wohin er ging.

Er hatte es bis jetzt immer geschafft, ihnen einen Schritt voraus zu sein. Aber diesmal waren sie nah dran. Einer von ihnen war sogar hier im Haus gewesen.

Und hier saß er nun und vertat seine Zeit neben einer Quasseltante.

„Du siehst besorgt aus.“ Chelsea drückte seine Hand. „Nun komm schon, Will. Es ist ja nichts passiert. Mir geht es gut, wirklich.“

„Todkomisch“, dachte er. Er starrte durch sie hindurch. „Sie denkt, dass sie jetzt in Sicherheit ist. Es wird Zeit, das hier zu Ende zu bringen. Dann nichts wie raus und weg.“

Sie küsste ihn auf die Wange. „Es ist so lieb, dass du dir solche Sorgen um mich machst.“

„Es ist ja nur – es war so knapp.“ Es gelang ihm, ein ernstes Gesicht zu machen.

„Jetzt ist es aber genug“, beschloss er. „Die Zeit ist gekommen.“

Plötzlich war ihm kalt. Genau so, wie er es gern hatte.

„Will, ich muss dir etwas gestehen.“ Will bemerkte, dass sie ihn erwartungsvoll ansah. Er sollte wohl fragen, was für ein Geständnis das sein sollte, und tat ihr den Gefallen. „Was?“

„Ich weiß ja, ich hätte das nicht tun sollen“, sagte Chelsea nervös. „Ich meine, wir wollten ja immerhin unsere erste Verabredung geheim halten. Aber …“ Sie holte tief Luft. „Ich habe es meiner Freundin Nina erzählt. Alles über dich und uns und überhaupt.“

Er zwang sich zur Ruhe. Er rührte sich nicht, zuckte nicht zusammen, runzelte nicht einmal die Stirn. Er musste nachdenken, sehr sorgfältig und ruhig nachdenken.

Was nun?

Am liebsten hätte er sie mitten ins Gesicht geschlagen, mit aller Kraft. Wie konnte sie ihm das nur antun? Es war alles so perfekt. Er war so guter Laune gewesen. Das FBI hatte den Falschen und er wollte Chelsea gerade zeigen, was für einen tödlichen Fehler sie begangen hatte.

Sie schaute ihn an, erwartete offensichtlich eine Antwort. Er rührte sich immer noch nicht, nahm sich eisern zusammen.

„Ich muss erst überlegen“, befahl er sich. „Ich muss mir klar darüber werden, was ich jetzt tun soll.“

Dann kam ihm plötzlich der rettende Einfall. Es war eigentlich ganz einfach. Völlig einfach. Kein Grund zur Panik.

Er würde sich um alle beide kümmern.

19

„Will ist so nett“, überlegte Chelsea. „Er wurde total still, als ich ihm erzählte, was mir heute Abend passiert ist. Er hat sich tatsächlich Sorgen um mich gemacht.“

Sie glaubte jetzt wirklich, dass er sie mochte. Deshalb hatte sie ihm auch gestanden, dass sie Nina ihr Geheimnis verraten hatte. Und zu ihrer Erleichterung schien er überhaupt nicht sauer zu sein. Sein Gesicht war zwar rot wie immer, aber seine Augen schauten sie zärtlich an und er hielt ihre Hand ganz fest.

„Ich würde gern mal deine Freundin Nina kennenlernen“, sagte er weich. „Es ist gar nicht so einfach, in Shadyside neue Leute zu treffen, findest du nicht? Es ist, als ob sich alle schon seit dem Kindergarten kennen. Eine eingeschworene Clique, da kommt man schwer hinein.“

„Ja. Ich weiß genau, wie das ist. Nina ist die einzige Freundin, die ich bis jetzt habe. Alle anderen Mädchen sind so eingebildet.“

Will ließ ihre Hand los und lehnte sich nach vorne. „Willst du nicht fragen, ob Nina rüberkommen will?“

Chelsea strahlte ihn an. „Na klar!“

„Was für eine tolle Idee“, schoss es ihr durch den Kopf. „Da kann ich mit Will angeben und Nina beweisen, dass sie nicht die Einzige ist, die sich einen Freund angeln kann.“

Sie stand auf. „Ich rufe sie eben an. Willst du eine Cola? Ich wollte sowieso in die Küche, da kann ich sie auch von da aus anrufen.“

„Ja. Eine Cola wäre toll. Sag Nina, sie soll sich beeilen.“

Chelsea ging schnell in die Küche. Sie wunderte sich etwas, dass Will nicht alleine mit ihr bleiben wollte. Aber andererseits freute sie sich auch ein bisschen, dass er endlich ihre beste Freundin kennenlernen wollte. Sie musste zugeben, dass ihr der Gedanke auch deshalb so gut gefiel, weil es jetzt einmal anders herum war – sie war diejenige mit dem Freund und nicht Nina!

Nina nahm schon nach dem ersten Klingeln ab. „Hör mal, kannst du rüberkommen?“ Chelsea war ganz außer Atem. „Hier ist jemand, der dich kennenlernen will.“

„Ist es der Neue aus der Schule?“, fragte Nina neugierig.

„Ja. Er will dich treffen. Und ich habe etwas Schreckliches erlebt, das muss ich dir unbedingt erzählen. Kommst du gleich rüber? Jetzt gleich?“

Nina lachte. „Da kann man ja gar nicht Nein sagen bei einer solchen Einladung. Bist du dir sicher, dass du okay bist, Chelsea? Du hörst dich irgendwie komisch an. Gar nicht wie sonst.“

„Ach, ich bin nur aufgeregt. Beeil dich, ja?“

„Bin sofort da.“ Nina legte auf.

Chelsea holte ein paar Dosen Cola aus dem Kühlschrank und wollte gerade in das Wohnzimmer zurückgehen, als das Telefon klingelte. Sie stellte die Dosen noch einmal auf den Tisch und nahm den Hörer ab. „Hallo?“

„Ist dort Chelsea Richards? Hier ist Agent Martin vom FBI.“

„Oh. Hallo. Ich hätte nicht gedacht, dass ich so schnell von Ihnen …“

„Tim Sparks ist nicht der, den wir gesucht haben“, unterbrach sie Martin. Er sprach schnell, mit tonloser Stimme.

„Wie bitte?“ Chelsea ließ vor Schreck fast den Hörer fallen.

„Der Falsche. Er passt zwar fast genau auf die Beschreibung, aber er war es nicht.“

„Oh.“ Chelsea war sprachlos. Sie konnte kaum atmen.

„Dieser Sparks wird eine Weile im Krankenhaus bleiben müssen“, fuhr Agent Martin fort. „Die Hand sieht ziemlich schlimm aus und er steht unter Schock.“

„Das tut mir leid.“ In Chelseas Kopf drehte sich alles. Sie war mit dem Telefon in den Flur gegangen, so weit, wie das Kabel es erlaubte. Sie lugte in das Wohnzimmer und sah dort Will nervös auf und ab gehen. Seine dunklen Augen funkelten aufgeregt, sein schwarzes gelocktes Haar glänzte im Schein der Deckenlampe. Er hielt ein kurzes Stück einer stabil aussehenden Schnur straff zwischen seinen kräftigen Händen gespannt.

Chelsea erstarrte.

Und verstand plötzlich.

„Oh mein Gott!“, flüsterte sie ins Telefon.

20

„Chelsea, was ist denn los?“, erkundigte sich Agent Martin. Seine Stimme blieb leise und ruhig.

„Ich – ich bin hier ganz alleine mit ihm!“, flüsterte sie. Sie warf noch einen Blick auf Will, der mit seiner Schnur hin und her ging. Dann schlich sie rückwärts in die Küche.

„Was? Was sagtest du?“ Agent Martin verlor völlig seinen professionellen Ton. Chelsea konnte hören, wie ernst er die Sache nahm.

„Es ist ein Junge, den ich in der Schule getroffen habe“, flüsterte sie, so schnell sie konnte. Sie behielt die Tür im Blick und hoffte, dass Will nicht misstrauisch werden und ihr in die Küche folgen würde. „Er ist hier. In meinem Haus. Er ist neu in der Stadt. Will Blakely.“ Sie fing an, sein Aussehen zu beschreiben.

„Das hört sich ganz nach ihm an“, unterbrach Martin sie.

„Oh nein“, stöhnte Chelsea. Ihr wurde schwindelig. Sie hielt sich am Küchentisch fest. Alles drehte sich. „Was soll ich denn jetzt machen?“

„Geh sofort raus aus dem Haus. Leg den Hörer hin, und verlasse das Haus. Renne so schnell und so weit weg, wie du kannst, Chelsea. Unsere Männer sind in zehn Minuten da.“

„Aber …“, wollte sie protestieren.

Er unterbrach sie. „Raus da – und zwar sofort.“

Die Leitung war tot.

Chelsea legte den Hörer mit zitternder Hand wieder auf. Der Raum drehte sich immer schneller. Die beiden Dosen Cola schienen vom Tisch rutschen zu wollen. Dann wurde langsam alles wieder normal.

Chelsea schlich sich zum Flur und lauschte. Sie konnte deutlich Wills Schritte hören, hin und her, hin und her.

Was hatte er nur vor? Warum war er so gefährlich? Warum hatte sich Agent Martin so besorgt angehört?

Aber sie sollte sich jetzt nicht mit nutzlosen Überlegungen aufhalten. Sie musste fliehen.

War sie gelähmt? Warum konnte sie sich nicht bewegen?

Will schien so ein netter Kerl zu sein, so schüchtern, so rücksichtsvoll, so besorgt um sie. Er war der erste Junge, der sie je gemocht hatte.

Wenigstens hatte sie sich das eingeredet. Sie wollte es ja glauben. Es war nichts als ein Wunschtraum. Nein. Schlimmer noch. Es war eine Lüge. Eine blöde, gemeine Lüge. Sie war ja so dumm gewesen. So dumm, dass sie einen anderen verletzt hatte – Sparks –, einfach weil sie unbedingt ihre eigene Lüge glauben wollte.

„Nun mach schon“, befahl sie sich. Sie stand immer noch wie erstarrt im halbdunklen Flur, lauschte auf Wills Schritte im anderen Zimmer. „Beweg dich! Beweg dich doch!“

Und dann war sie an der Küchentür, zog mit aller Kraft am Türgriff und stürzte dann in die dunkle, kalte Nacht. Die Bäume bewegten sich im Wind, schwarze Silhouetten gegen den noch schwärzeren Himmel.

Wohin soll ich jetzt gehen? Was soll ich nur tun?

Nina! Warum hatte sie nicht früher daran gedacht?

Nina war ja auf dem Weg hierher. Sie konnte jeden Augenblick hier sein. „Ich muss sie warnen“, dachte Chelsea entschlossen. „Ich kann sie nicht ins Verderben laufen lassen.“

Blindlings rannte sie die asphaltierte Auffahrt hinunter. Der kalte Wind blies ihr ins Gesicht. Sie rannte einfach weiter, immer weiter in die Dunkelheit.

Da schrie sie plötzlich auf. Sie stoppte abrupt und schrie noch einmal voller Entsetzen: Will stand vor ihr. Sein Gesicht war in der Dunkelheit verborgen, sein kräftiger Körper versperrte ihr den Weg.

21

„Chelsea – wo willst du denn hin?“ Wills Stimme war leise, anklagend.

Sie antwortete nicht. Laut keuchend, die Arme in die Seiten gestemmt, versuchte sie, in der Dunkelheit sein Gesicht auszumachen.

Sie sahen sich einen langen Augenblick einfach nur an.

„Wo willst du hin?“, wiederholte er. „Warum bist du hier draußen?“

„Ich werde ihm einfach nicht antworten“, beschloss Chelsea im Stillen. „Ich werde keine blöde Entschuldigung erfinden. Er würde mir sowieso nicht glauben.“

„Okay. Dann antwortest du eben nicht.“ Er zuckte die Schultern. „Es macht so oder so nichts. Lass uns reingehen und reden.“ Will kam näher heran. „Unsere Verabredung ist noch nicht zu Ende.“

„Nein.“ Sie wich zurück. „Ich weiß, wer du bist! Lass mich in Ruhe!“ Ihre Stimme war schrill und ängstlich.

„Ich renne weg“, beschloss sie. „Ich renne einfach zu unseren Nachbarn. Ich klopfe an deren Tür und rufe laut um Hilfe.“

Wieder sah sie an Will vorbei zum Ende der Einfahrt. Sie hoffte, Scheinwerfer zu sehen, hoffte, die Männer vom FBI würden kommen. Sie betete darum, dass sie kommen würden.

Aber die Fear Street war und blieb dunkel. Das einzige Geräusch war das Rauschen der Bäume im Wind.

„Renn nicht weg, Chelsea“, sagte Will sanft. „Lass uns doch reingehen und darüber sprechen, was mit dir los ist.“

„Nein!“, schrie sie. Ihre ganze Angst machte sich in diesem einen Wort Luft.

Sie rannte los.

Er stieß einen wütenden Schrei aus, einen Schrei wie ein angreifendes Tier. Schnell hatte er sie eingeholt, warf seine Arme um sie und versuchte, sie im Laufen zu Boden zu werfen.

„Oh! Nein!“, schluchzte sie verzweifelt. Da fiel sie auch schon auf die kalte, harte Erde. Ihre Stirn schlug mit voller Wucht auf. Ein heftiger Schmerz durchzuckte sie.

Will setzte sich auf sie und hielt sie fest.

Die Schnur legte sich fest um ihren Hals.

Er begann, sie langsam zusammenzuziehen. Chelsea kämpfte wie wild und endlich – es erschien ihr wie eine Ewigkeit – konnte sie herumrollen. Sie drehte den Kopf und schaute ihn an. Ihre Augen waren weit aufgerissen vor Angst und Schmerzen.

„Sehr gut“, dachte er.

Es machte ihm nichts aus, wenn sie zusah. Seine Muskeln spannten sich an und er zog an der Schnur. Sie röchelte. Ihre Arme ruderten hilflos durch die Luft, ihr Körper zuckte hin und her, versuchte zu entkommen. Aber der Kampf war schnell vorbei.

„Sie ist tot.“ Langsam ließ er von ihr ab. Das Mädchen rührte sich nicht mehr. Aber er musste sichergehen – sicher sein. Mit seiner Armbanduhr in der Hand überprüfte er ihre Atmung. Nichts. Sie war wirklich tot. Und es war so einfach gewesen. Ein Kinderspiel.

Leise summend rollte er die Schnur zusammen und steckte sie wieder in die Tasche. Er stand auf, erfüllt von dem vertrauten Gefühl der Erregung. Sieg. Rache.

Da fiel ihm ein, dass er nicht viel Zeit hatte. Er musste sich auf die Nächste vorbereiten.

Nina. So hieß sie doch.

Er musste auch sie töten. Dann bloß weg hier, so schnell wie möglich. Das FBI war noch nie so nahe an ihm dran gewesen. Deshalb würde er schnell arbeiten müssen. Sehr schnell.

Er behielt die Straße und die Einfahrt im Auge, bückte sich und nahm die Arme des toten Mädchens. Dann zog er sie hinter das Haus, außer Sichtweite.

Nina würde bald kommen. „Wir wollen ja nicht, dass Chelsea uns die Party verdirbt", murmelte er leise.

Er zog den schlaffen Körper keuchend über das Gras. Warum hatte er sich nicht jemanden ausgesucht, der etwas leichter war?

Hinter dem Haus fand er ein paar Sträucher, worunter er die Leiche versteckte. Schwer atmend von der Anstrengung, trat er zurück und überprüfte, ob sie von der Straße und von der Einfahrt aus nicht zu sehen war.

„Wirklich ein Kinderspiel", dachte er wieder.

Er stand noch in der Einfahrt, da sah er Scheinwerfer, die die Straße erhellten. Ein Auto kam in Sicht und fuhr langsam die Einfahrt hoch. Schnell hastete er im Schatten des Hauses entlang zur Küchentür. Er wollte vor ihr da sein.

In seiner Tasche tastete er nach der Schnur. Dann zog er seinen Pullover glatt und wischte sich den kalten Schweiß von der Stirn. Als er gerade ins Wohnzimmer gehen wollte, klopfte jemand vorne laut an die Tür.

22

„Wer ist da?“, rief er. Er hatte die Hand schon auf dem Türgriff.

„Ich bin’s, Nina.“ Es war die Stimme eines Mädchens.

Er zog die Tür auf und lächelte sie an. „Hallo.“

Sie war klein, hübsch, mit glattem blondem Haar.

Nicht sein Typ. Überhaupt nicht sein Typ. Aber er musste sie wohl trotzdem töten.

Sie lächelte zurück. „Du bist Will, oder?“

Er nickte schüchtern, und sie trat an ihm vorbei in den Flur. „Wo ist denn Chelsea?“ Sie schaute neugierig in das Wohnzimmer.

„Oben. Sie kommt gleich.“

Bevor er die Tür zuzog, warf er noch schnell einen Blick auf die Straße. Keine Scheinwerfer. Keine Autos. Niemand da. Perfekt.

Er tastete nach der Schnur. Er wusste, dass er sich beeilen musste.

Er könnte es genauso hier im Flur erledigen. Warum sollte er es hinauszögern?

Aber Nina war schon im Wohnzimmer. Sie hatte ihre Jacke auf den Boden geworfen und ließ sich jetzt in den großen Sessel gegenüber der Couch fallen. Die Füße zog sie unter sich. Sie trug schwarze Leggings mit einem großen T-Shirt darüber. Sie schüttelte ihr Haar zurecht und lächelte ihn von unten herauf an, als er in den Raum kam.

„Du sitzt also neben Chelsea im Versammlungsraum?“, fragte sie.

„Ja.“ Er nickte.

Er wollte hinter sie treten, über die Lehne greifen und die Schnur um ihren Hals legen. Aber es war schon zu spät. Sie starrte ihn neugierig an, beobachtete jeden seiner Schritte. Er hasste es, wenn sie ihn so anstarrten, ganz so, als wäre er eine Art Versuchstier, das man unter einem Mikroskop betrachtete.

„Chelsea hat mir alles über dich erzählt“, erklärte Nina fröhlich.

„Ich weiß“, dachte er. „Ich weiß das nur zu gut.“

„Von dir hat sie auch oft gesprochen“, sagte er schüchtern. „Wie lange kennt ihr beiden euch eigentlich schon?“ Er versuchte jetzt, Zeit zu gewinnen. Er musste einen Weg finden, hinter sie zu kommen.

„Noch nicht sehr lange. Chelsea ist doch gerade erst hierher gezogen, erinnerst du dich nicht?“

„Oh. Ja. Natürlich. Ich doch auch.“ Er merkte, wie er rot wurde.

„Trainierst du eigentlich mit Gewichten?“ Nina starrte auf seine Arme.

„Ein wenig.“

„In einem Club?“

„Wann immer ich kann. Ich mache das gerne“, gab er zu. „Ich schwitze gerne, gehe an die Grenze. Du weißt schon, mit meinem Körper und meiner Leistungsfähigkeit.“

„Das habe ich mir schon gedacht.“ Nina schaute ihn bewundernd an. „Du siehst wirklich stark aus.“

„Ich bin stark. Gleich werde ich dir zeigen, wie stark“, dachte er.

Seine Augen wanderten zum Wohnzimmerfenster. Angst durchzuckte ihn, als er die Scheinwerfer eines Autos näher kommen sah. Schnell ging er zum Fenster. Das Auto, ein alter Kombi, ratterte vorbei. Er atmete erleichtert auf.

„Was hast du denn?“, fragte Nina.

„Nichts. Ich dachte, ich hätte was gesehen.“

Da fiel ihm auf, dass er jetzt genau hinter ihr war. Der Sessel zeigte vom Fenster weg.

Er zog die Schnur heraus, hielt sie fest in beiden Händen und trat lautlos hinter sie.

Da drehte sie sich ganz plötzlich herum und sah ihn an. Er ließ die Schnur fallen.

„Vielleicht sollte ich mal nach oben gehen und nachschauen, was mit Chelsea los ist.“ Nina wollte aufstehen.

Er bückte sich schnell und hob die Schnur auf.

„Nein. Wirklich. Bleib ruhig sitzen. Sie sagte, sie würde gleich wieder runterkommen.“

Nina stand trotzdem auf und ging zur Couch hinüber. Sie setzte sich an das eine Ende. Nun saß sie ihm wieder gegenüber. „Der Sessel ist total ungemütlich.“ Sie verzog das Gesicht. „Er sieht so weich und gemütlich aus, ist er aber nicht.“

Will sah ungeduldig aus dem Fenster. Nichts als Dunkelheit.

Nina klopfte mit der Hand auf den Platz neben ihr. Sie lächelte ihn an. „Komm schon, setz dich zu mir. Du machst mich ganz nervös.“

„Oh, das tut mir leid.“ Gehorsam tat er einen Schritt in ihre Richtung, setzte sich aber auf die Kante des Sessels.

„Stimmt's oder habe ich recht? Setz dich einmal richtig in diesen Sessel, dann merkt man erst, wie ungemütlich das Ding ist."

Ergeben setzte er sich richtig hin.

„Ich vergeude meine Zeit", dachte er ärgerlich. „Dieses Mädchen vertut meine Zeit. Ich muss es jetzt beenden. Ich muss raus hier."

„Hey, Chelsea!" Nina hatte ihre Hände vor dem Mund zu einem Megafon geformt. „Chelsea, was machst du denn da oben?"

Natürlich kam keine Antwort.

Will sah wieder vor sich, wie sich Chelseas Augen weiteten, als er zugedrückt hatte. Er stellte sich vor, wie sie jetzt dort draußen hinter dem Gebüsch lag.

„Sie hat es mir einfach gemacht", schoss es ihm durch den Kopf. „Ein Kinderspiel. Warum ist diese hier so widerspenstig?"

„Hey, Chelsea!" Nina versuchte es noch einmal. Sie schaute zur Treppe und drehte sich dann zu Will um. „Bist du dir sicher, dass sie in Ordnung ist?"

„Ja. Ihr geht es gut." Er schnippte mit den Fingern. „Oh, da fällt es mir wieder ein. Sie ist rausgegangen."

„Wie bitte?" Nina wurde misstrauisch.

„Ja. Sie wollte Eis holen gehen."

„Eis? Bei der Kälte? Und überhaupt, Chelsea mag doch gar kein Eis." Nina wurde noch misstrauischer.

„Sie dachte aber, dass du vielleicht was möchtest." Will fühlte, wie ihm langsam der Schweiß ausbrach.

„Das ist aber komisch", überlegte Nina weiter. „Wo ist sie denn hingegangen, jetzt um diese Zeit?"

„Raus", wiederholte Will und konnte ein hohes Kichern nicht unterdrücken.

„Das ist jetzt wirklich genug“, beschloss er. „Ich vergeude viel zu viel Zeit. Ich muss es einfach riskieren, auch wenn sie schreit. Es hört sie sowieso niemand.“

Er stand auf und zog die Schnur zwischen den Händen straff.

„Was ist denn das?“ Nina hatte sich wieder auf die Couch gesetzt. Sie sah ihn mit plötzlicher Angst an.

Er antwortete nicht.

Stattdessen sprang er auf sie zu und drückte sie gegen die Rückenlehne des Sofas. Sie schrie und wehrte sich, schlug mit beiden Fäusten auf ihn ein, trat, biss, kratzte und versuchte, sich aus seiner Umklammerung herauszuwinden.

Aber er war zu stark für sie.

Schnell zog er die Schnur um ihre Kehle.

23

Gerade, als Will die Schnur fest zusammenziehen wollte, winkelte Nina ihre Beine an und rammte ihm die Knie in die Brust. Ihm blieb die Luft weg und er taumelte nach hinten. Sein Brustkorb schmerzte und er konnte kaum atmen.

Die Schnur. Er hatte die Schnur fallen lassen.

Nina schrie laut auf und kletterte von der Couch.

Er hasste es, wenn sie schrien. Er hasste es, wenn sie es ihm so schwer machten. Er würde es ihr heimzahlen.

In ihrer Angst und Verzweiflung stolperte Nina über den Sofatisch. Will packte eine schwere Vase vom Kaminsims. Er schwang sie in einer Hand und drehte sich um, um Nina zu verfolgen.

Sie war in der Mitte des Zimmers, ihre Augen waren vor Angst weit aufgerissen. Sie taumelte unbeholfen und schrie immer weiter.

Dann, ganz plötzlich, blieb sie stehen und drehte sich schwer atmend zu ihm um.

„Warum?“ Nina starrte die Vase in seiner Hand an. „Warum nur?“

„Es tut mir leid“, sagte er. Er wusste nicht, was er sonst hätte sagen sollen. Wie konnte er es ihr erklären? Auch wenn er es hätte in Worte fassen können, er hatte ja überhaupt keine Zeit mehr.

„Wo ist Chelsea?“ Sie war starr vor Entsetzen. „Du hast sie umgebracht? Du hast Chelsea umgebracht?“

Er nickte. Warum sollte er auch lügen.

„Chelsea!“, schrie sie. „Chelsea!“ Als ob sie ihm nicht glauben würde.

Er bewegte sich schnell auf sie zu.

Sie hatte inzwischen den Flur erreicht. Sie drehte sich um, rutschte auf dem glatten Boden aus und fiel fast hin, rappelte sich wieder auf und rannte zur Küche.

Er konnte sie nicht gehen lassen. Sie durfte ihm nicht durch die Hintertür entwischen. Sie durfte nicht nach draußen gelangen, wo sie laut um Hilfe rufen könnte, wo jemand sie hören könnte.

Konnte sie das nicht verstehen? Konnte sie nicht verstehen, dass er gar keine Wahl hatte?

„Chelsea!“, schrie Nina, so laut sie konnte. „Hilfe! Oh, Hilfe! Kann mich denn keiner hören?“

Gerade, als sie die Küchentür erreicht hatte, erwischte er sie. Er packte sie von hinten an den Schultern und stieß sie nach vorne, direkt gegen die Anrichte in der Küche. Der harte Aufprall nahm ihr für einen Moment den Atem. Will gab ihr keine Zeit, wieder zu sich zu kommen.

Sie stand an der Anrichte, nach Luft schnappend, und versuchte, ihn mit beiden Armen von sich zu schieben. Er holte mit der Vase aus und ließ sie mit voller Wucht auf ihren Hinterkopf knallen.

Sie seufzte einmal tief auf und sank zu Boden.

Jetzt musste alles ganz schnell gehen.

24

Will beugte sich über Nina und schloss seine Finger um ihren Hals, da packte ihn jemand an der Schulter.

Heftig wurde er von Nina weggezogen.

Er stolperte, verlor überrascht das Gleichgewicht. Irgendjemand gab ihm einen harten Stoß und er landete an der Wand. Will kam schnell wieder zu sich und wirbelte herum, um seinen Angreifer zu sehen.

„Chelsea!“, schrie er. Seine Augen weiteten sich vor Schreck. Er lehnte sich zurück und presste beide Hände gegen die Wand, um sich zu stützen. „Chelsea! Nein! Du bist tot!“

Vor Nina, die bewusstlos auf dem Boden lag, stand hochaufgerichtet Chelsea. Sie funkelte Will aus zornigen Augen an. Braune Blätter steckten noch in ihrem zerdrückten Haar, ihre Jeans waren mit dunklen Flecken übersät.

„Ich habe dich getötet!“ Will stand immer noch mit dem Rücken an der Wand.

Schwer atmend stand Chelsea vor ihm. Sie starrte ihn kalt und schweigsam an. Er hob einen Arm, als wolle er sich vor ihr schützen.

„Nein!“, schrie er wieder. „Du bist tot! Du bist tot!“ Er starrte auf die dunkle Linie auf ihrem Hals, der Beweis dafür, dass er sie umgebracht hatte, der Beweis dafür, dass sie tot war, tot wie all die anderen auch.

„Ich bin zurückgekommen“, raunte Chelsea. Sie funkelte ihn weiter drohend an.

Seine Angst wurde zur Wut. Ohne Warnung sprang er sie plötzlich an.

„Du bist tot! Du bist tot!“

Er fasste sie an. Sie fühlte sich fest und solide an. Sie war echt. Sie war wirklich. Kein Gespenst. Zwar tot, aber wirklich.

Er zog sie auf den Boden und wälzte sich mit ihr direkt neben Nina, die sich etwas bewegte, aber ihre Augen nicht öffnete.

„Du bist tot! Du bist tot!“

Mit einem lauten Schrei schaffte es Chelsea, sich von ihm zu befreien. Er griff noch einmal nach ihr, aber sie war schon auf den Füßen und stolperte zur Spüle.

Er stand auf – und erstarrte.

Chelsea hatte ein langes Messer aus dem Block neben der Spüle gezogen.

Ihre Augen waren weit aufgerissen vor Wut; ihr Mund stand offen. Sie hob das Messer und rannte auf ihn zu. Als sie zu ihm kam, senkte sie das Messer und zielte mit der glänzenden Spitze auf seine Brust. Will wich zurück und trat nach ihrer Hand.

„Au!“ Chelsea schrie vor Schmerzen.

Ihre Hand fühlte sich an, als stände sie in Flammen. Der Schmerz breitete sich schnell im ganzen Arm aus und weiter auf ihre gesamte rechte Seite. Das Messer flog ihr aus der Hand, prallte von der Wand ab und landete genau vor Wills Füßen. Sie packte ihre verletzte Hand, versuchte, den Schmerz abzuschütteln und die Waffe zu erreichen. Aber Will war schneller. Er nahm das Messer.

„Diesmal werde ich besser acht geben“, drohte er.

25

Das Messer fest in der rechten Hand, stieß Will sich von der Wand ab und näherte sich Chelsea. Sie sah ihn schweigend an und unternahm keinen Versuch, zu fliehen.

„Du kannst mich nicht noch einmal töten, Will“, sagte sie ruhig, fast scherzend. „Ich bin doch schon tot. Du kannst es nicht noch einmal tun.“

„Nein!“, schrie er. „Das stimmt nicht!“

Da bemerkte er, dass sie ihn gar nicht mehr anschaute. Sie blickte hinter ihn. Er drehte sich langsam um und sah zwei Männer in schwarzen Mänteln an der Tür. Beide kamen schnell auf ihn zu, mit ernsten, entschlossenen Gesichtern.

Was glänzte da nur in ihren Händen? Revolver. Sie hatten beide ihre Revolver gezogen.

„FBI“, sagte Agent Martin und trat vor Will hin. „Lass sofort das Messer fallen.“

Will gehorchte. „Ich habe sie doch umgebracht.“ Er starrte Chelsea an.

Martin, die Waffe immer noch in der einen Hand, legte die andere auf Wills Schulter. Will seufzte laut und schien sich zu ergeben.

Der andere half Nina auf die Füße. „Alles in Ordnung?“

Nina nickte benommen und rieb sich ihren Hinterkopf.

Der FBI-Agent drehte sich zu Chelsea um. „Mir geht

es auch gut“, sagte sie sofort. „Es war ziemlich knapp. Sie kamen gerade noch rechtzeitig.“

„Ich habe sie umgebracht.“ Will sprach mit sich selbst. Seine Augen waren glasig, sein Blick unsicher. Er sah blass und blutleer unter der Leuchtstoffröhre in der Küche aus. „Ich habe sie umgebracht.“

„Schon gut.“ Agent Martin war erstaunlich sanft, als er Will die Handschellen anlegte. „Das kannst du uns alles später erzählen.“

Er drehte sich zu Chelsea um. „Was genau ist denn passiert? Oder möchtest du noch nicht darüber reden?“

„Doch, ich denke schon.“ Chelsea ließ sich auf einen Küchenstuhl fallen. „Er hat mich draußen erwischt. Er muss doch gehört haben, wie ich mit Ihnen telefonierte. Er hat mich auf der Auffahrt abgefangen und hat versucht, mich zu erwürgen. Mit dem Ding hier.“ Sie zeigte auf die Schnur, die immer noch auf dem Boden im Flur lag.

„Ich habe dich erwürgt“, mischte sich Will ein. „Ich habe dich getötet. Du warst tot.“

„Ich bin nicht so blöd, wie du denkst.“ Chelsea legte all ihre Angst, ihre Enttäuschung und auch ihre Wut der letzten Stunde in ihre Stimme. „Ich hab dir etwas vorgespielt. Ich wusste, dass das meine letzte Chance war.“

„Aber ich habe es überprüft. Deine Atmung –“

„Ich spiele Saxofon“, erklärte Chelsea. „Das vergrößert die Lunge. Ich kann meinen Atem sehr lange anhalten. Um genau zu sein, für vier Minuten. Ich habe es ausprobiert.“

„Ich hatte solche Angst“, fuhr sie fort. „Aber ich habe einfach so getan, als sei ich tot. Ich habe meine Augen nach oben gerollt, mich auf den Boden fallen lassen und meinen Atem angehalten. Es hat geklappt. Er hat gedacht, ich sei tot."

„Und dann?" Nina kam herüber und legte den Arm um ihre Freundin.

„Ich versuchte aufzustehen. Aber ich muss das Bewusstsein verloren haben. Wahrscheinlich, weil ich solche Angst hatte. Als ich wieder zu mir kam, hörte ich dich schreien. Ich rannte sofort zum Haus. Ich musste dir doch helfen."

Nina umarmte Chelsea ganz fest. „Ich werde mich nie wieder über dein Saxofonspielen lustig machen. Ich werde dir nie wieder vorschlagen, du solltest stattdessen lieber Flöte spielen. Versprochen."

„Es tut mir so leid." Chelsea saß stocksteif auf dem Klappstuhl. Die Luft roch unangenehm nach Desinfektionsmitteln.

„Mir tut es auch leid." Sparks saß aufrecht im Bett. Sein Arm steckte in einem dicken Verband.

Sie lächelten sich beide unsicher an.

„Na, dann tut es uns also beiden leid." Sparks lachte in sich hinein.

Eine Krankenschwester in einem weißen Kittel kam forsch herein, überprüfte den Tropf an Sparks Arm und ging wortlos wieder hinaus.

„Wofür ist das denn?" Chelsea verzog das Gesicht.

„Ich glaube, es sind Antibiotika. Die Brandwunde hat sich entzündet. Deshalb muss ich ja auch hier bleiben. Aber der Tropf tut überhaupt nicht weh. Es sieht zwar seltsam aus, aber ich merke nichts davon."

„Dann ist es ja gut." Chelsea rutschte unruhig auf ihrem Stuhl herum und sah aus dem Fenster des schmalen Zimmers. „Hör mal, es tut mir wirklich furchtbar leid." Sie überlegte krampfhaft, was sie sonst noch sagen konnte.

Krankenhausbesuche waren immer so schwierig. Sie hatte die letzten Wochen viel Zeit im Shadyside General verbracht, bei ihrem Vater. Aber sie schien sich trotzdem nicht daran gewöhnen zu können.

„Nein. Mir tut es leid. Ich hatte vorher ein paar Biere getrunken und ich trinke sonst nie. Wirklich. Ich weiß auch nicht, warum ich das getan habe. Ich glaube, ich fühlte mich einfach einsam."

Er sah weg, sprach aber weiter. „Ich habe keine Ahnung, was ich eigentlich an dem Abend wollte. Wohl den großen Macho spielen oder so was Idiotisches." Er sah auf seinen Verband herunter. „Ich habe verdient, was mir passiert ist. Ich wollte dir nicht solche Angst einjagen, nicht in dieser Nacht und in keiner anderen."

„Aber ich hatte doch gar keinen Grund zu glauben, dass du irgend so ein psychotischer Killer bist! Ich fühle mich so schuldig."

„Na ja, ich war ja auch nicht ganz ehrlich zu dir." Sparks zwang sich, ihr in die Augen zu sehen. „Ich bin von zu Hause weggerannt. Meine Eltern wissen nicht einmal, wo ich bin. Ich konnte ihre ewigen Streitereien einfach nicht mehr ertragen. Also kam ich hierher. Ich wollte versuchen, alleine zurechtzukommen. Das hat wohl nicht so gut geklappt. Aber ich werde jetzt wieder zur Schule gehen. Jeden Abend. Und zwar, sobald ich einen Job habe. Weißt du, ich war total alleine und hatte richtig Angst. Vielleicht habe ich mich deshalb so seltsam benommen."

„Ach, wir waren ja beide ziemlich seltsam."

Er setzte sich noch etwas mehr auf und zupfte nervös an seinem Kissen. „Hey", sagte er zu ihr. Sein Gesicht hellte sich plötzlich auf. „Vielleicht sollten wir uns mal irgendwo anders treffen? Irgendwo, nur nicht in diesem Café?"

Chelsea zögerte. „Du meinst – eine Verabredung?"

„Ja." Sparks nickte eifrig. Dann fügte er schüchtern hinzu: „Ich meine, natürlich nur, wenn du Lust hast."

Chelsea lachte laut. „Na ja – es wird sicherlich besser als mein erstes Date!"

Ausgelöscht

Denn Erinnerung kann töten …

Prolog

Im Traum habe ich eine silberne Linie gezeichnet.

Mein Skizzenblock war gegen eine weiße Wand gelehnt. Und als ich auf das Papier starrte, begann meine Hand, sich langsam und gleichmäßig zu bewegen. Die Linie, die ich zog, verlief quer über die ganze Seite.

Glänzendes, kaltes Silber.

Ich zeichnete eine weitere – und anschließend einen Kreis.

Dann riss ich das Blatt vom Skizzenblock, fuhr mit der Hand glättend über die Seite darunter und begann, die nächste silberne Linie zu ziehen.

Im Traum überlief mich ein Frösteln, als ich sah, wie sie sich über das Blatt spannte.

Mir wurde auf einmal schrecklich kalt.

Silber ist eine kalte Farbe.

Kalt wie Metall und grau wie der Winter.

Ich erinnere mich, dass ich dachte: „Was für ein verrückter Traum!“

Mir war bewusst, dass ich träumte, denn in Wirklichkeit hätte ich niemals mit einem so schimmernden Silber malen können.

Ich zeichnete einen weiteren Strich, dünn und gerade. Er schien das Blatt zu durchschneiden – und plötzlich drang Farbe daraus hervor.

Rote Farbe.

Ein dunkles Rot tropfte aus der Linie und verteilte sich feucht glänzend über das Blatt.

Das Papier schien zu bluten!

Ein Gefühl der Panik stieg in mir auf und wurde immer stärker. Und dann wachte ich schreiend auf.

Schweißbedeckt und mit hämmerndem Herzschlag fuhr ich hoch.

Warum hatte ich geschrien?

Es war doch nur ein Traum gewesen.

Ein harmloser Traum von einer silbernen Linie und roter Farbe.

Doch dahinter schien eine tödliche Bedrohung zu lauern.

Ein schreckliches Geheimnis.

1

Bei dem Unfall erlitt ich einen schweren Schock und verlor einen Teil meines Gedächtnisses.

Ein Stück meiner Vergangenheit war plötzlich verschwunden und die Erinnerung hatte sich bis jetzt nicht wieder eingestellt.

An die Woche, in der es passierte, kann ich mich überhaupt nicht mehr erinnern und auch die Zeit unmittelbar danach scheint in dunklen Nebel gehüllt zu sein. Es ist, als würde man ein schwaches Spiegelbild im trüben Wasser eines tiefen Teichs betrachten.

Jedes Mal, wenn ich versuche, genauer hinzuschauen, scheint sich das Wasser zu kräuseln, sodass ich die Gesichter der dunklen, verschwommenen Figuren nicht genau erkennen kann.

Was ist in dieser Woche geschehen? An diesem Tag?

Warum kann ich mich nicht an den Unfall erinnern?

Dr. Sayles versucht, mich zu beruhigen. Er sagt, dass die Erinnerung irgendwann zurückkommen werde. Eines Tages würden die Ereignisse dieser Woche wieder klar und deutlich vor meinem geistigen Auge stehen.

Ständig rät er mir, nichts zu überstürzen. Manchmal habe ich fast das Gefühl, er möchte gar nicht, dass ich mein Gedächtnis wiederfinde.

Vielleicht ist die Erinnerung zu schrecklich und vielleicht würde ich die Wahrheit gar nicht ertragen.

Mag sein, dass ich so besser dran bin. Vielleicht sollte ich sogar dankbar sein für diese Gedächtnislücke.

Dr. Sayles meint, ich solle einfach wieder ein ganz normales Leben führen. Und das versuche ich auch.

Aber meine Freunde haben sich verändert.

Manchmal ertappe ich Justine dabei, wie sie mich anstarrt – die hellblauen Augen nachdenklich zusammengekniffen. Als würde sie mich einer Prüfung unterziehen und versuchen, einen Blick in mein Gehirn zu werfen.

Adriana redet mir ständig gut zu, die Sache auf die leichte Schulter zu nehmen.

„Bleib ganz locker, Martha. Das wird schon wieder!" Als ob ich krank wäre oder irgendwie behindert.

Justine und Adriana scheinen schrecklich besorgt um mich zu sein und tauschen hinter meinem Rücken Blicke, die ich nicht bemerken soll. Ich werde das Gefühl nicht los, dass mich die beiden beobachten. Dass sie auf irgendetwas warten.

Aber worauf?

Dass ich plötzlich ausraste und mich aufführe wie eine Verrückte? Mir die Seele aus dem Leib schreie oder mich auf jemanden stürze?

Seit dem Unfall im letzten Herbst gehen mir oft merkwürdige Gedanken im Kopf herum.

Ich kann überhaupt nichts dagegen tun.

Zum Glück meint Dr. Sayles, das sei völlig normal.

Übrigens – darf ich mich vorstellen? Martha Powell. Völlig normal. Wenigstens sehe ich so aus. Ich bin weder besonders groß noch besonders klein und habe eine durchschnittliche Figur. Genau wie die meisten anderen Mädchen im ersten Jahr auf der Highschool.

Wahrscheinlich wirke ich ein bisschen wie das nette Mädchen von nebenan. Auf jeden Fall eher wie Gwyneth Paltrow als wie irgendein gestylter Rockstar.

Ich habe sehr glatte, halblange blonde Haare und meine Wangen sind übersät mit hellbraunen Sommersprossen, durch die ich jünger wirke, als ich bin. Aber das Schönste an meinem Gesicht sind die großen, grünen Augen.

Man hat mir früher öfter gesagt, ich hätte ein nettes Lächeln. In letzter Zeit hat sich das allerdings kaum noch gezeigt.

Trotz meiner verrückten Gedanken und meiner Gedächtnislücken wirke ich wahrscheinlich ganz normal.

Ich bin vielleicht nicht so schön wie Adriana, die ein dunkler, exotischer Typ ist. Und ich hätte für mein Leben gern Justines rote Mähne, ihre vollen Lippen und ihre großen, hellblauen Augen.

Aber ich sehe auch ganz gut aus.

Wenigstens findet Aaron das.

Der gute, alte Aaron. Er war in den letzten Monaten so um mich besorgt und hat sich rührend um mich gekümmert.

Ich wüsste wirklich nicht, was ich ohne ihn gemacht hätte. Ich bin immer wieder froh, dass wir schon so lange zusammen sind.

Justine erinnert mich beinahe täglich daran, was ich für ein Glück habe. Obwohl sie eine meiner besten Freundinnen ist, gibt sie sich keine besondere Mühe, ihre Eifersucht zu verbergen.

„Aaron ist einfach umwerfend!“, hat sie erst vor ein paar Tagen in den höchsten Tönen geschwärmt. „Sieh dir doch bloß mal diesen Körper an!“

„Justine, jetzt reicht’s aber!“, stöhnte ich genervt.

Wir saßen auf der Tribüne in der Sporthalle der

Shadyside Highschool und sahen uns einen Ringkampf gegen Waynesbridge an. Aaron ist kein richtiger Profiringer. Er ist zwar groß und athletisch gebaut, aber er trainiert nicht so viel, wie er eigentlich sollte.

Sein Gegner war klein, schwer und ziemlich behaart. Irgendwie hatte er eine Menge Ähnlichkeit mit einem Bären. Gerade hatte er Aaron auf die Matte gelegt und hielt ihn mit festem Griff am Boden.

Aarons Gesicht lief hochrot an – er wirkte in dieser Lage nicht besonders glücklich.

Aufgeregt raufte sich Justine mit beiden Händen ihre dichten, roten Haare. Ihr Gesicht wirkte so angespannt, als würde sie dort unten gemeinsam mit Aaron kämpfen.

Dem war es jetzt doch noch gelungen, sich aus dem Schwitzkasten seines Gegners zu befreien. Mit einer schnellen Bewegung riss er den behaarten Kerl zu Boden. Beide hatten rote Gesichter und gaben vor Anstrengung grunzende Laute von sich. Aaron schaffte es, sein Gegenüber mit beiden Schultern auf die Matte zu drücken. Dann sprang er triumphierend auf die Füße.

„Wow!“, schrie Justine und klatschte wie wild. „Wow! Gut gemacht, Aaron!“

Aaron stand keuchend da. Sogar von der Tribüne aus konnte man sehen, dass ihm der Schweiß in Strömen über die Stirn lief und sein braunes Haar verklebte.

Nach ein paar Sekunden reichte er seinem Gegner die Hand und zog ihn von der Matte hoch. Dann hob er den Kopf und warf mir ein Lächeln zu.

Jedenfalls dachte ich, er hätte mich angelächelt.

Aber Justine winkte ihm so strahlend zu, als hätte er sie damit gemeint.

Na ja, wenigstens geht sie mit ihrer Schwäche für Aaron offen um und versucht gar nicht erst zu verbergen, wie sehr er ihr gefällt.

Obwohl er mein Freund ist, flirtet sie ständig mit ihm. Aaron lässt sich manchmal auf das Spielchen ein. Ihr wisst schon – er albert mit ihr herum und so.

Aber ich glaube nicht, dass er ihre Schwärmerei besonders ernst nimmt.

Wie gesagt, er hat die ganze Zeit, in der es mir schlecht ging, zu mir gehalten und sich einfach wunderbar benommen. Genau wie meine anderen guten Freunde auch.

Wenn sie bloß nicht ständig auf Zehenspitzen um mich herumschleichen und jedes Wort auf die Goldwaage legen würden!

Ich weiß genau, welcher Gedanke ihnen ständig im Kopf herumgeht, wenn sie mit mir zusammen sind.

Sie fragen sich ununterbrochen, ob ich mein Gedächtnis schon wiedergefunden habe.

Aber sie trauen sich nicht, es offen auszusprechen.

Keiner von ihnen will über diese Woche im letzten November reden. Oder über den Unfall. Zumindest meiden sie das Thema, wenn ich dabei bin.

Wer weiß, vielleicht möchten sie ja auch lieber alles vergessen.

Vielleicht glauben meine Freunde, ich wäre besser dran als sie, weil sie selbst gern ihre Erinnerungen los wären.

Ich finde allerdings nicht, dass ich es leichter habe. All die Fragen, auf die ich keine Antwort finde, machen mich noch ganz verrückt.

Was ist damals Schreckliches geschehen?

Und warum habe ausgerechnet ich einen Schock bekommen?

2

Als ich mich an Aarons Schulter schmiegte, stieg mir der Duft seines Aftershaves in die Nase – kühl und herb. Ich mochte diesen Geruch sehr.

Dabei hatte ich ihn ausgelacht, als er das Zeug das erste Mal benutzt hatte. Er rasierte sich nämlich nur zweimal die Woche, klatschte sich aber jeden Tag Aftershave ins Gesicht.

Doch nachdem ich mich daran gewöhnt hatte, begann es mir zu gefallen.

Ich hob meinen Kopf und küsste ihn.

Aaron und ich saßen auf der grünen Ledercouch im Wohnzimmer seiner Eltern und nutzten die günstige Gelegenheit. Sein kleiner Bruder Jake war nämlich gerade mit einem neuen Computerspiel beschäftigt. Wenn er uns beim Knutschen erwischte, würde er wahrscheinlich wieder das ganze Haus zusammenschreien. Er ist ein echter Satansbraten.

Im Fernsehen lief einer dieser Lethal Weapon-Filme. Ich stehe total auf Mel Gibson und finde, dass Aaron ihm ein bisschen ähnlich sieht. Jedenfalls hat er das gleiche wellige, braune Haar und genauso strahlende, blaue Augen.

Aber wir achteten nicht besonders auf den Film, weil Aaron die Arme um mich gelegt hatte und wir uns leidenschaftlich küssten, bevor Jake das nächste Mal hereinplatzen konnte.

Als ich nach einer Weile wieder zum Bildschirm blickte, fiel mir eine dunkelhaarige Schauspielerin auf, die große Ähnlichkeit mit Adriana hatte.

„Irgendwas stimmt nicht mit Adriana“, vertraute ich Aaron an.

Aber der knurrte nur unwillig und zog mich wieder an sich.

Im nächsten Moment hörte ich Schritte hinter uns.

„Jake – bist du das?“, rief Aaron und blickte über die Schulter zur Wohnzimmertür.

Aus dem Flur ertönte lautes Gekicher. Jake ist ein echter Witzbold.

„Hau ab!“, befahl ihm Aaron.

„Fang mich doch!“, antwortete Jake provozierend.

„Okay. Na warte!“ Aaron sprang von der Couch auf und stürmte zur Tür. Wieder ertönte das nervtötende Kichern. Und dann hörte ich Jakes schnelle Schritte, als er davonrannte.

„Aaron hat Martha geküsst! Aaron hat Martha geküsst!“, rief er dabei in einem monotonen Singsang.

Kopfschüttelnd ließ Aaron sich wieder neben mir auf die Couch fallen. Im Fernsehen sprengte gerade eine gewaltige Explosion ein Gebäude in die Luft.

Aaron griff sich eine Handvoll Chips aus der Schüssel, die auf dem Tischchen neben dem Sofa stand. Dann reichte er sie mir, aber ich winkte ab.

„Adriana ist so dünn geworden“, nahm ich den Faden wieder auf. „Ich mache mir wirklich Sorgen um sie.“

„Ja. Ist mir auch schon aufgefallen“, antwortete Aaron mit vollem Mund.

Ich seufzte. „Irgendwie habe ich das Gefühl, dass dieser Unfall ihr mehr zu schaffen macht als euch anderen.“

Aaron kaute vor sich hin und hielt den Blick fest auf den Bildschirm gerichtet. Er mochte es überhaupt nicht, wenn ich den Unfall zur Sprache brachte.

„Sie hat furchtbar viel Gewicht verloren“, begann ich wieder. „Und sind dir schon mal die dunklen Ringe unter ihren Augen aufgefallen?“

„Die hatte sie schon immer“, versetzte Aaron kurz angebunden und griff wieder nach den Chips.

„Stimmt doch gar nicht“, widersprach ich. „Immerhin ist sie zum Arzt gegangen, weil sie nachts nicht mehr schlafen kann.“

„Wahrscheinlich hat sie sich zu viel auf Partys rumgetrieben“, witzelte Aaron.

Ich versetzte ihm einen Stoß gegen die Schulter. „Blödmann!“

Er zuckte nur mit den Achseln und starrte weiter Mel Gibson an.

Das war typisch Aaron. So reagierte er immer, wenn ich etwas Ernstes mit ihm besprechen wollte. Sobald es um den Unfall ging, machte er einen Witz oder redete von etwas anderem.

Er weigerte sich einfach, darüber zu diskutieren. Bei diesem Thema fühlte er sich so unbehaglich, dass sich sein ganzer Körper verspannte.

Sein Verhalten nervte mich wahnsinnig. Ich wollte unbedingt darüber reden. Es war wichtig für mich!

Und außerdem machte ich mir wirklich Sorgen um Adriana.

„Ihre Noten haben in letzter Zeit auch ziemlich gelitten“, fuhr ich fort. „In diesem Schuljahr hat sie noch keine einzige Auszeichnung für besondere Leistungen bekommen.“

Statt einer Antwort grunzte Aaron nur undeutlich.

„Du weißt doch, wie perfekt Adriana sonst in allem ist“, erinnerte ich ihn. „Und wie ehrgeizig. Sie hat sich immer Mühe gegeben, in jedem Fach hervorragend abzuschneiden. Es muss irgendwas passiert sein, was sie total aus der Bahn geworfen hat. Sie hat ein C in Spanisch bekommen. Eine völlig mittelmäßige Note! Kannst du dir das vorstellen? Das war doch immer ihr leichtester Kurs!“

Aaron schüttelte etwas abwesend den Kopf. „Wahrscheinlich ist sie nur ein bisschen durcheinander oder so“, murmelte er und legte seinen Arm ganz fest um meine Schulter.

Ich kuschelte mich an ihn und dachte an Adriana. Als ich Aaron küsste, schmeckten seine Lippen nach Chips.

Schließlich war der Film zu Ende und der Abspann lief über den Bildschirm.

„Hast du mal mit ihr gesprochen?“, fragte Aaron plötzlich.

„Mit wem?“ Im ersten Moment wusste ich nicht, was er meinte.

„Mit Adriana. Weil sie abgenommen hat und so.“

Ich seufzte. „Du kennst sie doch“, sagte ich und drückte Aarons Hand. „Ich hab’s natürlich versucht. Aber sie weigert sich, darüber zu reden. Sie will ihre Probleme offenbar nicht mit mir diskutieren.“

Aaron runzelte die Stirn. „Ich dachte, ihr beiden wärt die dicksten Freundinnen.“

„Sind wir ja auch, aber Adriana spricht nun mal nicht gerne über sich. Stattdessen macht sie sich Sorgen um mich. Ständig versucht sie, mich aufzuheitern oder mir zu helfen. Wenn ich mit ihr über etwas Ernstes reden will, lenkt sie ab und sagt, dass alles schon wieder in Ordnung kommt.“

Aaron nickte. Er griff nach den Chips, überlegte es sich dann aber doch anders. Plötzlich nahm sein gut aussehendes Gesicht einen ernsthaften Ausdruck an. Er fixierte mich mit seinen blauen Augen. „Sie hat recht. Es wird in Ordnung kommen“, versicherte er mir mit sanfter Stimme.

Ich nickte.

Das erzählten mir meine Freunde auch dauernd.

Als wir uns wieder küssten, stellte ich fest, dass Aarons Lippen immer noch salzig schmeckten. Trotzdem war es wunderbar – von mir aus hätte es ewig dauern können.

Aber da hörten wir hinter uns ein hämisches Kichern. „Das erzähl ich Mom und Dad!“, rief Jake schadenfroh.

Aaron sprang auf, um ihn erneut davonzujagen.

Ich hörte ihr Lachen und Rufen, als sie durch den Flur stürmten.

Seufzend lehnte ich mich gegen die Sofakissen, schloss die Augen und dachte über Adriana nach.

Justine und Aaron waren nach dem Unfall schnell wieder zum Alltag zurückgekehrt. Weshalb hatte Adriana damit so viel größere Schwierigkeiten?

Warum hatte dieser Abend im November mehr Einfluss auf sie gehabt als auf die anderen?

Natürlich konnte ich diese Frage nicht beantworten. Denn mir fehlte die Erinnerung an das, was passiert war.

Aber ich war entschlossen, alles herauszufinden.

In diesem Moment konnte ich nicht ahnen, dass noch einige böse Überraschungen auf mich warteten.

Nur einen Tag später versuchte Adrianas Bruder, mich umzubringen.

3

Ivan Petrakis, Adrianas älterer Bruder, sieht seiner Schwester so ähnlich, dass es schon beinahe unheimlich ist.

Beide besitzen eine Fülle schwarzer, lockiger Haare. Beide sind groß, schlank und anmutig. Und beide haben sanfte, braune Augen unter dichten, schwarzen Augenbrauen. Ihre Gesichter wirken geheimnisvoll und dramatisch und fallen auf allen Klassenfotos sofort auf.

Ivan hat sich in diesem Jahr einen neuen Look zugelegt. Er trägt mehrere silberne Ringe im linken Ohr und hat sich nicht nur Koteletten, sondern auch ein schmales, schwarzes Bärtchen unter dem Kinn wachsen lassen, was seine Eltern ganz schön auf die Palme bringt.

Meistens trägt er schwarze Jeans und schwarze T-Shirts, in denen er cool und ein bisschen gefährlich wirkt. Jedenfalls sieht er seinen Altersgenossen aus North Hills, einer der wohlhabendsten Gegenden in Shadyside, nicht besonders ähnlich.

In letzter Zeit war Ivan häufiger in Schwierigkeiten geraten. Zumindest hatte ich dieses Gerücht von ein paar Typen gehört, mit denen er früher oft zusammen war. Sie sagten, er sei ziemlich komisch drauf. Würde auf Partys eine Menge trinken und neuerdings mit einigen Leuten aus Waynesbridge rumhängen, die keinen besonders guten Ruf hätten.

Ich hatte Ivan schon immer gemocht. Ehrlich gesagt, war ich früher sogar heimlich in ihn verliebt gewesen, und ich bin mir nicht ganz sicher, ob ich meine Schwäche für ihn jemals ganz überwunden habe.

Als ich ihm nach der Schule im Einkaufszentrum in der Division Street über den Weg lief, freute ich mich jedenfalls, ihn zu sehen. „Hey – Ivan!“, rief ich in voller Lautstärke und stürmte quer über den Parkplatz auf ihn zu. „Wie geht’s denn so?“

Ivan tat so, als wäre er über mein Auftauchen völlig überrascht. Er warf mit einer übertriebenen Geste die Hände in die Luft und fiel fast um vor Erstaunen. „Martha. Hey! Hast du zufällig was zu futtern gekauft? Vielleicht ein Snickers? Ein Milky Way würde es auch tun. Ich bin nämlich noch nicht dazu gekommen, zu Mittag zu essen.“

Ich zeigte mit den Einkaufstaschen, die ich in der Hand hielt, auf den Laden hinter mir. „Ich fürchte, ich muss dich enttäuschen. Ich hab nur ein paar Sachen besorgt, die ich zum Malen brauche.“

Er stöhnte. „Du kritzelst also immer noch vor dich hin?“

„Hey!“ Ich stieß einen empörten Schrei aus. „Ich nehme das Zeichnen verdammt ernst, Ivan! Das ist kein Gekritzel!“

Er schien meine Reaktion unheimlich komisch zu finden, denn er brach in wieherndes Gelächter aus. Es war ein merkwürdiges, abgehacktes Meckern, das seine schmalen Schultern in heftiges Zucken versetzte.

„Na, was macht die hohe Kunst denn so, Martha?“, zog er mich weiter auf.

„Halt die Klappe!“, antwortete ich kurz angebunden.

Er lachte noch einmal johlend und kratzte sich dann das Büschel schwarzer Barthaare unter seinem Kinn.

„Soll ich dich nach Hause fahren?“, fragte er plötzlich. Offenbar hatte er sich entschlossen, mir ein Friedensangebot zu machen.

„Ja, gerne.“ Ich war froh, nicht mit dem Bus fahren zu müssen, und folgte Ivan zu seinem roten Honda. Dabei fiel mir sein merkwürdiger, gestelzter Gang auf, mit dem er wirkte wie ein großer, eingebildeter Vogel.

Ein Scheinwerfer seines Wagens war eingedrückt und die Stoßstange war völlig verbeult. „Was ist passiert, Ivan? Hattest du einen Unfall?“, fragte ich erschrocken.

Aber er zuckte nur mit den Achseln und murmelte etwas völlig Unverständliches. Dann riss er hastig die Fahrertür auf und quetschte seinen langen sportlichen Körper in das kleine Auto.

Ich warf meine Tüten auf die Rückbank und ließ mich auf den Beifahrersitz fallen. Im Wagen roch es durchdringend nach kaltem Zigarettenrauch und überall auf dem Boden lag Bonbonpapier.

„Das ist eine gute Gelegenheit, um mit ihm über Adriana zu sprechen“, dachte ich, als Ivan rückwärts aus der Parklücke setzte. „Vielleicht hat er ja eine Idee, wie man ihr helfen kann.“

Ivan lenkte den Wagen zur Ausfahrt und bog dann in die Division Street ein. „Hast du manchmal auch Lust, einfach abzuhauen?“, fragte er plötzlich.

„Was?“ Ich fuhr herum und starrte ihn an.

„Ob du manchmal auch Lust hast, einfach draufloszufahren“, wiederholte er und warf mir einen eindringlichen Blick aus seinen braunen Augen zu. „Nie mehr zurückkommen. Einfach immer geradeaus fahren, bis es nicht mehr weitergeht.“

Ich stieß ein kurzes, unsicheres Lachen aus. „Das meinst du doch nicht ernst, nicht wahr?“

Aber sein Gesichtsausdruck veränderte sich nicht.

„Du willst doch nicht wirklich abhauen, oder?“, bedrängte ich ihn und spürte, wie sich mein Magen zusammenzog.

Abrupt drehte er sich weg und blickte wieder durch die Windschutzscheibe. „Vergiss es“, murmelte er.

Im nächsten Moment musste er eine Vollbremsung machen, um nicht über eine rote Ampel zu rasen. Mit quietschenden Reifen kamen wir mitten auf dem Fußgängerüberweg zum Stehen und das Auto hinter uns hupte wie verrückt.

„Ich hab bloß Spaß gemacht“, fuhr er mich an und klatschte nervös mit beiden Händen auf das Lenkrad.

„Wie geht's Adriana?“, erkundigte ich mich. Ich hielt es für besser, das Thema zu wechseln, denn Ivan schien ziemlich angespannt und erregt zu sein. „Schläft sie inzwischen wieder besser?“

Die Ampel wechselte auf Grün. Ivan trat kräftig aufs Gaspedal und der Wagen schoss mit quietschenden Reifen los. „Keine Ahnung. Frag sie doch selbst.“

Er klang richtig verbittert.

„Ich habe ein bisschen Angst um sie“, gestand ich. „Sie hat mir erzählt, dass sie in letzter Zeit kaum noch schläft oder isst.“

„Buu-huu. Mir kommen gleich die Tränen“, erwiderte Ivan in zynischem Ton.

Ich warf ihm einen ärgerlichen Blick zu, aber er hatte die Augen auf die Straße gerichtet. Es war ungefähr halb fünf – die Zeit des dicksten Berufsverkehrs – und in der Stadt war die Hölle los.

„Du bist doch ihr Bruder. Machst du dir denn ihretwegen gar keine Sorgen?“ Ich war erschrocken über den schrillen Klang meiner Stimme.

Wieder zuckte er mit den Achseln. Mir fiel auf, dass er sich hauptsächlich mit seinen Schultern auszudrücken schien. „Mit Adriana ist alles in Ordnung“, antwortete er mit leiser, ausdrucksloser Stimme. „Sie ist letzte Woche zu einer Ärztin gegangen. Die bringt ihr Selbsthypnose bei oder so was Ähnliches.“

„Wie bitte?“ In diesem Moment fuhr gerade ein Lastwagen dröhnend an uns vorbei und ich war mir nicht sicher, ob ich ihn richtig verstanden hatte.

„Hast du etwa noch nie etwas davon gehört?“, rief Ivan mit erhobener Stimme, um den Krach zu übertönen. „Sie macht irgendwelche Entspannungsübungen und hypnotisiert sich selbst. Damit sie besser schlafen kann.“

„Wow!“ Keine sehr intelligente Antwort, ich weiß. Aber mir fiel einfach nichts Besseres ein. „Kann denn da auch nichts passieren?“, fragte ich schließlich.

Ivan schien mir überhaupt nicht zugehört zu haben. Wortlos bog er in den Park Drive ein.

Inzwischen hatte sich der Himmel verdunkelt und es dämmerte bereits. Ich hasse den Februar! Am späten Nachmittag ist es schon so finster wie mitten in der Nacht.

„Adrianas Noten …“, setzte ich noch einmal an.

Aber Ivan unterbrach mich mit lauter Stimme. „Es ist ja auch nicht leicht, bei mir zu Hause Schlaf zu finden, Martha!“, rief er und schlug mit der flachen Hand aufs Lenkrad. „In letzter Zeit geht es bei uns drunter und drüber!“

Ich wusste, dass Ivans Eltern nicht besonders gut miteinander auskamen. Es ging sogar das Gerücht um, dass Mr Petrakis gedroht hatte auszuziehen.

„Ist es wegen deiner Eltern?“, fragte ich vorsichtig. Eigentlich wollte ich da lieber nicht mit reingezogen werden. Die Eheprobleme der Petrakis waren nun wirklich nicht meine Sache.

„Bei uns herrscht der Kriegszustand“, erklärte Ivan und schüttelte den Kopf. Sogar in dem schwachen Licht der Straßenbeleuchtung konnte ich seinen düsteren Blick und den verbitterten Ausdruck auf seinem Gesicht erkennen. Doch seine Verbitterung schien mit Furcht gemischt zu sein.

„Gestern Abend haben sie angefangen, sich mit Geschirr zu bewerfen“, sagte er leise und hielt den Blick starr auf die Fahrbahn gerichtet.

„Oh nein“, murmelte ich betroffen.

„Wie die Kleinkinder! Die Teller und Tassen flogen durch die ganze Küche. Überall auf dem Boden zerbrochenes Porzellan. Ich ... ich hab versucht, sie aufzuhalten. Es war so lächerlich. Ich ...“ Ivan versagte die Stimme.

Ich stieß einen tiefen Seufzer aus. „Wie schrecklich“, flüsterte ich. „Und was passierte dann?“

„Mom rannte laut heulend ins Schlafzimmer und kreischte dort wie eine Verrückte weiter. Dad stürmte aus dem Haus und knallte die Tür hinter sich zu. Ich glaube, er ist gestern Nacht gar nicht nach Hause gekommen. Jedenfalls habe ich ihn nicht gehört.“

„Und wie geht's deiner Mom?“, fragte ich und umklammerte unbehaglich den Türgriff.

Ivan schluckte hart. „Keine Ahnung. Ich hab sie die

ganze Nacht schluchzen hören. Ihr Schlafzimmer liegt nämlich direkt neben meinem." Er senkte die Stimme, um zu vermeiden, dass sie wieder brach. „Pech für mich, was?"

Ich wusste nicht, was ich sagen sollte. Ivans Eltern lagen sich jetzt schon seit Monaten in den Haaren. Adriana erwähnte es fast täglich. Sie stritten und stritten, aber keiner von beiden zog aus.

Kein Wunder, dass Adriana und Ivan so nervös und überdreht waren.

Ich blickte durch die Scheibe auf dunkle Bäume und Häuser, die mit rasender Geschwindigkeit an uns vorbeisausten.

Ein Wirbel verschwommener, schwarzer Schatten, die sich von der noch tieferen Dunkelheit dahinter abhoben.

Erst jetzt merkte ich, dass Ivan viel zu schnell fuhr.

„Ivan, bitte …", begann ich.

In diesem Moment rasten wir über das Stoppschild am Canyon Drive, aber er schien es nicht einmal zu bemerken.

„Ivan – fahr langsamer!", brüllte ich voller Panik.

„Ich … ich halt's nicht mehr aus!", schrie Ivan mit sich überschlagender Stimme. In seinen Augen lag ein wilder Blick und er umklammerte mit beiden Händen das Lenkrad. „Es ist zu viel, Martha! Ich kann nicht mehr!"

„Nein, Ivan! Nein!"

Ich schnappte vor Entsetzen nach Luft, als er einen lauten Schrei ausstieß und das Steuer mit voller Wucht herumriss.

„Ich halt's nicht mehr aus!" Seine voller Qual hervorgestoßenen Worte übertönten das röhrende Geräusch des Motors.

Der Wagen quietschte und die Reifen drehten durch, als Ivan das Gaspedal bis zum Bodenblech durchdrückte.

Dann wirbelte er das Lenkrad herum und das Auto raste in voller Fahrt quer über die Straße.

Dabei schrie Ivan die ganze Zeit wie ein Verrückter. Schrie den ganzen Schmerz heraus, der sich in ihm aufgestaut hatte.

Ich schlug entsetzt die Hände vor die Augen, als ein riesiger, dunkler Baumstamm im Licht der Scheinwerfer vor uns auftauchte.

Ivan hielt genau darauf zu.

„Er versucht, uns umzubringen!“

Das war mein letzter Gedanke.

4

„Oh!“ Mein Kopf stieß mit voller Wucht gegen das Autodach, als wir über den Bordstein holperten. Eine Welle von Schmerz schoss durch meinen Körper.

Wieder und wieder sprang der Wagen rumpelnd in die Höhe.

Dann stand er plötzlich still.

Langsam und am ganzen Körper zitternd nahm ich die Hände von den Augen.

Ich rang mühsam nach Luft und versuchte, meinen hämmernden Herzschlag zu beruhigen. Dann betastete ich vorsichtig meinen Kopf, der von einem pochenden Schmerz erfüllt war.

„Ivan …“

„Oh, Martha! Es tut mir leid!“, rief er aus.

„Wir leben“, murmelte ich vor mich hin. Die Worte sprudelten einfach so aus mir heraus. Ich konnte überhaupt nicht klar denken. Alles schien in einen seltsamen Nebel gehüllt zu sein. Einen dunklen, undurchdringlichen Nebel.

„Wir leben, Ivan.“

„Es tut mir so schrecklich leid.“ Ein Wimmern drang aus seiner Kehle.

Ohne dass es mir bewusst wurde, drehte ich mich um und nahm ihn in die Arme. Dabei spürte ich durch die schwere Lederjacke, wie sein schmaler Körper von heftigen Schluchzern geschüttelt wurde.

„Ich hab das Steuer im letzten Moment rumgerissen.

Ich … ich konnte es einfach nicht tun. Ich hab's nicht fertiggebracht", stammelte er.

Ich hielt ihn ganz fest und presste meine Wange gegen sein kaltes Gesicht. „Wir leben. Wir leben. Wir leben." Wie unter einem geheimnisvollen Zwang konnte ich einfach nicht mehr aufhören, diese Worte immer wieder zu wiederholen.

„Ich wollte das nicht tun", murmelte Ivan mit zitternder Stimme. „Nicht wirklich. Du musst mir glauben!"

Ich spürte, dass er begann, sich zu beruhigen. Aber mir hing das Herz immer noch in den Kniekehlen.

„Ich bin wieder okay", sagte Ivan plötzlich abweisend und schob mich schroff von sich. „Mir geht's bestens, Martha. Wirklich."

Ich ließ mich in meinen Sitz zurückfallen und warf einen Blick aus dem Fenster. Wir standen mitten im Vorgarten eines fremden Hauses. Eine Lampe auf der Veranda tauchte die Eingangstür in warmes, gelbes Licht, aber das Gebäude lag im Dunkeln.

„Ivan, vielleicht solltest du jetzt lieber nicht mehr fahren", meinte ich vorsichtig.

„Keine Sorge. Ich fühle mich toll. Ganz bestimmt."

Ein harter, kalter Ausdruck erschien auf seinem gut aussehenden Gesicht und er sah mich mit zusammengekniffenen Augen wie versteinert an. Es kam mir vor, als ob er mit Gewalt alle seine Gefühle verdrängte.

Er legte brutal den Rückwärtsgang ein und dann holperten wir zurück auf die Straße.

Während Ivan mich nach Hause fuhr, verharrte sein Gesicht die ganze Zeit in dieser eisigen Starre und er sprach kein einziges Wort mehr.

„Dein Bruder ist total durcheinander“, sagte ich zu Adriana.

Es war ein grauer Samstagnachmittag und wir saßen oben in meinem Zimmer. Die dunklen, tief hängenden Wolken verhießen jede Menge Schnee.

Trotz der Kälte hatte ich das Fenster geöffnet, weil es in meinem Zimmer ziemlich stickig war. Die frische, kühle Luft tat mir gut. Eine kräftige Windbö ließ die Vorhänge flattern.

„Was?“ Adriana hatte sich an meiner Frisierkommode niedergelassen und probierte Rouge, Lipgloss und all den anderen Kram aus einem Make-up-Set aus, das ich von meiner Mutter geschenkt bekommen hatte. „Dieser Ton macht mich zu blass, findest du nicht?“

Ich räumte meinen Schreibtisch frei und legte einen großen Zeichenblock darauf. Eigentlich hatte ich vorgehabt, an diesem Nachmittag einige Skizzen zu machen – vielleicht ein paar Selbstporträts. Adrianas Besuch war für mich total überraschend gekommen.

Sie schien sich zu langweilen und wirkte irgendwie unruhig.

Eine Zeit lang hatte ich mühsam versucht, das Gespräch in Gang zu halten, aber sie schien mir nur mit halbem Ohr zuzuhören. Ich fragte mich allmählich, warum sie eigentlich gekommen war. Aber irgendwie traute ich mich nicht, sie danach zu fragen.

„Ivan ist in keiner besonders guten Verfassung“, versuchte ich es noch einmal. „Gestern Nachmittag …“

„Wem von uns geht’s schon gut?“, unterbrach mich Adriana mit bitterer Stimme. Sie nahm ein paar Kosmetiktücher und wischte sich mit ungeduldigen Bewegungen das Rouge von den Wangen. „Meine Haut ist zu dunkel. Bei mir wirkt es überhaupt nicht", seufzte sie dann.

Langsam drehte ich mich um und betrachtete ihr Gesicht im Spiegel. „Du siehst ziemlich müde aus", stellte ich fest.

„Ich kann nach wie vor nicht richtig schlafen." Adriana schüttelte resigniert den Kopf und fing an, glänzenden Lipgloss auf ihren vollen Lippen zu verteilen. Eine leichte Brise, die durch das Fenster hereindrang, ließ ihre dunklen, lockigen Haare flattern.

„Ivan hat mir erzählt, dass du bei einer Ärztin warst", bemerkte ich beiläufig, denn Adriana mochte es nicht besonders, wenn man allzu sehr in ihrem Privatleben herumschnüffelte. Das galt auch für mich, obwohl ich eine ihrer besten Freundinnen war.

Es schien so, als ob sie sich für ihre familiären Probleme schämte. Die ständigen Streitereien ihrer Eltern empfand sie offenbar als furchtbar demütigend. Sie erzählte mir fast jeden Tag davon, aber ich hatte das Gefühl, es wäre ihr nicht recht, wenn ich genauer nachfragen würde. Also ließ ich es.

Adriana seufzte und betrachtete sich im Spiegel. „Sie heißt Dr. Corben und versucht, mir Selbsthypnose beizubringen. Damit ich besser einschlafen kann und so. Manchmal klappt es ganz gut, aber nicht immer."

Sie gähnte, als sie sich den Lipgloss wieder abwischte. „Ich muss eben weiter üben."

Während Adriana nach der nächsten Tube griff, blätterte ich die leeren Seiten des Zeichenblocks durch, damit sie sich voneinander lösten. Dann zog ich die Schreibtischschublade auf und holte eine Handvoll Kohlestifte heraus.

„Könntest du mir vielleicht dein Geschichtsheft leihen?“, fragte Adriana plötzlich und drehte sich um, damit sie mich direkt ansehen konnte.

„Wie bitte?“ Es gelang mir nicht, meine Überraschung zu verbergen. „Du möchtest mein Heft?“ Adriana war doch die Superschülerin – nicht ich. Bis jetzt hatte sie mich noch nie um irgendwelche Mitschriften gebeten.

Adriana wurde rot und wandte sich schnell ab. „Ich ... ich konnte mich im Unterricht nicht so gut konzentrieren. Na ja, ich war eben ziemlich müde und so. Ein paar Sachen habe ich nicht richtig mitgekriegt.“

Das Ganze schien ihr furchtbar peinlich zu sein. Sie wirkte richtig bedrückt.

Hastig zog ich mein Geschichtsheft aus dem Rucksack und reichte es ihr. „Hier. Kein Problem.“

„Hey, danke.“ Als Adriana aufstand, um zu gehen, trat ich hastig einen Schritt zurück. Sie ist nämlich ein ganzes Stück größer als ich und ich fühle mich neben ihr immer wie eine Zehnjährige.

Während ich in Gedanken noch bei meinen Sorgen um Ivan war, begleitete ich sie zur Tür. Ich hatte die Hoffnung noch nicht aufgegeben, ihr erzählen zu können, dass ihr Bruder total fertig mit den Nerven war.

„Ivan hat mich gestern nach Hause gefahren“, begann ich. „Adriana, ich glaube, er braucht dringend Hilfe. Er hat völlig die Kontrolle über sich verloren. Ich fürchte ...“

Adriana wandte sich an der Tür noch einmal um. „Ach, komm schon, Martha. Du weißt doch genau, was das Problem meines Bruders ist.“ Sie verdrehte genervt die Augen.

„Was denn?“ Ich blickte ihr forschend ins Gesicht, um herauszufinden, worauf sie anspielte.

„Sein Problem heißt Laura“, erklärte Adriana.

„Du meinst …“

„Seitdem Laura mit ihm Schluss gemacht hat, benimmt Ivan sich wie ein Vollidiot. Manchmal würde ich ihm am liebsten eine knallen!“ Um ihre Worte zu unterstreichen, ließ sie das Geschichtsheft schwungvoll durch die Luft sausen.

Ich dachte über Adrianas Worte nach.

Laura Winter ist eine unserer Freundinnen. Mit ihrem seidig glänzenden, schwarzen Haar, den schimmernden, rauchblauen Augen und ihren perfekt geformten Wangenknochen ist sie das schönste Mädchen der ganzen Highschool von Shadyside.

Laura ist so attraktiv, dass sie schon öfter als Fotomodell gejobbt hat. Alle an der Highschool sind davon überzeugt, dass sie eines Tages nach New York gehen und als Supermodel oder sogar als Schauspielerin arbeiten wird.

Ivan konnte zuerst gar nicht glauben, dass Laura bereit war, sich mit ihm zu verabreden. Wir übrigens auch nicht.

Als sie dann anfingen, miteinander zu gehen, wurde in der ganzen Highschool über nichts anderes gesprochen.

Ich hatte von Anfang an das Gefühl, dass Ivan diese Beziehung ernster nahm als Laura. Es schien ihm zu helfen, mit den hässlichen Streitereien seiner Eltern besser fertig zu werden.

Irgendwie hatte ich nie ganz verstanden, warum Laura sich entschlossen hatte, ausgerechnet mit Ivan zu gehen. Schließlich war jeder Junge an der Shadyside High scharf auf sie.

Wie es zu erwarten war, hatte sie ihn dann letzten Winter auf ziemlich coole Art und Weise abserviert. Das hatte jedenfalls Adriana berichtet.

In meiner Gegenwart hatte Ivan nie davon gesprochen.

„Ivan ist immer noch nicht darüber hinweg", sagte Adriana und presste mein Geschichtsheft gegen ihre Brust. „Obwohl es jetzt schon ein paar Monate her ist, kann er einfach nicht fassen, dass Laura nicht mehr verrückt nach ihm ist."

„Hat er sie denn zwischendurch nicht mal angerufen?", fragte ich ungläubig.

Adriana schüttelte den Kopf. „Wie kommst du denn auf die Idee? Er ist so von sich überzeugt, dass er anscheinend darauf wartet, dass sie sich bei ihm meldet!"

Adriana stieß ein merkwürdiges, hohles Lachen aus.

Ich stimmte nicht mit ein. Ivan hatte uns beide gestern beinahe umgebracht. Mir war nur allzu klar, dass seine Probleme nicht gerade lächerlich waren.

„Adriana, irgendwer sollte mal mit Ivan sprechen", beharrte ich.

Ihre braunen Augen blitzten auf. „Na, dann versuch du es doch!", erwiderte sie mit ärgerlicher Stimme. „Es ist nämlich unmöglich. Er lässt keinen an sich ran."

„Aber wir müssen wenigstens ...", protestierte ich.

Ihr Gesichtsausdruck wurde etwas weicher. „Zerbrich dir seinetwegen nicht den Kopf, Martha. Ivan kann ganz gut auf sich selbst aufpassen. Du bist wirklich ein Schatz. Du machst dir immer mehr Sorgen um andere als um dich selbst."

Adriana umklammerte das Heft mit beiden Händen und blickte mir eindringlich in die Augen. „Wir wollen doch alle nur, dass es dir gut geht. Kümmer dich nicht um Ivan.“

Sie drehte sich um und ging die Treppe hinunter.

Ich wollte ihr folgen. „Ich mache mir aber nun mal Sorgen um ihn und ich glaube nicht, dass er selbst auf sich aufpassen kann. Du hast ja keine Ahnung, wie unglücklich er wirklich ist.“

Das hätte ich am liebsten zu Adriana gesagt.

Stattdessen blieb ich mit einem tiefen Seufzer im Flur stehen. Adriana hatte offenbar keine Lust, mit mir über Ivan zu diskutieren. Sie wollte nicht, dass ich mich in ihr Familienleben einmischte.

Langsam ging ich zurück in mein Zimmer. Die tief hängenden Wolken vor dem Fenster hatten sich inzwischen dunkelgrau verfärbt und der Wind ließ die Gardinen gegen die Wand flattern.

Mich fröstelte, als ich merkte, wie kalt es inzwischen hier geworden war. Schnell schloss ich das Fenster und zog die Vorhänge wieder zurecht. Dann ging ich quer durch den Raum zu meinem Schreibtisch und setzte mich vor meinen neuen, unbenutzten Zeichenblock.

Ich hob das Deckblatt ab, klappte es nach hinten um und sah dann meinen Vorrat an Kohlestiften durch, bis ich einen mit besonders schmaler Spitze gefunden hatte.

Ein nagelneuer Zeichenblock hat für mich immer etwas Aufregendes. Es gefällt mir, wie er da so leer und unberührt vor mir liegt und nur darauf zu warten scheint, dass ich ihn mit Skizzen und Bildern fülle.

Ich bin zeichnerisch ziemlich begabt. Vor allem habe

ich ein gutes Auge für Proportionen und einen sauberen Strich.

Deswegen habe ich auch zusätzliche Kunstkurse am staatlichen College in Waynesbridge belegt. Meine Lehrer sind der Meinung, dass mein Zeichentalent durchaus ausbaufähig ist.

Im Moment versuche ich gerade, eine Mappe zusammenzustellen, die überwiegend aus Porträts bestehen soll. Ich brauche sie, um mich für einen mehrwöchigen Kunstkurs im Sommer zu bewerben, der am College stattfindet und für den es immer eine Menge Bewerber gibt.

Ich rollte meinen Schreibtischstuhl beiseite und schob ihn an die Wand, weil ich am liebsten im Stehen zeichne.

Zuerst schloss ich die Augen und versuchte, ganz ruhig zu werden. Ich bemühte mich, alle Gedanken an Ivan und Adriana aus meinem Kopf zu verbannen und mich nur auf meinen Atem zu konzentrieren.

Nachdem ich mich völlig entspannt hatte, blickte ich hinunter auf den Zeichenblock – auf das unberührte, weiße Blatt. Hob den Stift. Und fing an zu skizzieren.

Ein Gesicht, beschloss ich. Ich würde mein Gesicht zeichnen.

Ich begann mit den Augen. Das machte ich immer so. Der Stift kratzte über die Oberfläche des Papiers.

Hey! Das waren ja gar nicht meine Augen!

Die Augen, die ich eben gezeichnet hatte, hatten eine eindeutig ovale Form, während meine zweifellos eher rund sind.

Ich beugte mich über den Tisch und blickte erstaunt auf das Blatt. Die Augen schienen mich anzustarren.

Als Nächstes malte ich die Pupillen. Dunkle Pupillen. Ernste Augen.

Ich ließ den Stift über den Block huschen und skizzierte den Umriss eines Kopfes. Die Grundform sozusagen.

Wie ich verwirrt feststellte, war das auch nicht mein Kopf.

Es war ein schmales Gesicht. Mit dunklen, ernsten Augen.

„Was ist denn das?“, murmelte ich laut vor mich hin. „Wer bist du?“

Meine Hand bewegte sich jetzt noch schneller und fügte weitere Details hinzu.

Moment mal.

Was passierte denn da?

Die Spitze der Zeichenkohle glitt über das Papier. Sie schien sich von ganz alleine zu bewegen.

Völlig ohne meine Kontrolle.

Meine Hand huschte schnell und sicher über das Blatt. Mal neigte sie sich nach unten, dann hob sie sich wieder. Als würde sie von selbst arbeiten.

Ohne mein Zutun.

Wie von einer fremden Macht geführt, fuhr ich fort zu zeichnen. Und während ich voller Erstaunen und Furcht auf das Blatt starrte, ließ ich meine Hand das Porträt beenden.

Ich wusste, dass ich sie nicht aufhalten konnte.

5

Als ich das Porträt beendet hatte, ging mein Atem keuchend. Meine Hände waren verschwitzt und meine Finger völlig verkrampft.

Ich wusste nicht, wie viel Zeit vergangen war – nur, dass ich noch nie in meinem Leben so schnell gezeichnet hatte.

Beide Hände fest auf die Schreibtischplatte gepresst, beugte ich mich über den Block und blickte hinunter auf das Gesicht, das ich gezeichnet hatte.

Es war das Gesicht eines Jungen.

Aber es war niemand, den ich kannte.

Niemand, den ich schon mal irgendwo gesehen hatte.

Der Junge hatte wellige, schwarze Haare und eine widerspenstige Strähne fiel ihm in die schmale Stirn.

Seine Augen waren dunkel und ernst. Sie schienen mich düster anzublicken. Düster und bedrückt.

Er hatte eine freche, kleine Stupsnase, die überhaupt nicht zu den traurigen Augen passte.

Ich senkte meinen Blick und stellte fest, dass ich ihn lächelnd gezeichnet hatte. Sein sympathisches Lächeln stand in einem seltsamen Widerspruch zu dem düsteren Blick. Er hatte schmale Lippen und eine Art Grübchen im Kinn.

„Wow“, murmelte ich.

Ich überlegte krampfhaft, ob ich den Jungen schon mal irgendwo getroffen hatte.

Er kam mir überhaupt nicht bekannt vor.

Anscheinend hatte ich mir das Gesicht ausgedacht und es gehörte gar nicht zu einer realen Person. Es war wohl nur ein Produkt meiner Fantasie.

Immer noch schwer atmend, studierte ich vorsichtig das Porträt, das vor mir lag. Nach wie vor spürte ich diese seltsame unsichtbare Kraft, die meine Hand offensichtlich geführt hatte.

Das Bild enthielt so viele Details und das Gesicht wirkte absolut lebensecht. Wie die naturgetreue Abbildung eines ganz bestimmten Menschen.

Nachdenklich betrachtete ich die Haarsträhne, die wie zufällig über die Stirn fiel. Dann wanderten meine Augen tiefer. Auf der rechten Wange des Jungen befand sich ein rundes, dunkles Muttermal.

Ein Muttermal?

Bis jetzt hatte ich noch auf keinem meiner Porträts ein Muttermal gezeichnet. Weder bei solchen, die ich mir ausgedacht hatte, noch bei denen, für die mir jemand Modell gesessen hatte.

Noch nie!

„Was geht hier eigentlich vor?“, fragte ich mich.

Und dann blieb mein Blick an der linken Augenbraue der Porträtzeichnung hängen.

Eine winzige, weiße Narbe schien die Braue in zwei Hälften zu teilen.

Dieses Detail ließ mich nach Luft schnappen, weil es so lebensecht wirkte. Konnte die Narbe tatsächlich meiner Fantasie entsprungen sein?

Unmöglich war es nicht. Aber warum hatte ich dann bis jetzt noch nie etwas Ähnliches gezeichnet?

Ich beugte mich noch dichter über das Porträt. „Wer bist du?“, fragte ich laut.

Die dunklen Augen des Jungen hüteten ihr Geheimnis. Und auch das Lächeln, das um seine schmalen Lippen spielte, verriet nichts.

Mit einem unterdrückten Schrei riss ich die Seite aus dem Block, knüllte sie zu einer Kugel zusammen und warf sie in den Papierkorb neben meinem Schreibtisch.

Meine Hände fühlten sich immer noch kühl und feucht an. Mein Nacken kribbelte und meine Kehle war wie zugeschnürt. Vor Furcht?

Ich wollte diese Skizze nicht in meiner Nähe haben, wollte das unbekannte Gesicht nicht mehr sehen.

Eigentlich hatte ich doch vorgehabt, ein Selbstporträt zu zeichnen – und genau das würde ich jetzt auch tun!

Als Erstes holte ich mir den kleinen, rechteckigen Kosmetikspiegel, der auf meiner Frisierkommode stand, an den Schreibtisch.

Dann wischte ich mir die feuchten Handflächen an meiner Jeans ab und suchte einen Kohlestift mit breiterer Spitze heraus. Nachdem ich mich aufmerksam im Spiegel betrachtet hatte, zupfte ich mir den Pony zurecht und wischte mir einen Kohlefleck von der Wange.

Ich beschloss, meine Sommersprossen nicht mitzuzeichnen, sondern einfach so zu tun, als existierten sie gar nicht. Stattdessen würde ich mir die glatte, cremefarbene Haut von Laura zum Vorbild nehmen.

Laura.

Für einen Moment war ich in Versuchung, sie anzurufen, weil ich sie gerne für meine Mappe skizziert hätte. Sie hatte mir auch früher schon Modell gesessen. Es war das reinste Vergnügen, ihre hohen, perfekt geschwungenen Wangenknochen zu zeichnen.

Doch dann fiel mir wieder ein, wie eitel Laura war.

Nie war sie mit meinen Bildern zufrieden. Sie beschwerte sich jedes Mal, dass sie darauf wie ein hirnloses Dummchen aussehen würde. „Martha, warum wirke ich auf deinen Skizzen eigentlich immer, als wäre ich total eingebildet?“, maulte sie nach unserer letzten Sitzung.

„Ich male nur, was ich sehe“, zog ich sie auf.

Doch Laura fand meinen Scherz überhaupt nicht witzig. Sie nimmt sich selbst nämlich furchtbar ernst.

Aber wer weiß – wenn ich so schön wäre wie Laura, würde es mir vielleicht auch so gehen.

Jedes Mal, wenn sie mir Modell gesessen hatte, musste ich das Bild hinterher tausendmal überarbeiten und konnte es ihr trotzdem nie recht machen.

Doch nun wandte ich mich wieder meinem eigenen Gesicht zu. „Ich werde dich genauso gepflegt und elegant zeichnen wie Laura“, sagte ich zu meinem Spiegelbild.

Dann beugte ich mich über den Block und begann zu arbeiten.

Ich fing mit den Augen an.

Nein. Moment mal.

Doch nicht diese Augen!

Meine Hand raste unkontrolliert über das Papier.

Der schmale Umriss des Gesichts entstand.

Die dunklen Augen. Das wellige Haar. Die Stupsnase.

„Oh nein!“

Ich zeichnete schon wieder diesen Jungen. Es waren dieselben Züge.

Mich überlief ein Frösteln. Ein eiskaltes Prickeln der Furcht, das langsam mein Rückgrat hinunterrieselte.

„Das gibt's doch einfach nicht!"

Ich riss die Seite aus dem Block, ohne das Porträt zu beenden. Weil ich mich nicht traute, das Blatt zu zerknüllen, ließ ich es einfach neben dem Schreibtisch zu Boden segeln.

Dann atmete ich tief durch. Ohne auf das Zittern meiner Hand zu achten, begann ich wieder zu zeichnen.

Dieses Mal hielt ich den Blick fest auf den Spiegel gerichtet und betrachtete mein Bild darin, während ich arbeitete. Ich war entschlossen, nun endlich ein Selbstporträt aufs Papier zu bringen.

Mein eigenes Gesicht. Nicht das des fremden Jungen.

Aber es war sinnlos. Meine Hand wollte mir einfach nicht gehorchen.

„Nein. Bitte nicht!" Ich stieß einen entsetzten Schrei aus, als mein Arm wieder begann, sich wie von selbst zu bewegen. Meine Hand neigte sich nach unten und glitt über das Papier. Zeichnete das Gesicht des Jungen in allen Details.

Das Grübchen im Kinn. Dann das runde, dunkle Muttermal. Und jetzt die Narbe. Die schmale, weiße Narbe, die die linke Augenbraue teilte. Die schwarzen Brauen, die sich leicht geschwungen über den dunklen, düster blickenden Augen wölbten.

„Jetzt reicht's aber!" Ich riss die Skizze aus dem Block und schleuderte sie zu der anderen auf den Fußboden.

Dann klappte ich hastig den Block zu und warf die Stifte zurück in die Schublade.

Mein Herz hämmerte wie verrückt. Noch einmal wischte ich mir die schweißnassen Hände an den Jeans ab.

Fassungslos starrte ich die Zeichnungen auf dem Boden an. Die beiden Porträts. Porträts desselben Jungen. Desselben unbekannten Jungen.

„Wer bist du? Wer?“, stieß ich hervor.

Er sah zu mir auf, als versuchte er, mir zu antworten. Als wollte er mir dringend etwas sagen.

Aber was?

„Warum zeichne ich immer wieder dich? Warum kann ich nicht das malen, was ich will?“

Ich kniete mich auf den Boden, hob die beiden Blätter auf und zerriss sie in winzige Schnipsel.

Und dabei fragte ich mich die ganze Zeit: „Werde ich jetzt verrückt? Drehe ich endgültig durch?“

6

An diesem Abend musste ich mich ziemlich beeilen, denn ich wollte mich um acht mit Aaron im Einkaufszentrum treffen. Wir wollten uns einen Kinofilm ansehen, der um halb neun anfing. Aaron arbeitet jedes Wochenende eine Schicht am Tresen von Pete's Pizza Service. Ich glaube, sein Vater ist mit dem Besitzer befreundet. Auf jeden Fall kann Aaron meistens schon kurz vor acht aufhören.

Ich hatte Probleme, einen Parkplatz in der Nähe des Kinos zu finden, und musste ganz am anderen Ende – in der Nähe des Doughnut Palace – parken.

Als ich das Einkaufszentrum schon fast durchquert hatte, fiel mir plötzlich ein, dass ich das Licht am Wagen angelassen hatte. Ich stieß einen frustrierten Seufzer aus und raste zurück.

Bis ich endlich beim Kino ankam, war es deshalb schon kurz nach acht, und die Eingangshalle war total voll. Ich hatte das Gefühl, dass sich die halbe Highschool von Shadyside hier herumtrieb, als ich mich auf der Suche nach Aaron durch die Menge schob.

Schließlich entdeckte ich ihn neben dem Popcorn-Stand. Zu meiner Überraschung stand Justine neben ihm und hatte einen Arm um seine Schulter gelegt.

Die beiden steckten ziemlich dicht die Köpfe zusammen und lachten gerade über irgendetwas.

„Was ist denn da los?“, fragte ich mich verwundert.

Dass Justine in meiner Gegenwart ständig mit Aaron

flirtete, war ja nichts Neues. Ich war daran gewöhnt zu sehen, wie sich die beiden neckten und herumalberten.

Aber ich wäre nie im Leben auf die Idee gekommen, dass Justine auch dann mit meinem Freund schäkerte, wenn ich nicht dabei war.

Während ich beobachtete, wie die beiden zusammen lachten und Justine ihren Arm dabei besitzergreifend um Aaron gelegt hatte, als würde er ihr gehören, machte sich plötzlich ein ganz komisches Gefühl in meinem Bauch breit.

Doch dann riss ich mich zusammen. Justine war doch meine Freundin. Ich konnte mir einfach nicht vorstellen, dass sie versuchen würde, mir hinter meinem Rücken den Freund wegzuschnappen.

Energisch bahnte ich mir einen Weg durch die Menge und ging zu ihnen hinüber. Als Justine mich entdeckte, nahm sie sofort ihren Arm von Aarons Schulter und trat einen Schritt zurück.

„Hey, wie geht's dir denn?", fragte Aaron und strahlte mich mit seinem liebevollen Lächeln an. Sofort fühlte ich mich besser.

„Ganz okay", antwortete ich. Ich hatte auf der Fahrt hierher beschlossen, ihm nichts von meinem merkwürdigen Erlebnis am Nachmittag zu sagen. Von dem Gesicht, das ich gegen meinen Willen immer wieder hatte zeichnen müssen.

Aaron hatte seit dem Unfall eine Menge mit mir durchgestanden. Er war so lieb zu mir gewesen und hatte so viel Verständnis für meine Gedächtnislücken aufgebracht.

Manchmal erzählte ich es ihm deshalb lieber nicht,

wenn ich über unangenehme Dinge nachdachte. Ich wollte nämlich nicht, dass er sich noch mehr Sorgen um mich machte oder vielleicht sogar dachte, ich wäre dabei, verrückt zu werden.

„Na, wie war's denn heute bei Pete?", fragte ich vergnügt und nahm seine Hand. Ich freute mich wirklich, ihn zu sehen.

„Das Übliche. War 'ne Menge los." Aaron zeigte mir einige dunkle Flecken auf seinem Sweatshirt, bei denen es sich offenbar um Tomatensauce handelte. „Sieht man mir doch an, oder?"

Ich musste lachen. „Du riechst sogar wie eine Pizza. Hmmm, lecker!"

„Ich war gerade einkaufen und bin dabei Aaron über den Weg gelaufen", schaltete sich Justine in unser Gespräch ein und zwirbelte dabei eine rote Locke um ihren Finger. „Aaron meinte, es würde dir bestimmt nichts ausmachen, wenn ich mit ins Kino komme."

„Natürlich nicht", antwortete ich schnell. Ohne dass ich es verhindern konnte, schoss mir durch den Kopf: „Solange du deine Pfoten von ihm lässt!"

Im nächsten Moment tat mir das schon wieder leid.

„Die Kinokarten hab ich schon. Lasst uns jetzt besser mal reingehen", drängte Aaron.

„Wir brauchen noch Popcorn", widersprach Justine und stellte sich in der Schlange am Stand an.

Ein paar Minuten später kam sie mit einer riesigen Tüte voll frischem, duftendem Popcorn zurück. „Ich hab uns 'ne kleine Portion besorgt", witzelte sie.

Aaron legte den Arm um meine Schultern und schob mich ins Kino. Der Vorspann lief bereits. Zum Glück fanden wir noch Plätze ganz vorne. Ich sitze nämlich am liebsten in der Nähe der Leinwand, weil ich nicht so gerne Leute vor mir habe. In der ersten Reihe habe ich immer das Gefühl, völlig im Film aufzugehen.

Aaron saß zwischen Justine und mir und hatte die Tüte mit Popcorn auf dem Schoß, aus der wir uns alle drei bedienten.

Justine streifte dabei mehrmals mit ihrer linken Hand die von Aaron und ich fragte mich, ob das wohl einfach nur Zufall war.

Jedes Mal, wenn sie ihn berührte, überlief mich ein eiskaltes Frösteln.

Als ich wieder zu Hause war, klingelte spät noch mein Telefon. Es war kurz nach zwölf. Erschrocken griff ich sofort zum Hörer. „Hallo?"

„Hi, ich bin's."

„Justine?" Es gelang mir nicht, meine Überraschung zu verbergen. Aaron und ich hatten sie doch erst vor einer halben Stunde zu Hause abgesetzt. „Ist alles in Ordnung?"

„Ja, bestens. Ich … ich wollte nur ein bisschen mit dir reden."

Ich gähnte und warf einen Blick auf die Uhr. „Was ist denn mit ihr los?", fragte ich mich im Stillen. „Ich habe doch den ganzen Abend mit ihr verbracht."

„Wir hatten gar keine Gelegenheit, uns zu unterhalten", erklärte Justine. „War ein ziemlich blöder Film, was?"

Ich trug das Telefon durchs Zimmer und ließ mich aufs Bett fallen. „Jim Carrey fand ich eigentlich ganz komisch", antwortete ich. „Über den muss ich immer lachen. Er ist irgendwie so tollpatschig."

„Aaron hat so laut gegrölt, dass ich dachte, er bekommt gleich keine Luft mehr!“, rief Justine aus.

„Du kennst doch Aaron“, sagte ich und schob die Ärmel des langen T-Shirts hoch, in dem ich meistens schlafe.

Dabei dachte ich: „Ich wüsste gerne, wie gut du ihn wirklich kennst, Justine!“

„Er ist immer der Erste, der bei solchen Filmen vor Lachen vom Sitz rutscht“, fuhr ich fort und versuchte, meinen bitteren Gedanken abzuschütteln. „Aaron findet einfach alles komisch. Besonders wenn der Humor nicht zu anspruchsvoll ist.“

Am anderen Ende machte sich Stille breit. Dann platzte Justine plötzlich heraus: „Ich bin ja so eifersüchtig auf dich!“

„Was?“

Meine Katze Rooney sprang neben mich aufs Bett. Ich schob sie sanft zurück auf den Boden. Sie haart nämlich fürchterlich und hinterlässt überall Spuren ihres weißen Fells.

„Du hast mich genau verstanden“, erwiderte Justine scharf. „Ich sagte, ich bin furchtbar eifersüchtig auf dich. Aaron ist echt ein toller Typ.“

„Ja, ist er“, antwortete ich. Ziemlich lahme Antwort – ich weiß. Aber was hätte ich sonst sagen sollen?

Etwa: „Machst du ihn deswegen die ganze Zeit an?“ Das hätte ich nie fertiggebracht. Justine war schließlich meine Freundin.

Und heute Nacht klang sie irgendwie bedrückt.

„Bist du wirklich okay?“, fragte ich.

Wieder Schweigen am anderen Ende. Ich konnte hören, wie Justine in ihrem Zimmer auf und ab lief.

Wahrscheinlich trug sie einen ihrer heiß geliebten Seidenpyjamas und ihr lockiges, rotes Haar hing ihr offen um die Schultern.

„Ich glaube, ich bin heute ein bisschen schlecht drauf", gab sie schließlich mit leiser Stimme zu.

„Was ist denn los?", erkundigte ich mich und schubste Rooney zum zweiten Mal vom Bett. Als ich mich hinunterbeugte, um sie zu streicheln, flitzte sie beleidigt aus dem Zimmer.

„Na ja, ich weiß auch nicht. Irgendwie alles eben. Aber eigentlich nichts", antwortete Justine. Sie liebte es, sich rätselhaft auszudrücken.

Ich wartete darauf, dass sie ihre geheimnisvolle Äußerung näher erklärte.

„Heute Abend vor dem Kino habe ich angefangen, über ein paar Dinge nachzudenken", fuhr sie fort. „Ich hatte nämlich vor ein paar Tagen ein langes Gespräch mit meinen Eltern."

„Oh, oh", dachte ich alarmiert. Justines Eltern waren die düstersten und deprimierendsten Menschen, die ich kannte.

„Du weißt ja, dass ich nächsten Herbst nicht aufs College gehen kann." Justine seufzte. „Es ist einfach nicht genug Geld da. Und für ein Stipendium sind meine Noten zu schlecht."

Sie stieß ein bitteres Lachen aus. „Ich hab ja nicht mal ein Stipendium für das Junior College in Waynesbridge bekommen."

Alle Schüler aus Shadyside machen sich über das Junior College lustig. Es hat einen ziemlich schlechten Ruf und wird auch Idiotenschule genannt.

„Ich werde also zu Hause bleiben und ein paar Jahre

arbeiten müssen", redete Justine weiter. „Du weißt schon, um Geld zu sparen." Wieder seufzte sie tief auf.

„Das tut mir wirklich leid für dich", sagte ich mitfühlend. „Aber davon geht die Welt nicht unter. Du könntest doch vielleicht …"

„Du hast so viel Glück, Martha", unterbrach sie mich plötzlich erregt. „Du hast nette Eltern, die beide nicht schlecht verdienen. Du hast Aaron. Du hast ziemlich gute Noten. Und du hast ein außergewöhnliches Zeichentalent …"

„Justine – hör auf!", rief ich und sprang auf. „Ich kann ja verstehen, dass du glaubst, ich hätte ein perfektes Leben. Aber …"

„Nein, das glaube ich nicht", schnitt Justine mir das Wort ab.

„Was?" Ihre Antwort verblüffte mich total.

„Nein, das glaube ich nicht, Martha", wiederholte sie. Und dann klang ihre Stimme plötzlich ganz seltsam. Irgendwie gepresst und schneidend kalt. „Dein Leben ist längst nicht so perfekt, wie du denkst", stieß sie hervor.

Ich atmete tief durch. „Wie meinst du das?", fragte ich eingeschüchtert.

Stille.

„Justine, was willst du damit sagen?"

„Ich muss auflegen", flüsterte sie plötzlich. „Mein Dad ruft gerade hoch, dass ich sofort vom Telefon verschwinden soll."

„Halt, warte …", versuchte ich, sie aufzuhalten.

Aber ich hörte nur noch ein Klicken und dann war die Leitung tot.

Ich schleuderte das Telefon frustriert aufs Bett und

verschränkte die Arme vor der Brust. Nachdenklich klopfte ich mit meinem nackten Fuß auf den Teppich.

Dein Leben ist längst nicht so perfekt, wie du denkst.

Was hatte sie bloß mit dieser Bemerkung gemeint?

Hatte es etwas mit Aaron zu tun? Mit Aaron und Justine?

Oder war es etwas noch Schlimmeres?

7

„Komm her, Rooney. Na, komm schon!“, lockte ich und klopfte auffordernd auf meinen Schoß.

Ich lag ausgestreckt auf der Couch im Wohnzimmer und hatte zerrissene Jeans und ein altes Sweatshirt an. Irgendwie war mir danach, Rooney bei mir zu haben und sie zu streicheln. Aber natürlich wollte sie ausgerechnet jetzt nicht herkommen.

Warum müssen Katzen bloß so verdammt unabhängig sein? Rooney tat immer nur das, was sie gerade wollte.

Es war Sonntagabend und ich fühlte mich ziemlich einsam. Mom und Dad besuchten Freunde am anderen Ende der Stadt und ich war schon ziemlich früh mit meinen Hausaufgaben fertig geworden. Außerdem war am nächsten Tag sowieso keine Schule, weil irgendeine wichtige Lehrerkonferenz stattfand.

Ich hatte Laura angerufen, um sie zu fragen, ob sie Lust hätte, ein bisschen die Stadt unsicher zu machen. Aber sie war nicht zu Hause gewesen und Adriana leider auch nicht.

Also lag ich jetzt auf der Wohnzimmercouch und betrachtete gelangweilt mal den Schneeregen vor dem Fenster, mal das Skispringen im Fernsehen.

„Rooney – komm gefälligst her!“, versuchte ich es noch einmal.

Aber meine Katze drehte sich um und stolzierte hoheitsvoll und mit hoch erhobenem Schwanz davon.

Seufzend kuschelte ich mich wieder in die weichen Polster des Sofas und starrte auf den Bildschirm, wo gerade die tief verschneite Umgebung der Sprungschanze zu sehen war.

Doch plötzlich schien sich ein anderes Bild davorzuschieben. Ich sah eine Holzhütte inmitten einer Winterlandschaft. Von dem schrägen Dach löste sich eine Schneewehe und fiel zu Boden.

„Oh!"

Ich fuhr hoch.

In meinem Kopf drehte sich alles und mir war auf einmal ganz schwindelig.

Ein Flashback!

Die Hütte. Der Schnee. Ich begann, mich zu erinnern!

Hastig sprang ich auf. Mein Herz hämmerte wie verrückt und mir wurde eiskalt. Ich hatte plötzlich das Gefühl, ich würde tatsächlich im Schnee stehen und diese Holzhütte betrachten.

Ich schloss die Augen und versuchte, mich zu konzentrieren. Bemühte mich verzweifelt, meinem Gedächtnis auf die Sprünge zu helfen.

Bis jetzt hatte ich nur ein Bild gesehen, das offenbar durch die Szene im Fernsehen ausgelöst worden war. Aber ich wollte Genaueres wissen. Ich musste mich unbedingt an mehr erinnern!

Während ich die verschneite Hütte in meiner Vorstellung festhielt, rannte ich nach oben in mein Zimmer. Schwer atmend ließ ich mich auf meinen Schreibtischstuhl fallen und schloss wieder die Augen.

Ich versuchte, mich noch einmal in die Szene zu versetzen. Versuchte, mehr von der Schneelandschaft zu sehen, die mein Gedächtnis ausgegraben hatte …

Wow! Zwei Hütten. Ich sah zwei Hütten nebeneinander, an deren Wänden sich der Schnee hoch auftürmte. Die Verwehungen reichten bis zu den Fenstern mit den fröhlichen, bunten Vorhängen. Die Scheiben leuchteten golden auf, als sie das gleißende Sonnenlicht reflektierten.

Auch der Schnee schien zu glänzen. Alles wirkte strahlend, klar und kalt.

„Wo bin ich?", schoss es mir durch den Kopf. „Kenne ich diese beiden Hütten? Bin ich schon mal hier gewesen?"

War das eine echte Erinnerung? Ein Stück meines Gedächtnisses, das ich wiedergefunden hatte?

Oder entsprang das Bild nur meiner Fantasie?

Ich versuchte, nicht darüber nachzudenken, sondern einfach hinzuschauen.

Und auf einmal kam Bewegung in das Bild. Ich entdeckte einige farbenfrohe Silhouetten. Sie wirkten wie leuchtende Flecken auf dem schimmernden, silbrig glänzenden Schnee.

In dem strahlenden Glitzern waren sie nur schwer auszumachen. Das grellweiße, blendende Licht verschleierte ihre Gesichter.

Ich konzentrierte mich noch stärker.

Starrte auf die farbigen Flecken, die sich über den Schnee bewegten. Nach einer Weile verwandelten sie sich in die Gestalten von Menschen.

Es waren vier Mädchen.

„Hey …!", rief ich laut aus, als ich das vorderste identifizierte.

Das war ja ich! Es waren meine glatten, blonden Haare, die unter der blauen Wollmütze hervorschauten.

Und auch meinen blau-weißen Skianzug erkannte ich nun wieder.

Ich versuchte, mich noch stärker zu konzentrieren. Tiefer in mein Gedächtnis vorzudringen.

Und dann traten meine drei Freundinnen durch den Schleier aus Licht. Sie bewegten sich über den Schnee auf mich zu und waren auf einmal ganz klar zu sehen. Adriana, Justine und Laura.

Wir vier waren zusammen dort.

Ich sah deutlich, wie wir lächelten. Unsere Wangen waren von der Kälte gerötet und der Atem stieg in kleinen, weißen Wölkchen vor unseren Gesichtern auf. Die Stiefel knirschten durch den tiefen, verharschten Schnee.

Und auf einmal waren wir in der Hütte.

Dort war es hell und warm. Ein gemütliches Feuer flackerte in dem gemauerten Kamin und ich sah Becher mit dampfend heißer Schokolade.

Ja, wir vier saßen rund um einen Tisch, der mit einem karierten Tischtuch bedeckt war. Wenn wir die weißen Becher hochhoben, klebten sie jedes Mal an der Plastiktischdecke fest.

Die tanzenden Flammen tauchten unsere Gesichter in ein flackerndes, goldenes Licht.

Plötzlich klopfte jemand. Stühle wurden scharrend über den Holzfußboden geschoben.

Von draußen waren Rufe zu hören und das Pochen wurde energischer.

Wer war das?

Wir sprangen alle vier auf und stürzten zur Tür. Adriana war am schnellsten.

Ich konnte sie jetzt ganz deutlich sehen.

Sie trug einen langen, hellgelben Pullover über ihrer dunkelblauen Skihose und hatte ein farblich passendes Stirnband im Haar. Ihr Gesicht war noch immer von der Kälte gerötet.

Mit einem kräftigen Stoß öffnete sie die Hüttentür. Ein Schwall kalter Wind drang herein und für einen Moment hingen glitzernde Schneekristalle in der Luft.

Aber wer war dort an der Tür?

Aaron?

Ja, es war Aaron. Ich konnte ganz deutlich seine schwarze Daunenjacke erkennen, die er immer zum Skifahren trug. Die Kapuze hatte er sich über die dunklen Haare gezogen.

Aaron war also auch da. Und noch zwei andere Jungen.

Ja. Zwei Jungen.

Aber ich konnte sie nicht erkennen. Ihre Gesichter schienen im Dunkeln zu liegen.

Warum konnte ich die beiden nicht genauer sehen?

Ich blinzelte und sofort verschwand die Szene.

So unvermittelt, als ob jemand das Licht ausgeschaltet hätte.

Die Jungen. Meine Freundinnen. Die leuchtenden Flammen. Die Becher mit Schokolade. Die Hütte. Der Schnee. Alles verschwunden.

Ich blinzelte noch einmal und schloss dann wieder die Augen. Ich wollte zur Hütte zurückkehren. Ein weiteres Stück meiner Erinnerung ausgraben.

Doch ich sah nur wirbelnde Dunkelheit.

Langsam hob ich die Lider. Als mein Blick auf die Schreibtischplatte fiel, stieß ich einen unterdrückten Schrei aus.

Ich hatte die ganze Zeit skizziert, ohne es zu merken.

Fassungslos nahm ich den Block in die Hand, um das Bild zu betrachten.

Ich war entsetzt. Ich hatte schon wieder das unbekannte Gesicht gezeichnet.

8

Am nächsten Morgen, einem stürmischen, grauen Montag, wachte ich rechtzeitig auf, um zur Schule zu gehen. Doch dann fiel mir ein, dass ich ja frei hatte.

Ich versuchte, wieder einzuschlafen, aber es gelang mir nicht. Als ich mich gegen neun endlich aufraffte, aus dem Bett zu klettern, entdeckte ich Rooney, die zusammengerollt am Fußende lag und tief und fest schlief.

„Hast du etwa die ganze Nacht hier verbracht?“, fragte ich sie.

Aber sie rührte sich nicht.

Ich verwendete den Vormittag darauf, einige Besorgungen für meine Mutter zu machen. Als ich kurz vor zwölf wieder nach Hause kam, wartete Laura in der Küche auf mich.

„Hey! Du hier?“ Es gelang mir nicht, meine Überraschung zu verbergen. „Was gibt’s denn?“

Sie kniff ihre schönen blaugrauen Augen zusammen und schaute mich fragend an.

„Hast du es etwa vergessen? Du wolltest mich doch heute begleiten.“

Ich starrte sie an und versuchte krampfhaft, mich zu erinnern.

Spielte mir mein Gedächtnis etwa schon wieder einen Streich?

Laura sah wie üblich umwerfend aus. Sie trug eine schwarze Lederweste über einem dunkelbraunen Rollkragenpullover, der ihr fast bis zu den Knien reichte. Darunter hatte sie weit geschnittene, schwarze Jeans an.

„Der Fototermin“, sagte sie ungeduldig. Sie öffnete den Kühlschrank und nahm sich eine kleine Flasche Mineralwasser heraus. „Erinnerst du dich etwa nicht mehr daran, Martha? Du hattest mir versprochen mitzukommen.“

„Oh ja. Natürlich.“ Jetzt fiel es mir wieder ein. Es war schon einige Wochen her, dass Laura und ich darüber gesprochen hatten.

„Ich habe noch nie mit diesem Fotografen gearbeitet, und sein Studio liegt in einem ziemlich heruntergekommenen Viertel im Old Village. Meine Eltern waren natürlich wieder mal zu beschäftigt, um mich hinzubringen“, ratterte Laura los. „Ich wäre schrecklich erleichtert, wenn du mich begleiten würdest. Ist das für dich okay?“

„Klar. Kein Problem“, antwortete ich und unterdrückte einen resignierten Seufzer.

Sobald ich mit Laura zusammen war, schien es mir jedes Mal die Sprache zu verschlagen. Wenn sie den Mund aufmachte, purzelten die Worte wie eine Lawine aus ihr heraus, und ich fühlte mich nach kürzester Zeit regelrecht erdrückt.

Sie nippte kurz an ihrem Wasser. „Bäh – ich hasse dieses Zeug. Aber wenigstens hat es keine Kalorien.“

„Wir haben auch Diät-Cola, wenn du möchtest“, bot ich ihr an.

Sie schüttelte den Kopf und nahm noch einen Schluck. Dann strich sie sich mit einer graziösen Bewegung durchs Haar. „Der Fotograf hat mir gesagt, ich solle nichts mit meinen Haaren machen, deswegen trage ich sie heute offen. Wahrscheinlich werden sie mich nachher im Studio frisieren."

Sie setzte die Flasche ab und betrachtete mich aufmerksam. „Du siehst heute irgendwie anders aus. Hast du irgendwas mit deinem Haar gemacht?"

Ihre Bemerkung brachte mich zum Lachen. „Nein. Es ist nur vom Wind ganz zerzaust und ich bin noch nicht dazu gekommen, es zu kämmen."

Laura fiel in mein Lachen ein.

„Wie geht's dir eigentlich so?", fragte sie plötzlich und wurde schlagartig wieder ernst. Allerdings ließ sie mir keine Zeit zu antworten, sondern redete gleich weiter. „Wir sollten uns jetzt besser mal auf den Weg machen. Ich bin immer gerne etwas eher da, wenn ich mit jemandem noch nicht gearbeitet habe. Ich meine, wir werden wahrscheinlich so oder so die meiste Zeit herumstehen und warten. Aber man kann ja nie wissen."

Sie seufzte resigniert. „Diese Typen brauchen immer Stunden, bis sie das Studio optimal ausgeleuchtet haben. Und kaum sind sie so weit, brennt garantiert eine Sicherung durch. Aber auf keinen Fall möchte ich diejenige sein, die eine Verzögerung verursacht. Sonst beschwert sich nachher noch jemand bei der Agentur. Und die haben immerhin bis jetzt ein paar ganz gute Jobs für mich an Land gezogen."

Endlich machte sie eine Pause, um kurz Luft zu holen.

„Wollen wir mit meinem Wagen fahren?", gelang es mir einzuschieben.

Laura trank den letzten Schluck von ihrem Wasser. „Ja, gerne. Das ist lieb von dir." Mit einer anmutigen

Bewegung schwang sie sich ihren dunkelblauen Parka über die Schultern. „Danke, dass du mich begleitest, Martha. Ich find's toll, dass wir endlich mal wieder die Gelegenheit haben, miteinander zu reden."

„Du hast die Gelegenheit, mit mir zu reden", dachte ich frustriert. „Und ich werde wahrscheinlich wieder mal nur zuhören."

Als wir uns auf den Weg ins Old Village machten, setzte ein kalter Nieselregen ein. Die Scheibenwischer bewegten sich mit einem quietschenden Geräusch über die Windschutzscheibe. Obwohl sich auf einigen Straßen schon eine Eisschicht gebildet hatte, kam mein braver, alter Volvo nicht ins Rutschen.

Während ich mich aufs Fahren konzentrierte, berichtete mir Laura ausführlich von den neuen Klamotten, die sie sich bei Dalby's gekauft hatte. „Wahrscheinlich habe ich mal wieder viel zu viel Geld ausgegeben. Aber mein Dad hat mir erzählt, dass man Kleidung, die man für einen Fototermin kauft, von der Steuer absetzen kann. Dabei fällt mir ein – hab ich dir eigentlich schon erzählt, dass ich vielleicht einen Fernseh-Werbespot in New York drehe? Kennst du Artie? Er ist ein Cousin von mir, aber ich glaube, ihr seid euch noch nicht über den Weg gelaufen. Jedenfalls hat er Beziehungen zu einem Talentsucher von einer der ganz großen Agenturen. Er glaubt, dass er mir einen Termin fürs Vorsprechen besorgen kann, wenn ich meine Mappe noch ein bisschen aufpeppe."

Das Wort *Mappe* erinnerte mich sofort an meinen Skizzenblock und an das geheimnisvolle Gesicht, das ich immer wieder gezeichnet hatte. Ich fragte mich, ob Laura es wohl erkennen würde.

Im letzten Winter hatte Dr. Sayles meinen Freunden eingeschärft, dass sie mir nicht helfen dürften, mein Gedächtnis wiederzufinden. „Es muss von ganz alleine zurückkommen", hatte er gesagt. „Versucht also nicht, Martha irgendwelche Hinweise zu geben. Sie muss sich in ihrem eigenen Tempo an das erinnern, was geschehen ist."

Trotzdem hätte ich gerne gewusst, ob Laura den Jungen auf meiner Zeichnung kannte.

Der Fototermin lief bestens. Ich schaute aus dem Hintergrund zu, während Laura vor der Kamera posierte.

Der Fotograf war ein witziger, kleiner Mann – dünn wie ein Bleistift und mit einem zerzausten, weißen Wuschelkopf. Er war von Kopf bis Fuß in ausgeblichenen Jeansstoff gekleidet und redete die ganze Zeit mit sich selbst. Mit seinem unaufhörlichen leisen Gemurmel brachte er sogar Laura zum Schweigen!

Die Fotos waren für eine T-Shirt-Firma. Laura musste sechs verschiedene Modelle anziehen, in denen sie dann abgelichtet wurde. Die Assistentin des Fotografen, eine nette, junge Frau, die nicht viel älter war als wir, half als Stilistin aus und veränderte bei jeder neuen Einstellung Lauras Frisur.

Natürlich sah Laura wunderschön aus. Sie wirkte völlig natürlich und schien sich vor der Kamera richtig wohlzufühlen – als ob sie schon ihr ganzes Leben Modell gestanden hätte.

Von Zeit zu Zeit blickte sie zu mir herüber und fragte: „Martha – bist du sicher, dass du dich auch nicht langweilst?"

Und ich versicherte ihr jedes Mal, dass ich mich prächtig amüsierte und dass ich doch sonst nie die Möglichkeit hätte, bei einem echten Fotoshooting mit einem Profi dabei zu sein.

Hinterher fuhr ich Laura nach Hause. Der Nieselregen hatte aufgehört, aber die Straßen waren immer noch vereist. Der Himmel war so grau, als wäre es bereits beinahe Nacht.

„Gestern Abend war ich auf einer Party“, erzählte mir Laura, während sie sich das Haar ausbürstete und sich selbstverliebt in dem kleinen Spiegel der Sonnenblende betrachtete.

„Ach so – deshalb. Ich habe nämlich versucht, dich anzurufen, und mich schon gewundert, wo du steckst“, sagte ich.

„Die Fete fand bei Gary Brandt statt. Seine Eltern waren nicht zu Hause.“ Laura verdrehte die Augen. „Natürlich geriet irgendwann alles völlig außer Kontrolle.“

„Was ist denn passiert?“, fragte ich neugierig.

Sie stopfte die Haarbürste wieder in ihre Tasche und klappte die Sonnenblende hoch. „Ivan war auch da.“

Ich warf ihr einen schnellen Seitenblick zu und überfuhr dabei beinahe ein Stoppschild. „Und?“

„Er ist wirklich total von der Rolle“, stöhnte Laura. „Du kannst es dir gar nicht vorstellen, wenn du’s nicht selbst gesehen hast. Er hat sich richtig mit Bier zugeschüttet …“

„Er hat schon wieder getrunken?“ Ich schüttelte den Kopf. Armer Ivan. Er tat mir echt leid.

„Das kann man wohl sagen. Er hat so viel gesoffen, dass er einfach umgekippt ist, als er versuchte zu tanzen“, berichtete Laura.

Sie runzelte die Stirn. „Er ist genau auf den Tisch gestürzt, auf dem das Essen und die Getränke standen. Und dann lag er da – mitten in dieser ekligen Bescherung. Der ganze Teppich war versaut."

Ein angewiderter Ausdruck huschte über ihr Gesicht. „Gary und Bobby Newkirk und ein paar von den anderen Jungs mussten ihn aufheben und auf die Couch legen. Er war total außer Gefecht gesetzt."

„Puh!", murmelte ich. „Das sind ja schlechte Neuigkeiten."

„Ich kann gar nicht glauben, dass ich mal mit ihm ausgegangen bin. Wenn ich bloß wüsste, was mich damals an ihm gereizt hat. Er ist ein kompletter Vollidiot!", schnaubte Laura und verzog verächtlich das Gesicht.

„Adriana glaubt, dass es ihm wegen dir so schlecht geht", entfuhr es mir. „Weil du ihn verlassen hast."

Laura blieb vor Staunen der Mund offen stehen, und ihre blassen Wangen färbten sich purpurrot. „Schon möglich!", murmelte sie dann.

„Macht dir das denn gar nichts aus?", wollte ich wissen.

Sie schüttelte den Kopf. „Nein, wirklich nicht." Und nach einer kurzen Pause fügte sie hinzu: „Er wird schon drüber hinwegkommen."

Ich beschloss, lieber das Thema zu wechseln. „Justine hat mich Samstagabend ziemlich spät noch angerufen. Wir haben lange miteinander geredet. Sie schien irgendwie deprimiert zu sein."

Laura wandte sich in ihrem Sitz um, sodass sie mich ansehen konnte. „Und was hast du ihr gesagt?", fragte sie.

„Nicht viel", gab ich zu und bog in die Auffahrt der Winters ein. „Was sollte ich denn schon sagen?"

Laura stieß die Autotür auf und stieg aus. Aber anstatt sich zu verabschieden und zu gehen, beugte sie sich noch einmal in den Wagen.

Ich erschrak, als ich ihren seltsamen, angespannten Gesichtsausdruck bemerkte. „Hey, Martha", sagte sie und senkte ihre Stimme dabei fast zu einem Flüstern.

„Ja?"

„Nimm dich in acht vor Justine!"

9

Am nächsten Tag war mein wöchentlicher Besuch bei Dr. Sayles fällig.

Dr. Sayles sieht noch ziemlich jung aus. Er hat schulterlange, wellige blonde Haare, wasserblaue Augen und ein Grübchen in jeder Wange. Am liebsten trägt er Polohemden und Jeans. Er hat breite Schultern und muskulöse Arme.

Auf jeden Fall sieht er überhaupt nicht aus wie ein Seelenklempner. Eher wie einer von diesen Surfertypen aus Baywatch. Aber er ist ziemlich klug und hat mir schon eine Menge geholfen.

Sein Büro ist ganz anders eingerichtet, als man es sich vorstellen würde. An der Wand hinter seinem Schreibtisch hängt ein Poster von Jimi Hendrix. Und statt einer Couch stehen sich mitten im Raum zwei bequeme Ledersessel gegenüber – einer für den Patienten und einer für ihn.

Ich mochte Dr. Sayles, aber ich kann nicht gerade behaupten, dass ich mich auf die Sitzungen bei ihm freute.

Sie waren jedes Mal schmerzlich, weil ich mich einfach nicht daran erinnern konnte, was im letzten November passiert war.

Manchmal schämte ich mich ein bisschen, dass ich so wenig Fortschritte machte. Ich meine, jedes Mal, wenn ich Dr. Sayles erzählte, dass meine Erinnerung immer noch nicht zurückgekommen war, hatte ich das Gefühl, ich würde ihn enttäuschen.

Deswegen war ich heute auch so aufgeregt. Ich saß wie auf Kohlen in dem kleinen Wartezimmer und konnte es kaum erwarten, in sein Büro zu kommen.

Endlich hatte ich ihm etwas zu berichten!

„Ich … ich glaube, mein Gedächtnis kommt zurück", sprudelte ich los, sobald ich mich in meinem Sessel niedergelassen hatte. Vor lauter Aufregung und Nervosität stotterte ich ein bisschen. Ich umklammerte mit meinen schweißfeuchten Händen die ledernen Armlehnen und befahl mir im Stillen, mich zu beruhigen.

„Wirklich?", meinte Dr. Sayles und fuhr sich mit der Hand durch das blonde Haar. Dann klopfte er mit seinem Bleistift rhythmisch gegen den langen, gelben Block, den er im Schoß hielt.

„Ja. Ich … habe etwas gesehen. Eine Art Bild in meinem Kopf", fuhr ich fort.

Interessiert beugte er sich ein Stück vor. Seine hellblauen Augen hefteten sich forschend auf mein Gesicht, als würde er versuchen, meine Gedanken zu lesen. „Und was hast du gesehen, Martha?", fragte er mit ruhiger Stimme.

Ich schluckte. Mein Mund fühlte sich plötzlich wie ausgetrocknet an. Mit beiden Händen knetete ich die Armlehnen des Sessels. „Da waren zwei Hütten", berichtete ich. „Im Schnee. Ich meine, es war alles tief verschneit. Auf dem Boden lag Schnee und auf den Dächern auch. Die Hütten standen oben auf einem Hügel. Einem sehr steilen Hügel."

Dr. Sayles nickte.

Im selben Moment fühlte ich mich zutiefst enttäuscht.

Ich wusste nicht, was ich erwartet hatte. Dass er aus seinem Sessel aufspringen, zu mir herüberkommen und mich umarmen würde? Oder rufen: „Martha, das ist ja wunderbar!“?

Keine Ahnung. Aber auf jeden Fall hatte ich mehr erhofft als ein Nicken.

„Nicht schlecht, Martha“, meinte er schließlich und nickte noch einmal. Dann kritzelte er etwas auf seinen Notizblock.

„War das eine echte Erinnerung?“, fragte ich aufgeregt. „Gibt es diese beiden Hütten auf dem verschneiten Hügel wirklich? Haben sie vielleicht etwas zu tun mit … mit dem, was passiert ist?“

Dr. Sayles ignorierte meine Fragen. „Und was hast du noch gesehen?“

Frustriert seufzte ich auf. Warum ging er denn überhaupt nicht auf mich ein? Er hätte sich doch wenigstens ein bisschen über meine Fortschritte freuen können.

„Was ist dir noch an diesem Bild aufgefallen?“, fragte der Doktor ruhig und klopfte mit seinem Bleistift auf die Armlehne.

Also erzählte ich ihm den Rest. Dass ich zuerst Justine, Adriana und Laura gesehen hatte und dann Aaron und zwei andere Jungen, deren Gesichter ich aber nicht erkennen konnte.

Wieder nickte er nur.

„Fange ich jetzt an, mich zu erinnern? Kommt mein Gedächtnis endlich wieder zurück?“, fragte ich ungeduldig.

„Ich denke schon“, erwiderte er. Vergeblich wartete ich darauf, dass er lächelte oder irgendeine Gefühlsregung zeigte.

Wahrscheinlich verhielt er sich einfach nur professionell. Aber es hätte mir gutgetan, wenn er dabei ein bisschen menschlicher gewesen wäre. Immerhin war ich auf seine Hilfe angewiesen.

„Das ist doch schon sehr ermutigend, Martha“, meinte er schließlich und schlug seine langen Beine übereinander. Er trug teure Halbschuhe mit weißen Socken. „Ist dir sonst noch etwas aufgefallen?“

„Nein, das war alles.“ Angestrengt versuchte ich, mich an weitere Einzelheiten zu erinnern. Aber das Bild war verschwunden, bevor irgendjemand in der Hütte etwas gesagt oder getan hatte.

„Oh!“ Ich schrie auf, als mir plötzlich die Zeichnungen wieder einfielen, die ich mitgebracht hatte.

Dr. Sayles richtete sich kerzengerade auf. „Was ist denn los, Martha?“

Ich hob meinen Rucksack vom Boden auf und begann, den Reißverschluss zu öffnen. „Das hätte ich beinahe vergessen. Ich habe Ihnen etwas mitgebracht.“

Ich nahm die Blätter aus meinem Zeichenblock und faltete sie auseinander. „Das sind zwei Skizzen, die ich gemacht habe. Ich male seit ein paar Tagen immer wieder dasselbe Gesicht, denselben Jungen“, erklärte ich ihm. „Und ich weiß nicht, warum. Es kommt mir fast so vor, als ob es gegen meinen Willen geschieht.“

In jeder Hand hielt ich eine Zeichnung.

„Erkennen Sie den Jungen, Dr. Sayles?“, fragte ich eifrig. „Haben Sie ihn vielleicht schon mal gesehen?“

Zu meiner allergrößten Überraschung traten dem Arzt beinahe die Augen aus dem Kopf, als er einen Blick auf die Bilder warf. Nun war er nicht länger der Profi mit dem ausdruckslosen Gesicht.

Mit offenem Mund und völlig geschockt, starrte er meine Zeichnungen an.

10

Am Samstag war ich schon früh mit meinen Hausaufgaben fertig und langweilte mich ganz furchtbar. Aaron war unterwegs, um mit seiner Familie irgendwelche Verwandten zu besuchen.

Ich saß in meinem Zimmer und lauschte der Musik, die von unten heraufdrang. Dad hörte gerade die Übertragung eines Konzerts aus der Metropolitan Opera im Radio. Bei klassischer Musik dreht er die Lautstärke immer voll auf. Obwohl meine Zimmertür geschlossen war, konnte ich alles so deutlich hören, als würde ich im Wohnzimmer neben ihm sitzen.

Draußen vor dem Fenster spannte sich ein tiefblauer, wolkenloser Himmel. Nachdem es zwei Tage ununterbrochen geschneit hatte, war nun endlich die Sonne hervorgekommen.

Ich hatte eine der Zeichnungen vor mir liegen, die ich von dem unbekannten Jungen gemacht hatte, und blickte auf seine fremden Züge hinunter. Betrachtete seine ernsten Augen und die kleine Narbe, die seine Braue teilte.

Wer war er?

Warum zeichnete ich ihn die ganze Zeit?

Und weshalb weigerte sich Dr. Sayles, mir etwas über ihn zu sagen? Als ich ihm die Skizzen gezeigt hatte, hatte der Arzt völlig die Fassung verloren. Warum nur hatte er so ein erschrockenes Gesicht gemacht, als ich die Zeichnungen hochhielt?

Fragen. Fragen.

Ich hatte jede Menge Fragen, aber nur wenige Antworten.

Während ich noch das Gesicht des unbekannten Jungen anstarrte, flog plötzlich mit einem Knall meine Zimmertür auf, und Laura und Adriana stürmten mit wehenden Haaren herein.

„Was ist denn mit dir los?“, rief Adriana.

„Du kannst doch nicht den ganzen Tag hier drinnen hocken. Los, komm mit uns raus!“, drängte Laura.

Die beiden trugen blaue Daunenjacken über ausgeblichenen Jeans und hatten runde, rote Plastikschlitten im Arm, die wie große Frisbeescheiben aussahen. Ihre Wangen leuchteten beinahe so rot wie die Schlitten.

„Hey – was ist denn mit euch los?“, fragte ich lachend und ließ die Zeichnung auf den Schreibtisch fallen.

„Es ist total irre draußen!“, rief Laura begeistert. „Ein wunderschöner Wintertag!“

„Und es ist perfektes Rodelwetter!“, fiel Adriana ihr aufgeregt ins Wort. „Der Schnee ist ganz leicht gefroren und hat eine dünne Eiskruste. Du musst unbedingt mit uns zum Miller Hill kommen, Martha!“

Ich schaute die beiden mit offenem Mund an. Sie benahmen sich wie aufgekratzte Zehnjährige!

„Ihr meint – ihr wollt Schlitten fahren?“, fragte ich ungläubig.

Die beiden prusteten los. Ich merkte selbst, dass ich etwas begriffsstutzig klang, aber ich war von ihrem Vorschlag völlig überrascht.

„Warum sollen wir uns denn nicht noch ein bisschen Spaß gönnen?“, fragte Laura. „Ich meine – bevor wir erwachsen werden und die ganze Zeit cool und vernünftig sein müssen.“

„Komm schon, Martha.“ Adriana zog mich vom Stuhl hoch. „Hol deine Jacke! Es ist gar nicht so kalt draußen. Na los! Wir haben sogar einen Schlitten für dich mitgebracht.“

„Wir können ein Rennen fahren“, schlug Laura begeistert vor und half Adriana, mich zur Tür zu schieben. „Wir verjagen einfach all die kleinen Kinder vom Hügel, dann haben wir ihn ganz für uns!“

„Okay – warum eigentlich nicht“, gab ich schließlich nach. Ausgelassen und uns gegenseitig anrempelnd, stürmten wir die Treppe hinunter und grölten dabei aus voller Kehle Dads Oper mit. Wir waren so laut, dass er uns zurief, wir sollten gefälligst den Mund halten. Darüber mussten wir furchtbar lachen und sangen noch lauter.

„Laura hat recht. Warum soll ich nicht auch mal ein bisschen Spaß haben“, sagte ich mir. Das war auf jeden Fall besser, als in meinem Zimmer zu sitzen und eine unheimliche Zeichnung anzustarren.

Plötzlich wurde mir klar, dass ich mich seit dem Unfall nicht mehr richtig amüsiert hatte. Seitdem ich mein Gedächtnis verloren hatte.

Ich griff mir meinen Schneeparka und ein Paar Wollhandschuhe und folgte meinen Freundinnen nach draußen. Sie hatten nicht übertrieben. Es war ein wunderschöner Nachmittag.

Die Luft war kalt und klar und das helle Sonnenlicht ließ den Schnee wie Silber glitzern.

Auf dem Weg zum Miller Hill trugen wir unsere runden Schlitten erst unter dem Arm. Aber schon nach kurzer Zeit rollten wir sie wie Reifen durch die Gegend und ließen sie ineinanderkrachen.

Als wir schon fast den höchsten Punkt der steil ansteigenden Straße erreicht hatten, rutschte Adriana aus und fiel hin. Laura und ich stürzten uns auf sie und drückten ihr Gesicht in den Schnee.

Kichernd und spuckend kam sie wieder hoch und begann sofort eine wilde Rangelei, bei der wir quietschend im Schnee umherrollten und ziemlich nass wurden.

Lachend und keuchend von unserem anstrengenden Kampf, bürsteten wir uns hinterher gegenseitig ab. Dann sammelten wir unsere Schlitten wieder ein, die halb die Straße hinuntergerutscht waren, und setzten unseren Weg fort.

Miller Hill ist der beliebteste Rodelberg in Shadyside. Er ist steil und holperig und geht in ein großes Feld über. Sogar der Schnee scheint auf dem Miller Hill fester und rutschiger zu sein als irgendwo anders. Es ist ein steiler Aufstieg, aber dafür ist die Abfahrt lang, rasend schnell und total aufregend.

Heute glitzerte der Miller Hill wie ein Berg aus reinem Silber. Laura, Adriana und ich hielten an seinem Fuß an und blickten nach oben.

Dutzende von Kindern in allen Altersstufen sausten auf ihren Schlitten den Hügel hinab. Mülltonnendeckel und aufgeblasene Schläuche von Lkw-Reifen konkurrierten dabei mit den altmodischen hölzernen Modellen.

Was für ein Bild!

In ihren roten, blauen und grünen Jacken und mit ihren bunten Kapuzen und Wollmützen sahen die Kinder aus wie der farbenfrohe Weihnachtsschmuck an einem riesigen, weißen Baum.

Schon gut. Ich weiß, das klingt ziemlich kitschig.

Aber es war wirklich ein schöner Anblick. Eine richtig unschuldige Szene. Irgendwie erinnerte es mich an früher, als ich noch jünger war. An glücklichere Zeiten.

„Wie kommt es bloß, dass der Hügel heute viel höher aussieht als sonst?", fragte Laura japsend und wich gerade noch rechtzeitig zwei kleinen Jungen aus, die auf großen Mülltüten den Hang herabgesaust kamen.

„Jetzt mach bloß nicht schlapp", schimpfte Adriana. „Miller Hill hat sich kein bisschen verändert. Also los!"

Rutschend und schlitternd stemmten wir uns gegen den Wind und kämpften uns den Abhang hinauf. Als wir schon halb oben waren, blies mir eine Bö meinen Plastikschlitten aus der Hand, und ich musste ihm ein ganzes Stück hinterherjagen.

Schließlich schaffte ich es doch noch bis ganz nach oben.

Aber wo waren meine Freundinnen?

Ich beschattete meine Augen mit einer Hand, um sie vor dem gleißenden Sonnenlicht zu schützen, und ließ meinen Blick über die Scharen von Kindern wandern.

Nach einer Weile entdeckte ich Laura und Adriana, die sich offenbar darauf vorbereiteten loszurodeln. Sie hatten einen nicht ganz so überlaufenen Platz an der linken Flanke des Hügels gefunden – direkt neben einer Gruppe von ernst dreinschauenden Jungen. In diesem Moment bestiegen sie gerade ihre Schlitten.

Laura wollte offenbar im Sitzen hinunterrodeln und Adriana – die Mutigere von beiden – hatte sich auf den Bauch gelegt.

Ich sprintete auf meine Freundinnen zu, weil ich sie überraschen und ihnen einen festen Stoß versetzen wollte.

Aber sie waren zu schnell für mich.

Aufgeregt kreischend, sausten sie davon. Ihre Schlitten rasten mit atemberaubender Geschwindigkeit den Hang hinunter.

Lauras Schlitten prallte hart gegen einen Buckel in der Piste und sprang in die Luft. Aber sie schaffte es, sich festzuhalten.

Adriana hatte jetzt den Fuß des Hügels erreicht und fuhr immer weiter. Ihr Schlitten trug sie noch halb über das angrenzende Feld.

Ich lachte vor Begeisterung. Was für eine großartige Abfahrt!

„Jetzt bist du dran", sagte ich zu mir und versuchte, mich zu erinnern, wann ich das letzte Mal hier oben auf dem Miller Hill gestanden hatte und den Hügel hinuntergerodelt war.

Damals musste ich zehn oder elf gewesen sein.

Warum sollten eigentlich nur die Kids jede Menge Spaß haben?

Ich blickte noch einmal zum Fuß des Hügels hinunter und entdeckte Adriana und Laura, die mit ihren Schlitten in der Hand nebeneinanderstanden. Adriana hatte sich die Skimütze vom Kopf gezogen und schüttelte sich den Schnee aus ihren schwarzen Haaren. Beide starrten erwartungsvoll zu mir empor und warteten darauf, dass ich hinunterrodelte.

„Ich komme!", rief ich ihnen zu und formte dabei mit meinen behandschuhten Händen einen Trichter um den Mund. Aber wahrscheinlich konnten sie mich gar nicht hören, denn in diesem Moment fegte eine Windbö über den Hügel und übertönte mit ihrem Pfeifen mühelos meine Stimme.

Ich stellte meinen Schlitten hochkant in den Schnee und kniete mich erst mal hin. Dann setzte ich mich vorsichtig auf die Scheibe und hielt mich an beiden Seiten fest.

Noch bevor ich bereit für die Abfahrt war, erwischte mich auch schon der nächste kräftige Windstoß von hinten, und ich sauste den Hügel hinunter.

Als der Schlitten Fahrt aufnahm, fiel ich beinahe von meinem wackligen Gefährt. Doch obwohl ich kurz darauf auch noch über einen Buckel in der Piste holperte, schaffte ich es irgendwie, mich festzuhalten.

Der weiße Schnee wirbelte nur so vorbei. Es kam mir vor wie ein Schneesturm, der mich völlig einhüllte.

So weiß. Weiß und kalt.

Eine kalte Mauer aus weißem Schnee.

Und ich wurde unter all diesem Weiß begraben.

Ich fiel tiefer und tiefer …

Erst jetzt merkte ich, dass ich schrie.

Es war kein Freudenschrei, kein ausgelassener Juchzer.

Ich schrie aus reinem Entsetzen.

Schrie, bis ich glaubte, meine Lungen würden platzen.

Schrie immer weiter. Immer lauter.

Und während ich mein Entsetzen hinausbrüllte, rückten die weißen Wände näher.

11

Ich kann mich nicht mehr genau erinnern, wie ich nach Hause gekommen bin.

Aber natürlich müssen Adriana und Laura mir irgendwie dabei geholfen haben.

Ich sehe immer noch ihre besorgten Gesichter vor mir, sehe, wie sie am Fuß des Hügels auf mich zurannten, um mich hochzuziehen. Sie mussten meine Hände mit Gewalt vom Schlitten lösen und mich auf die Füße stellen.

Ich sehe ganz deutlich ihre angstvoll aufgerissenen Augen, ihre roten Wangen. Verzweifelt redeten sie auf mich ein, riefen mir etwas zu.

Aber ich konnte sie nicht hören, weil ich immer noch schrie. Ich schrie mir die Kehle wund und konnte einfach nicht aufhören.

Ich sah die verstörten Gesichter der Kinder um uns herum und eine junge Frau, die hastig zwei kleine Mädchen wegzerrte. Die Mädchen bedeckten ihre Ohren mit den Händen, um sich gegen mein schrilles Kreischen zu schützen.

Ich sah sie alle ganz klar. Sah ihre Besorgnis. Sah ihre Furcht.

Aber ich konnte nicht aufhören.

Ich hatte völlig die Kontrolle über mich verloren. Es fühlte sich an, als ob irgendein Wesen in mir darum kämpfte, hervorzubrechen. Schreiend bahnte es sich seinen Weg aus mir heraus.

Aber was hatte mein Entsetzen ausgelöst?

Der Schnee? Der Schlitten? Das Gefühl, immer schneller den Hang hinunterzurasen?

Der Schreck darüber, die Kontrolle verloren zu haben?

Oder waren es vielleicht die vorbeisausenden kalten Wände aus glitzerndem Schnee gewesen, die ich plötzlich so deutlich gesehen hatte?

Warum war ich so plötzlich durchgedreht?

Ich glaube, ich habe auf dem ganzen Heimweg gebrüllt.

Aber ich kann mich nicht mehr genau daran erinnern. Ich weiß nicht mehr, wie ich nach Hause gekommen bin, und ich weiß auch nicht mehr, wann ich endlich aufhörte, diese furchtbaren Schreie auszustoßen.

Meine Kehle fühlte sich ganz wund an und brannte wie Feuer. Ich konnte nicht mehr sprechen, sondern bloß noch flüstern.

„Martha, du bist ganz schön fertig!“, stellte ich im Stillen fest.

Dann endlich lag ich in meinem Bett und hatte die Bettdecke bis zum Kinn hochgezogen.

Meine Eltern waren unten. Mom machte mir eine Tasse Tee und einen Teller heiße Suppe, während Dad sich ans Telefon gehängt hatte und versuchte, Dr. Sayles zu erreichen.

Ich zitterte immer noch am ganzen Körper. Meine Kehle pochte und schmerzte von meinen wilden Schreien.

Hilflos lag ich im Bett und starrte die weiße Zimmerdecke an.

Die blendend weiße Decke.

Und plötzlich hatte ich wieder ein Flashback. Mit der Geschwindigkeit eines dahinsausenden Schlittens blitzte ein Bild vor meinem inneren Auge auf.

Ein weiteres Puzzlestück meiner Erinnerung.

Ich sah die schneebedeckten Hütten. Pulverige Schneeverwehungen reichten bis zu den Fenstern und silbrig glänzende Eiszapfen hingen wie Dolchklingen von der Regenrinne.

Ich sah Justine. Laura. Und dann Adriana.

Eine Schneeballschlacht.

Ich hörte das Geräusch eines Schneeballs, der den Rücken von Adrianas Parka traf.

Gelächter ertönte. Es waren Jungenstimmen.

Weitere Schneebälle flogen durch die Luft.

Dann entdeckte ich Aaron neben mir. Sein dunkles Haar quoll widerspenstig unter einer braunen Mütze hervor. Ein breites Lächeln lag auf seinem Gesicht und seine Wangen waren von der Kälte gerötet.

Ich spürte, wie ich mich duckte, als der nächste Schneeball dicht über meinen Kopf hinwegsauste.

Alle lachten, riefen durcheinander und amüsierten sich offenbar prächtig.

Während ich mit geschlossenen Augen im Bett lag, spürte ich plötzlich, dass ich lächelte. Wir schienen verdammt viel Spaß zu haben.

Der verschneite Hügel glitzerte. Aaron warf einen Schneeball nach Laura. Sie duckte sich und ließ sich auf die Knie fallen. Da traf sie eine weitere Schneekugel direkt am Kopf und riss ihr die Kapuze herunter.

Lachend krabbelte sie auf allen vieren herum, um neue Schneebälle zu formen. „Ich krieg dich!“, rief sie jemandem zu und tat so, als ob sie böse wäre. „Warte nur!“

Mit wem redete sie da?

Ich kämpfte darum, klarer zu sehen.

Aaron?

Nein. Es war Ivan.

Ivan war also einer der beiden anderen Jungen, die ich bis jetzt noch nicht erkannt hatte. Er trug seine Lederjacke und hatte weder Mütze noch Handschuhe an.

Ich sah ganz deutlich sein spöttisches Grinsen und das kleine Bärtchen unter seinem Kinn.

Der nächste Schneeball klatschte Laura mit einem dumpfen Geräusch gegen die Brust.

Sie japste, schnappte sich den Kragen von Ivans Lederjacke und versuchte, ihn in den tiefen Schnee zu ziehen.

Alle lachten.

Alle amüsierten sich.

Jetzt konnte ich die Szene ganz klar sehen. Ich erinnerte mich. Ein Teil meines Gedächtnisses war zurückgekehrt.

Au!

Ich spürte einen plötzlichen Kälteschock. Sah mich auf einmal selbst, wie ich mir einen dicken Klumpen gefrorenen Schnee von der Stirn wischte.

Hörte ein hämisches Lachen.

Dann spürte ich, wie mich der nächste Schneeball traf. Hart und mit voller Wucht landete er auf meinem Jackenkragen.

Wer hatte ihn geworfen? Wer griff mich an?

Angestrengt kniff ich die Augen zusammen und versuchte, die gesamte Szene zu überblicken. Versuchte, mich zu erinnern. Mir alles wieder ins Gedächtnis zu rufen.

Und dann sah ich Justine. Ein wütender Ausdruck verzerrte ihr hübsches Gesicht.

Justine, die mich mit Schneebällen förmlich bombardierte. Wie wild formte sie sie zwischen ihren grünen Handschuhen und schleuderte sie nach mir. So schnell und so fest sie konnte.

„Justine …!“ Ich beobachtete mich dabei, wie ich ihr etwas zurief. „Hey – was soll das?“

Sie ignorierte mich einfach und warf stattdessen noch wütender und härter. Dabei stieß sie vor Anstrengung jedes Mal ein lautes Stöhnen aus.

Wollte sie mich etwa verletzen?

„Warum ist Justine so sauer auf mich?“, fragte ich mich verwirrt. „Wieso hat sie es auf mich abgesehen?“

Und dann sah ich plötzlich, wie ich mich wehrte und nun auch sie mit Schneebällen bewarf. Wie eine Irre schaufelte ich mit beiden Händen den Schnee zusammen und schleuderte ihn mit voller Wucht in ihre Richtung. Ich ließ mir nicht mal die Zeit, richtige Kugeln daraus zu formen.

Inzwischen brüllten wir uns beide aus vollem Halse an. Wir bewegten uns hastig und voller Wut.

Unsere Gesichter waren verzerrt vor Ärger und Anspannung.

Und dann spürte ich plötzlich, wie mehrere Hände mich zurückzogen. Sah, dass Aaron und Ivan mich mit vereinten Kräften wegzerrten und Laura und Adriana sich vor Justine aufgebaut hatten.

Ich hörte Justines wütendes Schreien, aber ich konnte nicht verstehen, was sie rief.

Worum ging es hier eigentlich? Warum war sie so böse auf mich?

Laura und Adriana mussten sie festhalten und zurück zur Hütte schleifen, während Aaron und Ivan mich an den Schultern gepackt hatten und versuchten, mich zu beruhigen.

Die heitere Stimmung war mit einem Schlag verschwunden. Ich fühlte mich auf einmal so kalt wie der eisige Wind.

Das Weiß verschwand und das Bild verdunkelte sich.

Was war passiert?

Im Bett liegend, versuchte ich verzweifelt, die Szene festzuhalten.

Ich musste mehr sehen! Musste mich erinnern!

Und mit einem Mal erschien ein neues Bild.

Inzwischen war es dunkler und später geworden. Ich saß in einer der Hütten, offenbar in einem hinteren Zimmer. Die Tür stand einen Spaltbreit offen und ich konnte beobachten, wie die Flammen im steinernen Kamin tanzten.

Ich hockte da, den Rücken an die Wand gelehnt, und war in tiefe Schatten gehüllt.

Vergeblich versuchte ich, die Dunkelheit mit meinen Blicken zu durchdringen.

Ich saß auf einer langen, niedrigen Bank und jemand lehnte sich an mich. Jemand war direkt neben mir.

Es war so dunkel im Raum, als ob wir uns verstecken wollten.

Ich bemühte mich, das Gesicht des Jungen zu erkennen, als er mich plötzlich küsste.

„Es ist Aaron", dachte ich. „Es muss Aaron sein, ich weiß es genau."

Wen hätte ich denn auch sonst küssen sollen – in diesem schattigen Eckchen, weit weg von allen anderen?

Die Dunkelheit hüllte uns ein. Ich konnte das Gesicht des Jungen immer noch nicht richtig erkennen.

„Aaron – warum kann ich dich nicht sehen?“

Ein angstvoller Schauder durchfuhr mich auf einmal.

Wieder beugte sich der Junge vor, um mich zu küssen, und ich spürte seine Lippen, die sich hart und fordernd auf meinen Mund pressten.

Das war nicht Aaron!

Ich küsste einen anderen Jungen.

Aber wer war es?

Er lehnte sich ein Stück zurück und lächelte mich an.

Und jetzt sah ich seine ernsten, dunklen Augen.

Die Stupsnase. Die kleine, weiße Narbe, die sich quer durch seine Augenbraue zog.

Ihn hatte ich also dort im Schatten geküsst.

Jetzt konnte ich es ganz deutlich sehen.

Sein Gesicht.

Es war das Gesicht, das ich wieder und wieder gezeichnet hatte.

12

Am nächsten Nachmittag suchte ich all meine Zeichnungen von dem fremden Jungen zusammen und steckte sie in meinen Rucksack. Dann schlich ich aus dem Haus.

„Aaron, du musst mir jetzt helfen", flehte ich im Stillen. Meine Stiefel sanken tief in den verharschten Schnee ein, als ich mit schnellen Schritten zu seinem Haus ging. Ich zog meinen Parka enger um mich herum und stemmte mich gegen den stetigen, eiskalten Wind.

Meine Eltern wollten, dass ich noch einen weiteren Tag im Bett verbrachte. Sie hatten Dr. Sayles nicht erreichen können, weil er zu einer Konferenz gefahren war und erst am Montag zurückkam. Deswegen hatten Mom und Dad darauf bestanden, dass ich so lange zu meinem eigenen Schutz zu Hause blieb.

Aber ich fühlte mich nicht einmal in meinem Bett sicher, die Decke bis unters Kinn gezogen. Auch heiße Suppe und Tee konnten mich nicht beruhigen und dafür sorgen, dass ich mich entspannte.

Das war erst möglich, wenn ich endlich die Wahrheit herausgefunden hatte. Ich würde nur dann wieder ruhiger werden, wenn ich wusste, was letzten November passiert war.

Und Aaron konnte es mir sagen. Er musste mir helfen.

Ein heftiger, eiskalter Windstoß wehte meinen Parka auseinander. Ich zog den Reißverschluss zu und rückte meinen Rucksack gerade. Dann stapfte ich weiter durch den tiefen, verharschten Schnee.

An der nächsten Ecke kam Aarons Haus in Sicht. Zwei große, immergrüne Büsche, die völlig zugeschneit waren, schienen es zu bewachen. Die Einfahrt und der Weg zur Haustür waren freigeschaufelt worden, und der Schnee türmte sich nun zu beiden Seiten des schräg abfallenden Rasens auf. Ein einzelner Eiszapfen, dick wie eine Karotte, hing über der Haustür.

Ich drückte auf die Klingel, aber sie schien eingefroren zu sein. Noch einmal presste ich energisch meinen Finger auf den Knopf, aber im Inneren des Hauses war nichts zu hören.

Also klopfte ich. Ich war ohne Fäustlinge aus dem Haus gestürmt und meine halb erfrorene Hand schmerzte, als ich damit dreimal gegen die Tür hämmerte. Und dann noch dreimal.

Endlich ging drinnen das Licht an. Ich hörte ein Husten, dann Schritte.

Aarons kleiner Bruder Jake öffnete die Tür.

„Hallo“, sagte ich, die Hand immer noch zum Klopfen erhoben. „Ist Aaron zu Hause?“

„Ja. Na klar.“ Jake starrte zu mir hoch. In einer Hand hielt er einen Schokoriegel. Seltsamerweise ging er mir nicht aus dem Weg oder bat mich herein.

„Was ist – kann ich ihn sehen?“, fragte ich ungeduldig.

Bevor Jake antworten konnte, tauchte Aaron auf und stieß seinen Bruder beiseite. Der schubste zurück, verschwand dann aber.

„Martha, hallo!“ Aaron strich sich mit einer Hand sein braunes Haar zurück. Er trug alte, ausgebeulte Jeans und ein Sweatshirt in den Farben der Highschool, Kastanienbraun und Grau. „Ich habe dich gar nicht erwartet …“

„Ich muss unbedingt mit dir reden!“, platzte ich heraus. Ich war überrascht, wie aufgeregt meine Stimme klang. Wie verzweifelt. Aber ich konnte mich auf einmal nicht mehr beherrschen.

„Aaron, ich muss dir etwas zeigen. Und ich möchte, dass du mir einige Dinge erzählst. Ich brauche dringend ein paar Antworten auf meine Fragen.“

„Na ja …“ Aaron warf einen verstohlenen Blick hinter sich ins Haus und runzelte die Stirn. Er schien sehr angespannt zu sein.

„Was ist denn heute nur los?“, fragte ich mich verwundert und betrachtete forschend sein Gesicht.

Zuerst hatte Jake mich nicht reinbitten wollen und jetzt ließ mich auch noch Aaron hier draußen in der Kälte stehen.

„Kann ich vielleicht hereinkommen?“, fragte ich schließlich.

„Oh … äh … na klar.“ Aarons Wangen färbten sich rot und er trat einen Schritt zurück.

Ich streifte meine Stiefel auf dem Fußabtreter ab und trat in die Wärme des Hauses. Für einen Moment folgte mir die eisige Kälte sogar bis in den geheizten Flur. Ich setzte den Rucksack ab, zog meinen Parka aus und warf beides auf den Boden neben der Couch im Wohnzimmer.

„Ich bin nur hier, weil ich auf Jake aufpasse“, erklärte Aaron hastig.

„Deine Eltern sind nicht zu Hause?“

Er schüttelte den Kopf.

„Ich musste dich unbcdingt sehen“, sagte ich.

„Ich … ich hab schon gehört, was gestern passiert ist“, stotterte Aaron. Er schob die Hände in die Taschen seiner Jeans und blickte angestrengt aus dem Fenster. „Es tut mir leid. Ich …“ Er beendete den Satz nicht.

„Er ist doch sonst nicht so verkrampft“, dachte ich alarmiert. „Was zum Teufel hat er nur?“

Ich rieb meine eiskalten Hände, um sie aufzuwärmen. Vom anderen Ende des Flurs drangen die Geräusche des Fernsehers zu mir. Lustige, hohe Stimmen. Offenbar ein Zeichentrickfilm. Ich hörte Jake lachen.

„Aaron …“, setzte ich an. „Ich wollte dir diese Zeichnungen von mir zeigen.“ Ich kniete mich hin und griff nach meinem Rucksack, als plötzlich ein lautes Krachen aus der Küche ertönte.

Aaron schnappte erschrocken nach Luft.

Ich fuhr hoch. „Ist da etwa noch jemand?“

Sein Gesicht lief knallrot an. „Nein. Ich …“

Mit schnellen Schritten durchquerte ich den Raum, eilte durch den kurzen Flur und riss die Küchentür auf.

„Justine …!“, schrie ich überrascht. „Was machst *du* denn hier?“

13

Justine hatte sich vornübergebeugt und sammelte gerade die Scherben des Trinkglases ein, das sie hatte fallen lassen. Auf dem Boden war eine Pfütze des verschütteten Wassers zu sehen.

Als ich hereinplatzte, wirbelte sie erschrocken herum und öffnete den Mund wie zu einem Schrei.

„Justine ist nur vorbeigekommen, um sich meinen Taschenrechner zu leihen“, erklärte Aaron, der hinter mir die Küche betreten hatte. „Bei ihrem sind nämlich die Batterien leer.“

„Das stimmt“, bekräftigte Justine hastig und strich sich nervös eine rote Haarsträhne aus der Stirn. Dann wandte sie sich an Aaron. „Tut mir leid. Ich wollte mir nur ein Glas Wasser holen. Aber ich hab's fallen lassen und ...“

„Du hast dich hier drin versteckt!“, rief ich anklagend. Meine Stimme klang schrill und wütend. „Justine – was hast du hier in der Küche zu suchen?“

„Ich ... ich hab mich nicht versteckt“, widersprach sie. „Wirklich, Martha ... ich ...“

„Ich habe sie darum gebeten“, mischte Aaron sich plötzlich ein und stellte sich zwischen uns. Er fuhr sich nervös mit der Hand durch sein welliges, braunes Haar und blickte mit schuldbewusster Miene von Justine zu mir.

„Du hast was?“, fragte ich ungläubig.

„Ich habe sie gebeten, in der Küche zu warten“, erklärte Aaron. „Ich hatte Angst, du würdest sonst falsche Schlüsse ziehen."

„Wie bitte?", rief ich empört.

Justine ließ eine gezackte Glasscherbe auf den Küchentresen fallen. „Beruhige dich doch, Martha. Es ist alles in Ordnung", sagte sie mit sanfter Stimme.

Aaron stellte sich direkt hinter mich und legte mir die Hände auf die Schultern. „Ja. Es ist alles in Ordnung", wiederholte er ihre Worte.

„Wir haben beide gehört, was gestern passiert ist", meinte Justine mitfühlend. „Dass du am Miller Hill einen Schreikrampf bekommen hast. Als du eben an der Tür geklopft hast, haben wir dich durch das Vorderfenster gesehen. Aaron meinte, ich solle besser in die Küche gehen, damit du dich nicht aufregst."

Aaron drehte mich sanft herum und sah mich mit seinen blauen Augen eindringlich an. „Tut mir leid, Martha. Das war dumm von mir. Total blöd. Aber ich hab's echt nur gut gemeint."

„Wir wollten nicht, dass du wieder die Nerven verlierst", fügte Justine hinzu. „Ich bin ehrlich nur kurz wegen des Taschenrechners vorbeigekommen. Glaub mir."

Ich blickte zu Boden. Die schwarzen und grauen Punkte auf dem Linoleum schienen zu flimmern und miteinander zu verschmelzen. Ich schloss die Augen. „Entschuldigt bitte", murmelte ich. „Ich wollte euch nicht verdächtigen und mich wie eine Verrückte aufführen."

Aaron legte seinen Arm um meine Taille und Justine sprudelte noch ein paar tröstende Sätze hervor. Dann holte Aaron ihr den Taschenrechner und nachdem sie sich noch einmal entschuldigt hatte, zog sie ihre Jacke an und stürmte aus der Tür.

Ich sah ihr durch das Wohnzimmerfenster hinterher. Justine ging mit schnellen Schritten und gesenktem Kopf die Einfahrt entlang und knabberte auf ihrer Unterlippe herum. Während ich sie beobachtete, versuchte ich mir darüber klar zu werden, ob ich ihr und Aaron wirklich glauben konnte oder nicht.

Aaron war während der ganzen letzten Zeit wunderbar zu mir gewesen und hatte sich so liebevoll um mich gekümmert.

Ich gab mir einen Ruck und beschloss, den beiden ihre Geschichte abzunehmen.

Mit einem Mal spürte ich Aarons Blick. Als ich mich umdrehte, sah ich, dass er sich auf die Couch gesetzt hatte und mit den Fingern nervös auf der Armlehne herumtrommelte.

Ich ging zu ihm hinüber und setzte mich ans andere Ende der Couch.

„Es tut mir wirklich leid wegen dieses … dieses Missverständnisses", murmelte er vor sich hin.

„Meine Erinnerung kommt langsam zurück", stieß ich hervor.

Die Überraschung war ihm deutlich anzusehen. Ein Muskel an seinem Kiefer zuckte und er schluckte trocken.

„Ab und zu sehe ich Bilder", fuhr ich fort. „Ganze Szenen. Stück für Stück fällt mir alles wieder ein."

Er seufzte tief auf und sagte mit leiser, gedämpfter Stimme, die kaum lauter als ein Wispern war: „Wenn du dich wieder an alles erinnern kannst, wird es ganz schön hart für dich sein."

Dann nahm er meine Hand und drückte sie zärtlich. Ich wünschte, er würde sie länger festhalten, aber er ließ mich schnell wieder los.

„Wie meinst du das?“, fragte ich. „Warum sollte es hart für mich sein?“

Er zögerte. „Du weißt doch, dass ich dir das nicht sagen darf“, erwiderte er, immer noch im Flüsterton.

„Erzähl's mir!“, drängte ich. „Warum wird es hart für mich sein?“

„Dr. Sayles hat uns verboten, dir zu helfen“, antwortete Aaron. Dann machte er eine Pause und räusperte sich. „Er hat gesagt, dass du von ganz alleine dein Gedächtnis wiederfinden musst. Wir haben ihm versprechen müssen, dir nicht zu verraten, was damals passiert ist.“

„Aber Aaron …“ Ich griff nach seinem Arm und versuchte, ihn zu mir heranzuziehen, aber er blieb am anderen Ende der Couch sitzen. „Warum wird es hart für mich sein, wenn ich mein Gedächtnis wiederfinde?“, drängte ich noch einmal. „Warum wird es mich aufregen?“

Er stieß einen unterdrückten Schrei aus. Seine blauen Augen sahen mich gequält an. „Weil … weil etwas Schreckliches passiert ist!“, rief er. „Etwas Schreckliches, Martha!“

Dann atmete er tief durch. Sein Blick war immer noch fest auf mich gerichtet. „Es hat uns alle verändert.“ Ein seltsames Lächeln breitete sich auf seinem Gesicht aus. Ein bitteres Lächeln, das ich noch niemals vorher bei ihm gesehen hatte. „In gewisser Weise hast du sogar Glück, dass du dich nicht erinnern kannst“, murmelte er.

„Aber Aaron …“

Das seltsame Lächeln verschwand. Hektisch fuhr er sich mit der Hand durch das dunkle Haar.

Frustriert stöhnte ich auf. Ich brannte darauf, dass er mir die ganze Geschichte erzählte. Alles. Lückenlos. Doch ich wusste, dass er das nicht tun würde. Meine Freunde meinten es ja alle so gut mit mir und waren fest entschlossen, mit Dr. Sayles zusammenzuarbeiten.

Plötzlich fiel mir etwas ein. Die Zeichnungen! Die hatte ich ja völlig vergessen.

Ich beugte mich über die Lehne der Couch und hob meinen Rucksack auf. Meine Hände zitterten so sehr, dass ich zuerst Schwierigkeiten hatte, den Reißverschluss zu öffnen. Als ich es schließlich geschafft hatte, zog ich die Skizzen hervor.

„Was ist denn das?“, fragte Aaron interessiert und rutschte endlich näher an mich heran.

Ich hielt zwei der Bilder hoch. „Dieses Gesicht habe ich immer wieder gezeichnet.“

Aaron traten beinahe die Augen aus dem Kopf und er schnappte nach Luft.

„Wer ist das?“, fragte ich.

Er schüttelte den Kopf. „Nein.“ War dieser Ausdruck in seinen Augen Schock oder Angst?

„Sag’s mir!“, beharrte ich. „Ich kann nicht aufhören, dieses Gesicht zu malen. Sag mir, wer das ist!“

„Nein. Kommt nicht infrage!“, antwortete er und schüttelte wieder den Kopf.

Ich hielt ihm die Zeichnungen direkt vors Gesicht. „Sag’s mir! Na los, sag’s mir!“

Er schob sie beiseite und sprang auf. „Ich kann nicht,

Martha! Du weißt doch, was der Arzt gesagt hat. Ich darf es dir nicht verraten!“

Ich erhob mich ebenfalls und stellte mich ganz dicht vor ihn. So einfach würde ich ihn nicht davonkommen lassen. Ich konnte jetzt nicht aufgeben!

Das Gesicht des fremden Jungen machte mich noch ganz verrückt.

Überall, wo ich ging und stand, sah ich es vor mir. Ich bekam es einfach nicht aus dem Kopf.

„Ist es jemand, den ich kenne?“, fragte ich verzweifelt.

Aber Aaron verschränkte abweisend die Arme vor der Brust.

„Sag mir wenigstens das“, flehte ich ihn an und hielt ihm die Zeichnungen direkt vor die Augen.

Er wich zurück und machte eine schnelle Bewegung, als würde er über seinem Mund einen Reißverschluss zuziehen. „Hör bitte auf damit, Martha. Bitte. Ich darf es dir wirklich nicht sagen. Mach es uns beiden doch nicht unnötig schwer.“

Ich spürte, wie sich meine Kehle zuschnürte und meine Schläfen zu pochen begannen. Ich musste es wissen. Musste es jetzt wissen.

„Kenne ich ihn, Aaron? Wo lebt er? Wenn er hier in der Gegend wohnt, müsste ich ihm inzwischen doch mal über den Weg gelaufen sein“, rief ich mit schriller Stimme.

Plötzlich hatte ich das Gefühl, dass ich zu weit gegangen war.

Ich merkte, wie Aaron seine Selbstbeherrschung verlor.

Sein Gesicht lief dunkelrot an und er ballte die Hände

zu Fäusten. Er biss die Zähne so fest zusammen, dass die Kieferknochen deutlich hervortraten, und spuckte die Antwort regelrecht aus.

„Du willst also wissen, warum du ihm nicht über den Weg gelaufen bist, Martha? Du willst es wirklich wissen?“

„Ja, sag’s mir!“, forderte ich.

„Weil er tot ist – deswegen!“

14

Dienstagabend hatte ich nichts vor und beschloss, an meiner Mappe zu arbeiten, die ich für die Zulassung zum Kunstkurs vorlegen musste. Ich setzte mich an den Schreibtisch und öffnete meinen Zeichenblock.

Dabei rutschte ein Porträt des unbekannten Jungen heraus.

Ich nahm es in die Hand und betrachtete es.

„Warum zeichne ich einen Toten?“, grübelte ich.

Ich hielt das Blatt in verschiedenen Winkeln in der Hoffnung, dass ich durch die unterschiedlichen Perspektiven vielleicht einen Hinweis erhalten würde.

Aber die dunklen Augen starrten mich an, ohne etwas von ihrem Geheimnis zu verraten.

Wer war dieser Typ?

Aaron hatte sich geweigert, mir mehr über ihn zu erzählen. Er war furchtbar wütend auf sich gewesen, weil er die Beherrschung verloren hatte und damit herausgeplatzt war, dass der Junge nicht mehr lebte.

Wenn ich Aaron in der Schule traf, versuchte ich, mich bei ihm zu entschuldigen. Doch sobald er mich sah, machte er auf dem Absatz kehrt und ging schnell davon. Und jedes Mal, wenn ich bei ihm zu Hause anrief, ging Jake ans Telefon und behauptete, sein Bruder sei nicht da.

„Ich möchte dich nicht verlieren, Aaron“, murmelte ich leise vor mich hin. „Du bedeutest mir so viel. Ich darf dich einfach nicht verlieren!“

Immer noch starrte ich das Gesicht auf der Zeichnung an. „Wer bist du?“, fragte ich. „Und warum habe ich dich dort in der Hütte geküsst?“

Warum nur musste ich wieder und wieder diesen Fremden skizzieren?

Ein erschreckender Gedanke ließ mich trotz der Wärme in meinem Zimmer plötzlich frösteln.

Kontrollierte der tote Junge etwa meine Hand?

Zwang er mich, ihn zu zeichnen? Führte er meine Hand aus dem Grab heraus?

Hastig zerknüllte ich die Zeichnung und holte zwei Kohlestifte aus der Schublade. Ich beugte mich über den Zeichenblock und versuchte, meine Hand ruhig zu halten.

„Ich werde eine Katze malen“, beschloss ich.

Der Abgabetermin für die Mappe war in zwei Wochen. Wenn ich bis dahin nicht ein paar Zeichnungen vorlegen konnte, würde ich nicht für den Sommerkurs zugelassen werden.

„Du musst mir Modell sitzen, Rooney. Wo bist du?“

Wie üblich war von dem Katzenvieh wieder mal nichts zu sehen, wenn ich es brauchte.

Also beugte ich mich über den Block und begann, Rooney aus der Erinnerung zu skizzieren.

„Martha“, ertönte plötzlich die Stimme meiner Mutter. „Adriana ist hier.“

Ich hörte die Schritte meiner Freundin im Flur.

„Hi. Was gibt’s?“, fragte ich, als Adriana ins Zimmer kam.

„Ach, nichts Besonderes. Und wie geht’s dir?“, erkundigte sie sich. Sie nahm ihren blauen Wollschal ab, zog die Daunenjacke aus und warf beides auf mein

Bett. Dann strich sie ihr krauses, schwarzes Haar mit beiden Händen zurück. „Puh – ist das kalt draußen! Du siehst super aus, Martha."

„Danke. Ich fühl mich auch ganz gut", antwortete ich leise. Seit diesem Vorfall beim Schlittenfahren hatte ich mich pausenlos bei Adriana und Laura entschuldigt. Mindestens zwei Dutzend Mal hatte ich ihnen jetzt schon versichert, wie peinlich mir die ganze Angelegenheit war und dass es mir wieder bestens ging.

Trotzdem schauten sie ständig nach mir und hörten nicht auf, mir zu erzählen, wie großartig ich aussähe.

Adriana ließ sich neben ihrer Jacke auf mein Bett plumpsen und stieß einen tiefen Seufzer aus. „Hast du deine Hausaufgaben schon fertig?"

Ich nickte. „Ja, aber ich hatte auch nicht besonders viel auf. Ich wollte gerade ein bisschen zeichnen. Diese Mappe …"

„Bei mir zu Hause sieht's gar nicht gut aus", unterbrach mich Adriana.

„Deine Eltern?", fragte ich. „Haben sie wieder Streit? Möchtest du vielleicht bei mir übernachten?"

Meistens ging Adriana den Streitereien ihrer Eltern aus dem Weg, indem sie eine Weile bei mir blieb. Es gab Zeiten, wo die beiden sich so häufig in der Wolle hatten, dass Adriana kaum noch zu Hause war und schon beinahe dauerhaft bei uns wohnte.

„Nein, es geht nicht um meine Eltern", sagte Adriana und stieß mit der Stiefelspitze immer wieder in einen Fleck auf dem Teppich.

„Dad ist am Sonntag ausgezogen." Sie stöhnte. „Endlich!"

Ich wusste nicht, was ich sagen sollte. Adriana hatte

mir erzählt, dass sie ihrem Vater viel näherstand als ihrer Mutter. Ich nahm ihr nicht ab, dass sie über seinen Auszug froh war, auch wenn sie das behauptete.

„Es geht um Ivan", murmelte sie und spielte nervös mit den Fransen ihres blauen Wollschals herum. „Ich mache mir ziemliche Sorgen um ihn."

Ich rollte mit dem Schreibtischstuhl herum, damit ich sie ansehen konnte. Dann legte ich den Block auf meinen Schoß und zeichnete weiter, während ich mich mit ihr unterhielt. „Was hat er denn diesmal angestellt?"

Adriana zögerte. „Ich … ich bin nicht ganz sicher. Aber ich bin vorhin in seinem Zimmer gewesen, um ihn etwas zu fragen. Dabei ist mir aufgefallen, dass er einen neuen Kassettenrekorder und einen Discman hat."

Ich hörte auf zu zeichnen. „Na und? Was ist denn daran so schrecklich, Adriana?"

Sie wickelte den Schal um ihr Handgelenk. Ihre dunklen Augen blitzten. „Kannst du mir vielleicht verraten, woher er das Geld dafür genommen haben soll?"

Ich schüttelte den Kopf und wartete darauf, dass sie fortfuhr.

„Ich fürchte, er hat die Sachen gestohlen", stieß sie schließlich hervor. „In letzter Zeit treibt er sich mit ein paar wirklich üblen Typen rum. Ein paar von ihnen sind von der Highschool in Waynesbridge geflogen. Ich glaube, sie haben dort einen Waschraum in Brand gesetzt oder so."

„Entzückend", knurrte ich und verdrehte die Augen.

„Jedenfalls ist Ivan ständig mit diesen Spinnern zusammen", erzählte Adriana weiter. „Er behauptet, das wären ganz tolle Kerle. Sie wüssten wenigstens, wie man Spaß hat."

Sie warf den Schal zurück aufs Bett. „Und jetzt hat Ivan auf einmal lauter neue Sachen. Ich bin mir sicher, dass er klaut. Er ist völlig durcheinander, Martha. Wenn er so weitermacht, ruiniert er noch sein ganzes Leben. Und ich … ich …"

Ich wollte ihr gerade antworten.

Doch als mein Blick den Skizzenblock streifte, entfuhr mir ein erschrockener Schrei. „Oh nein!"

Ich hatte keine Katze gezeichnet, sondern wieder dieses Gesicht!

Konnte ich denn gar nichts anderes mehr malen?

Plötzlich spürte ich Adrianas Hand auf meiner Schulter. Als ich hochblickte, sah ich, dass sie das Porträt des Jungen fassungslos anstarrte.

Sie schluckte und riss überrascht die Augen auf. Dann biss sie fest die Zähne zusammen.

„Hättest du Lust, Freitagabend zu einem Basketballspiel zu gehen?", fragte sie auf einmal unvermittelt, ihre Hand immer noch auf meiner Schulter.

„Was?"

„Das Spiel der Shadyside Tigers gegen die Ironton Hawks. Freitagabend. Hättest du Lust hinzugehen?", wiederholte sie. „Du weißt schon – einfach mal Spaß haben. Alles andere für eine Weile vergessen."

„Ich möchte nicht vergessen", dachte ich unglücklich. „Ich möchte mich erinnern."

„Na klar", sagte ich laut. „Super Idee. Amüsieren wir uns ein bisschen."

Laura fuhr mit Adriana und mir zum Spiel. Sie hatte uns ein bisschen zu früh abgeholt, sodass wir noch eine Weile in ihrem Wagen durch die Stadt gondelten. Dabei hatten wir das Radio die ganze Zeit bis zum Anschlag aufgedreht.

Wir sangen die Songs lauthals mit und pfiffen aus dem heruntergekurbelten Wagenfenster gut aussehenden Jungen hinterher. Laura bog mit quietschenden Reifen um die Kurven und wir lachten und alberten herum.

Wir benahmen uns völlig kindisch, aber das war uns egal. Es war so ein kalter, harter Winter – da hatten wir uns wirklich ein bisschen Spaß verdient.

Zehn Minuten nachdem das Spiel angefangen hatte, bogen wir mit dröhnendem Motor auf den Schülerparkplatz der Highschool ein. Wir stürmten in die Halle, wo uns bereits die Rufe der aufgeregten Menge und das dumpfe Geräusch des Basketballs begrüßten.

Als wir die Tribüne hochkletterten und uns nach freien Plätzen umsahen, warf ich einen Blick zur Anzeigetafel: Es stand schon acht zu zwei für unsere Gegner, die Ironton Hawks. Kein besonders guter Anfang.

„Tigers vor!“, schrie ich. „Die Tigers sind die Größten!“

Laura, Adriana und ich brachten ein paar jüngere Schüler dazu, ein Stück aufzurücken, und quetschten uns auf die Bank in der obersten Reihe der Tribüne.

Shadyside hatte gerade mit einem sauberen Freiwurf einen Punkt gemacht und die Menge jubelte.

„Wo steckt eigentlich Aaron heute?“, rief Laura über das Gegröle hinweg.

Ich zuckte mit den Achseln. „Keine Ahnung. Er hat sich nicht bei mir gemeldet.“ Schnell wandte ich mich wieder dem Spielfeld zu – entschlossen, nicht über den Grund dafür nachzudenken.

Heute Abend hatte ich keine Lust, mir wegen Aaron den Kopf zu zerbrechen. Oder wegen irgendjemand anderem.

Ich wollte mir einfach nur das Basketballspiel ansehen. Mit der Menge jubeln und die Tigers anfeuern. Und mit Laura und Adriana nach dem Spiel vielleicht noch ein bisschen durch die Gegend fahren oder irgendwo eine Pizza essen.

Ich hatte Sehnsucht nach einem ganz normalen Abend unter ganz normalen Leuten. Wollte einmal nicht daran denken, dass mir ein großes Stück meines Lebens fehlte und dass ich deswegen von allen bemitleidet wurde, als wäre ich irgendwie behindert.

„Na los, Tigers!“, brüllte ich, so laut ich konnte.

Die Trillerpfeife des Schiedsrichters ertönte. Er zeigte eine Auszeit an. Ich sah, wie Corky Corcoran aufsprang und die Gruppe der Cheerleader auf den Platz führte.

„Schaut euch doch bloß mal diesen Spieler der Hawks an!“, rief Adriana begeistert und zeigte zur Bank der gegnerischen Mannschaft.

„Welchen denn?“ Ich kniff die Augen zum Schutz gegen das grelle Licht der Scheinwerfer zusammen. „Meinst du den Großen da?“

Adriana prustete los. „Sie sind alle groß. Ich spreche von dem mit den lockigen, schwarzen Haaren.“

Ich blinzelte nochmals. „Doch nicht etwa von dem Typen, der anscheinend Probleme hat, eine Schleife in seine Schnürsenkel zu machen?“

Adriana ignorierte meine ironische Bemerkung. „Ich habe die ganze Zeit nur ihm zugejubelt!“, gestand sie. „Ist er nicht süß?“

Ich schüttelte den Kopf. „Verräterin."

Die Cheerleader machten zum Abschluss einen Spagat und rannten dann vom Spielfeld. Die Spieler warfen ihre Handtücher beiseite, stellten ihre Wasserflaschen weg und liefen zurück aufs Feld.

Ein Summen ertönte und das Match ging weiter.

Es war ein echtes Kopf-an-Kopf-Rennen. Kurz vor der Halbzeit stand es unentschieden – beide Mannschaften hatten 24 Punkte.

„Ich stehe kurz vor dem Verhungern", stöhnte Laura und zupfte an meinem Ärmel. „Lasst uns dem Gedränge an den Essensständen zuvorkommen."

„Ja, gehen wir lieber jetzt", stimmte Adriana ihr zu.

Es waren nur noch zwei Minuten zu spielen, als wir zu dritt die Treppe der Tribüne hinuntergingen. Außerhalb der Halle im Gang waren Stände mit Popcorn, Hotdogs und anderem Fast Food aufgebaut.

Wir waren schon fast unten angekommen, als einer der Hawks-Spieler gleich zwei Punkte erzielte. Die Menge stöhnte, als die Gäste in Führung gingen.

Ich sah, wie unsere Spieler sich umdrehten und mit dem Ball auf den gegnerischen Korb zustürmten. Sah ihre verbissenen Gesichter, ihre Entschlossenheit, zur Halbzeit nicht zurückzuliegen.

Ein Pass. Und noch ein Pass.

Der eine Spieler begann zu dribbeln und verlor den Ball. Ich beobachtete, wie er ärgerlich die Stirn runzelte.

Sah sein Gesicht.

Nein!

Es war das Gesicht, das ich immer wieder zeichnen musste.

„Er ist es!“, quietschte ich und tastete Halt suchend nach Adriana. „Der tote Junge! Er ist es!“

Ich griff daneben, verpasste Adrianas Schulter und fiel beinahe die Stufen hinunter.

Im letzten Moment fand ich mein Gleichgewicht wieder und blickte ungläubig aufs Spielfeld.

Ein anderer Spieler drehte sich um. Er hatte dasselbe Gesicht.

Ich starrte zwei weitere Spieler an.

Betrachtete fassungslos ihre welligen, schwarzen Haare. Ihre Stupsnasen. Ihre ernsten, dunklen Augen.

Das Gesicht!

Sie alle hatten das Gesicht, das ich immer wieder skizziert hatte.

Das Gesicht des toten Jungen.

Und als sie sich umwandten, um mich anzusehen, verschwand ihr Lächeln. Ihre Münder öffneten sich und ihre Augen traten vor Entsetzen hervor.

Sie alle begannen zu schreien.

Und ich schrie mit ihnen.

15

„Er ist es! Der tote Junge! Er ist es!“

War das wirklich ich, die immer wieder diese Worte hervorstieß?

Ich spürte, dass alle Augen auf uns gerichtet waren, als Adriana und Laura mich die Tribüne hinunterschleppten.

„Er ist es! Lasst mich los! Der tote Junge! Ich muss ihn mir noch einmal ansehen!“

In diesem Moment ertönte direkt über unseren Köpfen der Summer, der das Ende der ersten Halbzeit ankündigte. Das laute Geräusch brachte mich wieder zur Besinnung.

Meine Freundinnen zerrten mich mit vereinten Kräften zur Tür der Sporthalle, doch es gelang mir, mich loszureißen. Ich musste ihn sehen! Mit ihm reden!

Aber die Spieler hatten sich schon abgewandt und stürmten über das Spielfeld zu den Umkleidekabinen.

„Martha, nun komm schon!“, drängte Adriana und zog mich aus der Halle. Sie und Laura führten mich fort von den Essensständen und den langen Flur hinunter.

An den Stufen, die zur dunklen Cafeteria führten, blieben wir stehen.

„Ich hole ihr besser was zu trinken“, sagte Laura zu Adriana und rannte wieder zurück Richtung Halle.

Ich setzte mich auf die unterste Stufe. Adriana ließ sich neben mir nieder. „Martha – geht’s dir jetzt besser?“

„Ich … ich weiß nicht“, antwortete ich ehrlich.

Ich schloss die Augen und sah sofort wieder die Spieler vor mir. Die Spieler, die alle *sein* Gesicht hatten.

„Ich kann dir wirklich nicht sagen, ob ich wieder okay bin.“

Als ich nach ein paar Sekunden blinzelte, bemerkte ich, dass Adriana eine große, silberne Münze in der Hand hielt. „Ich würde dir gerne eine Entspannungsübung zeigen, die ich von Dr. Corben gelernt habe. Sie beruhigt mich immer, wenn ich gestresst bin.“

Sie hielt ihre Hand dicht vor mein Gesicht. „Schau auf die Münze“, flüsterte sie. „Folge ihr mit den Augen.“

Langsam bewegte sie das Geldstück von links nach rechts. Es glänzte schwach in dem trüben Licht. Während meine Augen ihre gleichmäßige Bewegung verfolgten, flüsterte Adriana mit sanfter, monotoner Stimme: „Konzentriere dich auf die Münze. Ruhig. Ganz ruhig. Schau einfach nur auf die Münze.“

In der Hoffnung, dass die Gesichter in meinem Kopf dann verschwinden würden, gehorchte ich ihr.

Ich sehnte mich nach Ruhe und danach, in die Normalität zurückzukehren.

Das Geldstück schwebte langsam vor meinem Gesicht hin und her. Von links nach rechts. Von rechts nach links.

Plötzlich wurde mir ganz schwummerig und ich umklammerte erschrocken Adrianas Hand. „Hey! Was machst du denn da mit mir?“, fragte ich alarmiert.

„Es ist alles in Ordnung, Martha“, antwortete sie in beschwichtigendem Ton. Sanft löste sie meinen festen Griff um ihr Handgelenk. „Das war nur eine Art von Hypnose, um dich zu beruhigen.“

Ich schaute sie mit zusammengekniffenen Augen an. Für einen Moment schien ihr Gesicht mit den Schatten hinter ihr zu verschmelzen und wurde dann wieder deutlicher, als sie sich vorbeugte. „Du … du hast mich hypnotisiert?“, fragte ich ungläubig.

Sie nickte. Das schwarze Haar fiel ihr über die Augen. „Nur zur Entspannung. Das mache ich mit mir selbst auch immer. Es ist ganz leicht.“

Wieder hob sie die Münze, aber ich schob ihre Hand beiseite. „Mir geht's schon viel besser“, behauptete ich.

In diesem Moment kam Laura zurück und reichte mir einen Pappbecher mit kaltem Wasser. Als ich ihr den Becher aus der Hand nahm, betrachtete sie mich besorgt. „Alles okay?“

Ich nickte und nahm einen tiefen Schluck. „Mir geht's wieder gut. Bestimmt. Ich … ich weiß auch nicht, was da drin mit mir passiert ist.“

Aus der Sporthalle ertönten laute Rufe und Gelächter schallte durch den Flur.

Ich hätte auch lieber meinen Spaß gehabt, anstatt hier in der Dunkelheit zu sitzen, an meinem Wasser zu nippen und in die besorgten Gesichter meiner Freundinnen zu blicken.

„Was ist denn eigentlich passiert?“, wollte Laura wissen.

Ich schüttelte ratlos den Kopf. Dann setzte ich den Becher an den Mund und trank das Wasser aus. „Das weiß ich auch nicht genau. Ich habe auf dem Spielfeld so ein Jungengesicht gesehen, das ich in letzter Zeit immer wieder zeichne. Dunkle Augen, eine Narbe in einer Braue. Eine Stupsnase. Schwarze, wellige Haare. Adriana, du hast eines der Porträts doch neulich auf meinem

Schreibtisch liegen sehen! Die Tigers – das gesamte Team –, sie alle hatten auf einmal dieses Gesicht!“

Mir fiel auf, dass Laura vielsagende Blicke mit Adriana tauschte.

„Komische Geschichte“, murmelte Adriana.

Ich atmete tief durch. „Wessen Gesicht ist das?“, fragte ich die beiden. Ich sprang von den Stufen auf und packte Laura bei den Schultern. „Ihr wisst es, oder? Sagt es mir! Auf der Stelle! Wessen Gesicht ist es?“

Adriana zog mich sanft zurück. „Du weißt, dass wir das nicht dürfen“, erwiderte sie leise, aber bestimmt.

Laura senkte den Blick. „Ich wünschte, ich könnte dir helfen, Martha. Aber Dr. Sayles hat uns verboten …“

„Sagt es mir! Sofort!“, rief ich erregt.

„Ich denke, wir bringen dich jetzt besser nach Hause“, meinte Laura besänftigend.

Die beiden führten mich untergehakt durch den Gang zurück, um das Gebäude zu verlassen. Meine Beine fühlten sich schwach und wackelig an und ich zitterte nach meinem unheimlichen Erlebnis immer noch am ganzen Körper.

Vor dem Eingang zur Halle standen eine Menge Leute herum, die eine Kleinigkeit aßen oder sich unterhielten. Einige von ihnen riefen uns etwas zu, aber wir gingen einfach weiter.

Ich versuchte, niemanden direkt anzuschauen, weil ich Angst hatte, wieder das Gesicht des Jungen zu sehen.

Als wir an der Halle vorbei waren, bogen wir um die Ecke und steuerten den Hintereingang an, der auf den Parkplatz führt. Die Luft begann mit einem Mal merklich kühler zu werden. Ich hörte das durchdringende

Geräusch des Summers, der den Beginn der zweiten Halbzeit ankündigte.

Mit einem Mal fühlte ich mich hundeelend.

Ich hatte mich so auf das Basketballspiel gefreut und nun hatte ich mir und meinen Freundinnen den ganzen Abend verdorben.

Gerade wollte ich mich bei Laura und Adriana entschuldigen, als ich zwei Gestalten entdeckte, die ein paar Meter von uns entfernt an den Spinden lehnten. Einen Jungen und ein Mädchen. Halb verborgen von den Schatten, standen sie eng umschlungen da und küssten sich leidenschaftlich.

Der Junge hatte uns den Rücken zugewandt.

Als wir vorbeigingen, fuhr er erschrocken zusammen und wandte den Kopf. Er musste wohl unsere Schritte gehört haben.

In diesem Moment konnte ich sein Gesicht erkennen.

Ich wollte es zuerst nicht glauben.

Aber ich sah es ganz deutlich vor mir.

„Nein!“, schrie ich. „Nein! Nicht du!“

16

„Martha – warte doch!“, rief er und wandte sich hastig von dem Mädchen ab, das immer noch am Spind lehnte.

„Aaron …!“, stieß ich ungläubig hervor.

Als er auf mich zuging, erkannte ich auch das Mädchen. Sah die rote Mähne. Das blasse, runde Gesicht. Den vollen Mund.

Justine.

Ihr Lippenstift war vom Küssen ganz verschmiert.

Aaron und Justine.

„Martha – hör mir doch mal zu …“, setzte Aaron keuchend an.

Warum war er außer Atem? Von seinen leidenschaftlichen Küssen oder weil ich so überraschend aufgetaucht war?

Er atmete tief durch und setzte noch einmal an.

„Martha – lass dir doch erklären …“

Adriana schob ihn beiseite. „Nicht jetzt, Aaron“, zischte sie ihm zu.

„Martha geht’s nicht besonders gut“, erklärte Laura und nahm meinen Arm.

„Verschwinde, Aaron“, sagte Adriana mit kalter Stimme. „Und du auch, Justine. Haut einfach ab. Ich glaube kaum, dass Martha sich im Moment mit euch unterhalten möchte.“

Dann zogen Laura und sie mich in Richtung Tür.

Ich sah gerade noch, wie Aaron hilflos mit den Schultern zuckte. Seine Züge waren wie erstarrt. Man konnte unmöglich sagen, was in ihm vorging.

Hatte er Schuldgefühle? Schämte er sich?

Oder war es ihm egal?

Als ich mich nach einigen Metern noch einmal kurz umdrehte, sah ich, dass Aaron und Justine sich inzwischen abgewandt hatten und wieder zurück auf die Sporthalle zugingen.

Und dann standen wir plötzlich vor der Tür. In der tiefen Dunkelheit, mitten auf dem Parkplatz.

Es kam mir vor, als würden die Kälte und die Dunkelheit mich verschlingen. Als hätte man mir den Boden unter den Füßen weggezogen.

Ich hatte Aaron hundertprozentig vertraut. War fest davon überzeugt gewesen, dass er mich nie verletzen würde.

Aaron und Justine. Das durfte einfach nicht wahr sein!

Worauf sollte ich mich jetzt noch verlassen?

Mit Schrecken wurde mir klar, dass ich ja nicht einmal mehr meiner eigenen Wahrnehmung trauen konnte.

Was für ein furchtbarer Abend – erst diese Halluzinationen und dann die entsetzten Gesichter von Aaron und Justine! Ich wünschte, ich hätte mir das auch nur eingebildet.

Ich hatte den beiden vertraut. Doch sie hatten nichts Besseres zu tun gehabt, als sich im dunklen Flur hinter der Sporthalle abzuknutschen.

Woran sollte ich jetzt noch glauben?

Ohne dass ich es richtig bemerkt hatte, waren Laura und Adriana verschwunden, und ich fand mich in meinem Zimmer an meinem Arbeitstisch wieder.

Wie hypnotisiert starrte ich in das grelle, weiße Licht meiner Schreibtischlampe. Lange Zeit saß ich einfach nur so da, dann holte ich meinen Skizzenblock hervor und begann zu kritzeln. Ich zeichnete das Gesicht des unbekannten Jungen und starrte dabei in das helle Licht, als ob es mich wärmen könnte.

Nie wieder wollte ich in diese Kälte und Dunkelheit zurück, die mich vorhin überfallen hatten.

Es tat mir gut, hier im Licht zu sitzen. Ich genoss die Helligkeit. Tauchte förmlich darin ein, badete darin.

Ich zeichnete das Gesicht. Wieder und wieder. Ohne hinzusehen.

Und während ich so in das Licht starrte, begann das Gesicht sich plötzlich zu bewegen.

Eine andere, verloren geglaubte Szene aus diesem vergessenen November tauchte auf.

Ein weiteres Stück meiner Erinnerung kehrte zurück.

Ich starrte auf die Lampe und konzentrierte mich, so sehr ich konnte.

„Werde ich dieses Mal alles sehen können? Werde ich mein Gedächtnis vollständig wiederfinden?“, fragte ich mich, während ich in das kalte, weiße Licht blickte.

Erfüllt von Entschlossenheit und eisiger Furcht.

17

„Rück mir nicht so auf die Pelle“, fauchte ich.

Er grinste mich frech an. Sein Gesicht war so dicht vor meinem, dass ich die Schokolade in seinem Atem riechen konnte. „Hey, das gefällt dir doch“, widersprach er.

„Nein.“ Ich versuchte, ihn wegzuschieben, aber er hatte seinen Arm um meine Schultern gelegt und presste mich fest an sich. „Nein, es gefällt mir nicht. Hör auf damit!“

Das brachte ihn zum Lachen.

Er rückte noch näher an mich heran und küsste mich.

Jetzt konnte ich die Schokolade sogar schmecken. Er hatte vorhin einen Mars-Riegel gegessen. Hart presste er seine Lippen auf meinen Mund. Zu hart.

Ich versuchte zurückzuweichen, aber er hielt mich so fest an sich gedrückt, dass ich kaum Luft bekam.

Aus dem Nebenraum hörte ich die Stimmen der anderen. Ein Holzscheit zerbarst krachend im Feuer und Justine stieß ihr hohes Lachen aus.

Warum war ich nicht bei ihnen? Warum war ich nicht bei meinen Freunden?

Warum saß ich hier in diesem dunklen Hinterzimmer der Hütte und küsste einen fremden Jungen, wenn ich doch eigentlich mit meinen Freunden zusammen sein sollte?

Und wo war Aaron?

Warum küsste ich nicht ihn?

Ich lauschte auf seine Stimme im Nebenraum. Stattdessen hörte ich Ivan, der sagte: „Hey – wie wär's, wenn mal jemand ein Holzscheit nachlegen würde, bevor das Feuer total runtergebrannt ist."

Hörte, wie Adriana ihrem älteren Bruder barsch antwortete: „Mach's doch selbst! Sitz hier nicht nur rum und scheuch uns wie die Sklaven! Wer sind wir denn?"

Ich wollte aufstehen und zu ihnen gehen. Mich ans Feuer setzen. Bei Aaron sein. Er war doch mein Freund. Ich hätte jetzt bei ihm sitzen sollen.

Aber der fremde Junge hielt mich unerbittlich fest.

Und küsste mich noch einmal. Rieb sein Gesicht grob an meinem. Tat mir weh.

„Nein. Sean – bitte."

Sein Name war Sean?

Sean?

Ich kannte diesen Namen.

Während ich in das grelle Licht der Schreibtischlampe starrte, kämpfte ich darum, mehr zu sehen. Irgendwoher kannte ich den Namen des Jungen, aber ich musste auch noch den Rest der Szene sehen, um eine Verbindung herstellen zu können.

„Was wird als Nächstes passieren?", fragte ich mich.

„Ich kenne deinen Namen, Sean. Aber wer bist du? Warum sitze ich hier mit dir in der Dunkelheit? Und warum küsst du mich?"

Ich versuchte, mich noch stärker zu konzentrieren. Kämpfte um meine Erinnerung.

Und dann sah ich plötzlich, wie ich Sean schließlich grob wegschubste. Er reagierte darauf mit einem lauten, wütenden Aufschrei und versetzte mir als Antwort einen harten Stoß.

Wir sprangen auf. Von seinen brutalen Küssen hatte ich immer noch den Schokoladengeschmack auf den Lippen.

Doch jetzt kämpften wir miteinander. Schubsten uns gegenseitig und brüllten uns an.

Ich konnte die Worte nicht verstehen.

Aber ich spürte meinen Ärger. Meine heiße Wut.

Ich stieß ihn hart gegen die Brust und verpasste ihm eine Ohrfeige.

Hörte ganz deutlich das klatschende Geräusch.

Ich konnte diese Erinnerung nicht länger ertragen. Mit zitternder Hand knipste ich die Schreibtischlampe aus. Für heute hatte ich genug gesehen. Es regte mich zu sehr auf.

Ein Zittern lief durch meinen ganzen Körper und mein Nacken fühlte sich kühl und feucht an.

Die Szene war so deutlich gewesen, so schmerzlich klar. Ich hatte mich nicht nur an diesen Abend erinnert – ich hatte ihn noch einmal erlebt!

Ich wollte gerade aufstehen, als ein blinkendes rotes Licht meine Aufmerksamkeit erregte. Es war das Signal meines Anrufbeantworters, dass jemand eine Botschaft für mich hinterlassen hatte.

Hatte das Lämpchen etwa schon den ganzen Abend geblinkt?

Ich drückte auf den Knopf und lauschte dem Quietschen des sich zurückspulenden Bandes.

Ein paar Sekunden später wurde die Nachricht abgespielt. Zuerst hörte man nur Knistern und eine Menge Hintergrundgeräusche. Wie in einem Restaurant oder einem Raum voller Menschen.

Doch dann ertönte eine raue, krächzende Stimme.

Das unheimliche Flüstern stammte von einem Mädchen: „Du zeichnest ihn immer wieder, weil du ihn getötet hast.“

Ich stieß einen entsetzten Schrei aus.

Beugte mich vor, um den Rest der Nachricht zu hören.

Aber die Anruferin hatte schon aufgelegt. Ein kurzes Klicken und dann Stille.

Das Band spulte sich von alleine zurück.

Ich drückte auf den Wiedergabeknopf und umklammerte mit beiden Händen die Schreibtischkante, während ich der unheimlichen Stimme noch einmal lauschte.

„Du zeichnest ihn immer wieder, weil du ihn getötet hast.“

„Oh nein, bitte nicht!“, jammerte ich. „Laura – warst du das? Laura?“

Es hatte geklungen, als würde Laura ihre Stimme verstellen und mit Absicht tief und rau sprechen.

Wieder drückte ich auf den Knopf und spielte die Nachricht ab. Und noch einmal. Und noch einmal.

„Du zeichnest ihn immer wieder, weil du ihn getötet hast.“

Das durfte doch alles nicht wahr sein.

„Laura, warst du das? Hast du mir diese furchtbare Nachricht aufs Band gesprochen? Warum tust du mir das an?“

18

„Bitte, komm herein.“ Frau Dr. Corben hielt mir die Tür zu ihrem Sprechzimmer auf und ich ging voraus.

Sie war eine winzige, grauhaarige Frau mit zarten, puppenhaften Gesichtszügen. Der schwarze Hosenanzug, den sie trug, saß, als wäre er ihr auf den Leib geschneidert. Ihr Alter war sehr schwer zu schätzen und lag wahrscheinlich irgendwo zwischen 40 und 60.

Ihr Büro war klein und dunkel. Jede freie Fläche war mit Bücherstapeln, dicken Mappen und Stößen von Zeitungen und Papieren bedeckt.

Sie hatte weder eine Arzthelferin noch eine Empfangssekretärin und führte die Praxis offenbar ganz alleine. Ihr dunkles, vollgestopftes Sprechzimmer wirkte irgendwie einschüchternd und die bunte Garfield-Keksdose auf dem Schreibtisch schien völlig fehl am Platze zu sein.

Ich spürte, wie das Blut in meinen Schläfen zu pochen begann, und fühlte mich plötzlich ganz verkrampft.

„Am besten, du drehst dich um und gehst gleich wieder“, schoss es mir durch den Kopf.

Aber nein. Ich war so verschreckt durch die hässliche Nachricht auf meinem Anrufbeantworter, dass ich unbedingt die Wahrheit herausfinden musste.

Das warme Lächeln der Ärztin beruhigte mich etwas. „Nimm doch Platz, Martha.“ Sie zeigte auf einen Holzstuhl vor ihrem Schreibtisch. „Es ist ganz schön kalt hier drinnen, nicht wahr?“

Ich nickte. „Ein wenig. Aber draußen ist es ja auch ziemlich windig.“

„Ich kämpfe schon seit Ewigkeiten wegen der Heizung mit dem Vermieter“, seufzte sie und ließ sich auf ihrem Schreibtischsessel nieder. Dann schob sie einen Stapel Aktenordner beiseite. „Brauchst du vielleicht einen Pullover?“

Ich trug ein großes, warm gefüttertes Sweatshirt über schwarzen Leggings. „Nein. Es geht schon. Danke.“ Nervös schlug ich meine Beine übereinander. Ich fühlte mich ziemlich unbehaglich.

„Was kann ich für dich tun?“, fragte Dr. Corben und lächelte mich wieder an.

„Ich ... also ... “ Ich atmete tief durch und fing noch einmal von vorne an. „Ich interessiere mich für Hypnose, Dr. Corben. Ich habe gehört, das ist Ihr Spezialgebiet. Ich meine, Sie hypnotisieren doch Leute, nicht wahr?“

Bevor sie antwortete, öffnete sie die mittlere Schreibtischschublade und nahm einen langen, gelben Block heraus, wie ihn auch Dr. Sayles benutzte. Sie legte ihn vor sich auf die Schreibtischplatte, schrieb aber nichts auf. „Hypnose ist sozusagen ein Werkzeug, das ich benutze“, erklärte sie dann und strich sich eine Strähne ihres grauen Haars aus der Stirn.

„Man kann Hypnose doch auch dafür einsetzen, Leuten zu helfen, dass sie ihr Gedächtnis wiederfinden. Oder?“, fragte ich und umklammerte die hölzernen Armlehnen des Stuhls.

Sie nickte. Dann blickte sie mich mit ihren klaren, grauen Augen forschend an. „Leidest du an Gedächtnisverlust, Martha?“

„Also ... ja.“ Ich seufzte. „Letzten November ist

irgendetwas in meinem Leben passiert. Eine Art Unfall. Aber ich kann mich einfach nicht mehr daran erinnern. Nur an kleine Bruchstücke."

Ich stellte meine Beine wieder nebeneinander. Mein Herz klopfte plötzlich wie verrückt. „Ich möchte unbedingt wissen, was damals geschehen ist, Dr. Corben. Können Sie mich nicht hypnotisieren, damit meine Erinnerung zurückkommt?"

Sie griff nach dem gelben Block und ließ ihre Hände an seinen Seiten entlanggleiten. „Du sagst, du hast dein Gedächtnis letzten November verloren?"

Ich nickte.

Sie kniff die Augen zusammen und beugte sich über ihren Schreibtisch. „Du bist doch sicher deswegen in Behandlung, nicht wahr?"

Wieder nickte ich. „Ja, aber …"

Sie hob eine Hand, um mich zu unterbrechen. „Hast du einen Brief von deinem Arzt mitgebracht? Oder irgendwelche Anweisungen?"

„Nein. Er weiß nichts von meinem Besuch bei Ihnen", platzte ich heraus.

Dr. Corben ließ sich in ihren Schreibtischstuhl zurücksinken. „Nun ja, ich nehme an, ich könnte mit ihm telefonieren. Aber du musst einsehen, dass wir nicht mit der Behandlung beginnen können, bis ich nicht mit ihm gesprochen und alle Einzelheiten erfahren habe. Das wäre nicht richtig. Genauer gesagt, könnte es sich sogar als ziemlich schädlich für dich erweisen."

„Nein. Bitte …", begann ich. Ich wusste, dass Dr. Sayles damit nicht einverstanden wäre. Bestimmt würde er sich darüber aufregen, dass ich hierher gekommen war, ohne ihm etwas davon zu sagen.

Dr. Corben klopfte mit ihrem Stift rhythmisch auf den Block. „Wie bist du eigentlich auf mich gekommen, Martha? Woher wusstest du, dass ich meine Patienten mit Hypnose behandle?“

„Von meiner Freundin Adriana“, erklärte ich ihr. „Adriana Petrakis.“

„Oh ja. Natürlich.“ Dr. Corben lächelte wieder. „Sie hat Schlafstörungen.“

„Sie haben ihr sehr geholfen“, sprudelte ich atemlos hervor. „Adriana hat mir erzählt, dass Sie ihr gezeigt haben, wie man sich selbst hypnotisieren kann. Bei ihr funktioniert es prima. Neulich Abend habe ich mich bei einem Basketballspiel ziemlich aufgeregt. Da hat Adriana mich hypnotisiert und …“

„Sie hat was?“ Dr. Corben sprang auf, ihr Gesicht vor Schreck ganz verzerrt. „Sag das noch mal!“

„Na ja, sie hat eine Münze dazu benutzt und dabei beruhigend auf mich eingesprochen. Ich glaube, es hat funktioniert, denn …“

„Dazu hatte sie kein Recht!“, rief Dr. Corben empört aus. „Das ist eine gefährliche Angelegenheit, Martha. Adriana hat weder die Erfahrung noch das Wissen, um jemanden zu hypnotisieren. Sie weiß überhaupt nicht, worauf sie sich da einlässt. Du darfst nicht zulassen, dass sie das noch einmal bei dir macht!“

„Es … es tut mir leid“, stotterte ich und schluckte.

„Oh nein“, dachte ich und spürte, wie sich mein Magen vor Schreck verkrampfte. „Jetzt habe ich Adriana auch noch einen Haufen Ärger eingebrockt.“

„Sie wollte mir doch bloß helfen“, wandte ich ein. „Und ich glaube, das hat auch tatsächlich geklappt.“

Dr. Corben schien mir überhaupt nicht zuzuhören.

„Ich werde sie so schnell wie möglich anrufen“, knurrte sie verstimmt. „Ich muss unbedingt mit Adriana und ihren Eltern sprechen.“

Ich stieß ein frustriertes Stöhnen aus. „Und was ist mit mir?“, platzte ich mit hoher, schriller Stimme heraus. „Werden Sie mich nun hypnotisieren und mir helfen, meine Erinnerung wiederzufinden?“

Dr. Corben schüttelte den Kopf und schaute mich mitfühlend an. „Ich würde ja gerne etwas für dich tun, Martha“, sagte sie sanft. „Aber zuerst muss ich mit deinem Arzt sprechen. Und mit deinen Eltern. Ich brauche ihre Erlaubnis, bevor …“

Ich wartete nicht, bis sie zu Ende gesprochen hatte, sondern sprang so hastig vom Stuhl auf, dass er umkippte und mit der Rückenlehne auf den Boden krachte. Enttäuscht drehte ich mich um und rannte weg, ohne mich zu verabschieden.

Hinaus aus dem schmuddeligen, vollgestopften Sprechzimmer. Durch das winzige, dunkle Wartezimmer. Und aus der Eingangstür des heruntergekommenen Gebäudes.

Dunkle Wolken hingen tief am Himmel. Die Luft fühlte sich kühl und feucht an.

Gierig atmete ich ein paarmal tief durch. Als ich gerade auf meinen Wagen zugehen wollte, löste sich eine Silhouette von der Hauswand und versperrte mir den Weg.

„Martha – warte!“, rief mir jemand zu.

Ich erstarrte, als eine männliche Gestalt aus den Schatten trat.

„Sean?“

Meine Knie gaben unter mir nach.

Ich spürte, wie ich schwankte, und fürchtete einen Moment lang, hier auf dem Bürgersteig ohnmächtig zu werden.

Er kam die letzten Schritte auf mich zu.

Aber es war gar nicht Sean.

Es war Aaron.

„Aaron, was zum Teufel machst du denn hier?“, stieß ich mit erstickter Stimme hervor.

Er trug eine braune Bomberjacke aus Leder über einem schwarzen Flanellhemd. Die Jacke öffnete sich, als er auf mich zulief, und das dunkle Haar wehte um seinen Kopf.

„He, Martha.“ Er blieb direkt vor mir stehen und sein Atem schwebte in kleinen, weißen Wölkchen vor seinem Mund. Er strich sich mit beiden Händen die Haare zurück und stieß dann atemlos hervor: „Ich möchte es dir erklären.“

Ich spürte, wie sich meine Kehle zusammenschnürte. Wahrscheinlich zum tausendsten Mal sah ich wieder vor mir, wie er Justine in dem dunklen Flur küsste. Justine. Meine Freundin.

Aaron und Justine.

Ich musterte ihn mit kaltem Blick. Und spürte im selben Moment, dass sich meine Gefühle für ihn verändert hatten.

Er war mir zwar wichtig. Vielleicht liebte ich ihn sogar immer noch.

Aber ich traute ihm nicht mehr.

„Ich möchte es dir erklären“, wiederholte er und legte mir eine Hand auf die Schulter. Aber ich trat einen Schritt zurück, um sie wieder abzuschütteln.

„Na, dann leg mal los“, forderte ich ihn auf. Zu meinem Ärger zitterte meine Stimme, obwohl ich mir Mühe gab, kalt und hart zu klingen.

„Justine und ich können diese Heimlichkeiten nicht mehr ertragen“, sagte Aaron und sah mich mit seinen dunklen Augen gequält an. „In gewisser Weise bin ich sogar froh, dass du uns erwischt hast.“

„Justine und du ...?“ Der Schmerz in meiner Stimme war deutlich zu hören. Seine Worte gingen mir durch und durch und waren schneidender als der eiskalte Wind.

Er nickte. „Wir wollten dich nicht verletzen, Martha. Aber wir sind schon seit mehreren Monaten zusammen.“

„Haben Justine und ich uns deswegen oben bei den Hütten gestritten?“, fragte ich.

Wieder nickte Aaron. „Du weißt es wieder?“

„Ja, an manche Dinge erinnere ich mich“, versetzte ich kühl. „Aber Aaron, wir beide, du und ich ...?“ Meine Stimme wurde immer leiser, bis ich schließlich ganz verstummte. Ich wusste nicht, was ich sagen sollte. Ich fühlte mich zutiefst verletzt. Doch dann machte meine Traurigkeit unbändiger Wut Platz.

„Es tut mir wirklich leid“, murmelte er und senkte den Blick. „Wir wissen schließlich, dass du dich immer noch nicht wieder von dem Schock erholt hast. Nachdem das damals passiert ist ...“

Ich glaube, das war der Moment, in dem ich ausgerastet bin. Mit beiden Händen packte ich seine Schultern und schüttelte ihn kräftig. „Nachdem was passiert ist?“, brüllte ich ihn an. „Sag's mir, Aaron! Und zwar jetzt sofort! Was ist passiert? Was war mit Sean?“

Vor Schreck fiel ihm der Unterkiefer herunter. Er

griff nach meinen Händen und hielt mich fest, damit ich aufhörte, ihn durchzuschütteln. „Du … du erinnerst dich an … Sean?“, stammelte er.

Aaron trat einen Schritt zurück. Er torkelte leicht, als ob ihn der Schock überwältigt hätte. „Du erinnerst dich an Sean?“, fragte er noch einmal.

Ich nickte und betrachtete sein erschrockenes Gesicht.

„Weshalb ist er so entsetzt?“, dachte ich. „Warum macht es ihm solche Angst, dass ich anfange, mein Gedächtnis wiederzufinden?“

„Erzähl mir, was geschehen ist, Aaron!“, drängte ich noch einmal. „Und zwar jetzt!“

„Ich … ich kann nicht“, stotterte er und wandte sich ab. „Es ist zu … schrecklich.“

19

Als ich am Mittwoch nach Schulschluss auf dem Weg zu meinem Spind war, hörte ich laute Rufe.

Ich bog um die Ecke und sah zwei Jungen, die miteinander kämpften und sich gegenseitig durch den Flur schubsten. Eine aufgeregte Menge hatte sich um die beiden versammelt. Die Schüler brüllten durcheinander und feuerten die beiden an.

Plötzlich ertönte ein wütender Schrei und im nächsten Moment knallte einer der Jungen rückwärts gegen einen Metallspind. Das Geräusch des Aufpralls übertönte sogar die aufgeregten Rufe der Menge.

Als ich auf sie zulief, hatten sich die Jungen gerade wieder gepackt. Ein harter Schlag ließ den Kopf des einen zurückschnellen.

Einige der Zuschauer schrien entsetzt auf.

Blut tropfte auf den Boden und bildete eine kleine Pfütze.

Als ich aufblickte, sah ich Ivan, der sich mit voller Wucht auf einen Jungen warf, den ich nicht kannte.

Das Blut strömte über Ivans Kinn und befleckte die Vorderseite seines grauen Hemds.

„Ivan – hör auf!“, kreischte ich entsetzt.

Die beiden lagen jetzt ächzend und schnaufend auf dem Boden und schlugen aufeinander ein. Ivans Gesicht war hochrot angelaufen und der Schweiß stand ihm auf der Stirn. Er umklammerte die Kehle seines Gegners mit beiden Händen.

Mit einem Satz war ich bei ihm und griff nach seinen Schultern – entschlossen, ihn von dem fremden Jungen wegzuziehen.

Ivans Hände legten sich immer fester um den Hals des anderen. Er würgte ihn mit aller Kraft.

Die beiden rollten von mir weg.

„Ivan – hör sofort auf!“, schrie ich, so laut ich konnte. „Stopp!“

Und dann waren da plötzlich noch andere Hände, die an den beiden Streithähnen zerrten. Strenge Stimmen. Schroffe Rufe.

Als ich mich aufrappelte, entdeckte ich Mr Hernandez, den Rektor, der Ivan wegzerrte.

Der fremde Junge lag auf dem Rücken und rieb sich stöhnend den Hals. Sein Jeanshemd war vorne mit Blut beschmiert. Ich fragte mich, ob es wohl seines war oder das von Ivan.

Es war schwer zu sagen. Verwirrt starrte ich auf die vielen Gestalten, die aufgeregten Gesichter. Zwei Lehrer halfen dem Jungen wieder auf die Beine. Er stöhnte und berührte sein zerschundenes Kinn.

„Worum ging’s denn eigentlich?“, fragte jemand hinter mir.

„Ivan hat angefangen“, murmelte ein Mädchen.

„Und wer war der andere Junge?“

„Ich glaube, er geht gar nicht auf unsere Highschool.“

„Warum haben sie miteinander gekämpft?“

„Sieh doch mal. Einer der beiden hat einen Zahn verloren.“

„Iiih, wie eklig!“

Ich entfernte mich ein Stück von der aufgeregten Unterhaltung, ich konnte einfach nicht länger zuhören.

Es tat mir furchtbar leid für Ivan.

Als ich um die Ecke bog, sah ich, wie Mr Hernandez ihn den Flur entlangzerrte. Ivan hielt den Kopf gesenkt und das schwarze Haar hing ihm vors Gesicht.

„Wie ein Verbrecher“, dachte ich.

Mein Freund. Adrianas Bruder.

Abgeführt wie ein Verbrecher.

Ich seufzte. „Ivan – was ist nur mit dir los?“

Ich war gerade zur Haustür hereingekommen, als das Telefon klingelte. Hastig warf ich meinen Rucksack in die Ecke und stürmte hin, um den Hörer abzunehmen.

„Hallo?“, meldete ich mich atemlos und zog mir mit der freien Hand die Jacke aus.

„Martha, ich bin’s.“

Es war Laura.

„Hast du schon das mit Ivan gehört? Er ist wegen einer Rauferei von der Schule suspendiert worden“, sprudelte Laura in rasender Geschwindigkeit hervor.

„Ich war sogar dabei, als sie sich geprügelt haben“, antwortete ich. Dann ließ ich meine Jacke zu Boden fallen und ging ein Stück weiter. „Es war ein ziemlich übler Kampf.“

„Das glaube ich“, antwortete Laura. Ich konnte mir lebhaft vorstellen, wie sie jetzt die Augen verdrehte. „Hernandez hat ihn für zwei Wochen der Schule verwiesen und seine Eltern müssen morgen zum Gespräch antanzen.“

„Wow“, murmelte ich. „Darüber werden sie bestimmt nicht sehr glücklich sein.“

„Worum ging’s denn bei der ganzen Sache eigentlich?“, erkundigte sich Laura neugierig.

Ich nahm den Hörer in die andere Hand, setzte mich auf den Boden und lehnte mich mit dem Rücken gegen die Wand. „Keine Ahnung. Als ich auftauchte, waren sie schon aufeinander losgegangen."

„Der andere Junge kommt von der Drake Academy", informierte mich Laura. „Er geht also nicht mal auf unsere Highschool. Er ist einer von Ivans Freunden aus …"

„Ein schöner Freund!", unterbrach ich sie. „Die beiden hätten sich beinahe gegenseitig umgebracht!"

Laura stöhnte auf. „Ich kann einfach nicht glauben, dass ich mal mit Ivan zusammen war. Wenn ich nur daran denke, bekomme ich schon eine Gänsehaut. Er ist ja die reinste Bestie! Ich bin wirklich froh, dass ich mit ihm Schluss gemacht habe."

Plötzlich hatte ich wieder ein Flashback. Es kam so überraschend, dass ich beinahe den Hörer fallen ließ.

„Laura …", rief ich aufgeregt und musste erst mal schlucken. „Du hast dich von Ivan getrennt, weil du dich in Sean verknallt hattest!"

Ich hörte, wie sie am anderen Ende der Leitung nach Luft schnappte, und wartete auf ihre Antwort. Aber es blieb still.

„Laura, sag doch was!", drängte ich. Die Erinnerungen fluteten zurück und ich sah plötzlich gestochen scharfe Bilder.

„Martha – du erinnerst dich an Sean?", sagte Laura nach einer Weile mit piepsiger Stimme.

„Du hast dich im letzten November von Ivan getrennt", erzählte ich ihr und schloss die Augen, um die Szene in meinem Kopf deutlicher sehen zu können.

„Ja, ich …", setzte Laura an.

Aber ich ließ sie nicht zu Ende reden, weil ich nicht

wollte, dass sie den Fluss meiner Erinnerungen unterbrach.

„Du hast auf der Hütte mit ihm Schluss gemacht und Ivan hat sich so aufgeregt, dass Sean und er beinahe aufeinander losgegangen wären.“

„Ja, das stimmt.“ Lauras Stimme klang plötzlich kalt und distanziert. „Aber ich möchte nicht darüber sprechen“, fügte sie hinzu.

„Du musst mit mir darüber reden!“, rief ich aufgebracht. „Du musst es mir erzählen, Laura!“

„Nein!“, beharrte sie. „Das werde ich nicht tun. Ich kann nicht. Ich lege jetzt auf, Martha.“

„Warte!“, rief ich. „Hast du mich neulich angerufen? Hast du mir diese Nachricht auf den Anrufbeantworter gesprochen?“

„Ich werde jetzt auflegen“, wiederholte Laura. „Wirklich.“

„Laura – antworte mir!“

„Ruf mich später an“, sagte sie atemlos. „Ich muss los. Wir reden nachher noch mal, okay? Tschüss.“

Und dann war die Verbindung unterbrochen. Ich saß mit dem Hörer in der Hand da und starrte die Wand an. Die weiße Wand.

Und wieder überschwemmte mich eine Flut von Bildern.

Ich schloss meine Augen und konzentrierte mich

Die Szenen waren so klar, so lebendig.

Und mit einem Mal war ich ganz sicher, dass ich mich heute an alles erinnern würde.

An den Spaß.

An den Ärger.

An das Entsetzen.

20

Als Ivan den Schlitten zurück zur Hütte zog, warf sich Sean plötzlich bäuchlings darauf. „Na, los! Zieh mich, Mann!“, rief er und grinste zu Ivan hinauf.

Ivan grinste zurück. „Das könnte dir so passen. Dich schubs ich höchstens den Berg runter!“ Er ließ das Seil in den Schnee fallen. „Steig ab, Sean! Du glaubst doch wohl nicht im Ernst, dass ich dich den Hügel raufschleppe.“

Sean lachte und ließ sich vom Schlitten in den tiefen Schnee rollen. Dann schnappte er sich zwei Hände voll und schleuderte sie auf Ivan. „Überleg's dir lieber noch mal.“

Ich war nur ein kleines Stück hinter den beiden und zog einen alten Holzschlitten hinter mir her. Meine Beine schmerzten schon, weil ich den ganzen Nachmittag gerodelt war. Bestimmt würde ich am nächsten Tag einen furchtbaren Muskelkater haben.

Auch die anderen waren immer wieder auf ihren Schlitten den Hügel hinuntergesaust. Justine, Adriana und Laura. Aaron, Ivan und Sean.

Sean gehörte nicht so richtig zu unserer Gruppe. Na ja, oder vielleicht konnte man sagen, er war das neueste Mitglied.

Er war ein Freund von Ivan. Ich glaube, die beiden hatten sich bei einem Bowlingturnier oder so kennengelernt. Obwohl Sean in Shadyside wohnte, ging er nicht mit uns zur Highschool.

Ich mochte Sean. Mit seinen dunklen Augen, dem ernsten Gesichtsausdruck und der kleinen, weißen Narbe, die seine Augenbraue spaltete, wirkte er richtig interessant – fand ich jedenfalls. Wenn die Narbe nicht gewesen wäre, hätte er schon fast zu gut ausgesehen.

„Stapelt die Schlitten an der Wand auf", wies uns Adriana an.

Sie war diejenige, die an diesem langen Wochenende die Verantwortung für alles hatte. Ihren Eltern gehörten nämlich die Hütten, in denen wir wohnten. Allerdings benutzten sie sie nie.

„Wahrscheinlich sind sie zu beschäftigt damit, sich zu streiten", dachte ich mit einem Anflug von Traurigkeit.

Adriana kümmerte sich um alles Organisatorische, obwohl Ivan natürlich genauso zuständig war. Aber es lag ihm überhaupt nicht, irgendwelche Anweisungen zu geben. Auch bei praktischen Dingen war er keine große Hilfe, weil er zwei linke Hände hatte.

Ivan verdrückte sich, wo er nur konnte, um mit Laura alleine zu sein.

Ich zog meinen Schlitten bis zur Hütte und Aaron half mir, ihn auf den Stapel zu den anderen zu hieven. Dann lächelte er mich an. „Das Rodeln war irre, nicht?"

Ich wollte ihm etwas antworten, aber er hatte sich schon abgewandt und ging zu Justine und Laura hinüber.

„Und jetzt Ski fahren!", rief irgendjemand.

„Yeah! Lasst uns die Pisten unsicher machen!"

Direkt neben den Hütten befand sich eine sanft abfallende, schmale Abfahrt.

„Was für ein Luxus!", dachte ich. „Eine eigene Skipiste!"

Ich blickte mich um. Justine und Adriana hatten den Holzschuppen geöffnet, der an eine der Hütten angebaut war, holten Skier und Skistöcke heraus und warfen sie hinter sich in den Schnee. Ivan und Laura standen sich vor der Hütte der Jungen gegenüber und stritten sich hitzig über irgendetwas.

Aaron war in der Hütte verschwunden. Nach einer Weile stapfte Laura wütend davon und Ivan und Sean begannen wieder, sich mit Schnee zu bewerfen.

Ich atmete tief durch. Die Luft duftete wunderbar frisch und harzig. Es war Nachmittag, aber die Sonne stand noch hoch am wolkenlosen, blauen Himmel.

„Na los! Auf die Skier!", drängte Adriana und rief alle zum Schuppen. „Wenn wir zum Abendessen in die Stadt wollen, müssen wir langsam mal loslegen."

Ich blickte den Hang hinab. Die Piste sah nicht schwierig aus. Sie war schmal, nicht allzu steil und führte zwischen zwei Reihen hoher Tannen hindurch.

Sogar für eine Anfängerin wie mich schien die Abfahrt ziemlich leicht zu sein.

„Wer macht den Anfang?", rief Laura, die auf Skiern wieder aufgetaucht war.

Ich sah, wie Aaron aus der Hütte der Jungen trat und über den Schnee auf uns zukam. Er war ein erfahrener Skiläufer. Mir war klar, dass dieser Hang für ihn keine große Herausforderung bedeutete.

„Wir müssen nacheinander fahren", erklärte Adriana. „Die Piste ist zu schmal für zwei Läufer."

Als ich mich umdrehte, sah ich, wie Aaron Ivan zu den Skiern zerrte. Dabei rief er laut: „Seht mal, Leute – wir haben einen Freiwilligen!"

Ivan verzog das Gesicht und riss sich ärgerlich los.

Ich sah, dass Aaron über seine Reaktion erstaunt war. Ivan spuckte in den Schnee und zischte ihm etwas zu.

„Hey – was ist denn mit dir los?“, fragte Aaron.

Laura war zu Justine hinübergegangen und die beiden unterhielten sich mit ernsten Gesichtern.

„Wer fährt denn nun als Erster?“, fragte Aaron kleinlaut.

„Ich finde, Martha sollte anfangen!“, antwortete Adriana. Sie grinste mir zu und reichte mir ein Paar Skier.

„Warum denn ich?“, wollte ich wissen.

„Weil du der heutige Rodel-Champion bist“, erklärte sie.

Justine und Laura johlten und klatschten.

„Du hast den ersten Platz gemacht“, fuhr Adriana fort.

„Willst du mich auf den Arm nehmen? Ich bin dreimal vom Schlitten gefallen!“, rief ich. „Und außerdem bin ich beinahe in diesen Baum gekracht!“

„Ich fahre als Zweiter“, kündigte Sean an, der plötzlich neben uns Mädchen stand.

„Gut. Dann kannst du mich ja retten, wenn ich mir das Bein gebrochen habe“, seufzte ich voller Galgenhumor.

Als ich mich hinkniete, um die Skier zu befestigen, begann mein Herz aufgeregt zu hämmern. Ich war in meinem ganzen Leben erst zwei- oder dreimal Ski gelaufen und stand nicht besonders sicher auf den Brettern.

Ich hatte Angst, dass ich mich vor meinen Freunden total blamieren würde.

Irgendwie kam ich mit der Bindung nicht zurecht. Ich

drehte mich Hilfe suchend um und bemerkte, dass alle mich aufmerksam beobachteten.

„Wie wär's, wenn erst mal jemand anders fährt?", rief ich ihnen zu. „Ich bekomme die Bindung nicht fest."

„Okay. Ich mach den Anfang!", brüllte Sean.

Endlich gelang es mir, die Riemen zu befestigen und stramm zu ziehen. Ich richtete mich auf, um Sean bei der Abfahrt zuzusehen.

Unsicher bewegte ich mich zu der Stelle hinüber, wo der Hügel abfiel und die Piste begann. Es knirschte, als ich mit den Skiern über den verharschten Schnee glitt.

Sean stieß sich mit den Skistöcken ab und schoss los.

Der Hang war steiler, als ich gedacht hatte. Sean beugte sich weit nach vorne und wurde immer schneller. Er fuhr über einen Buckel in der Piste, schaffte es aber, das Gleichgewicht zu halten, und legte noch einmal an Tempo zu.

Und dann entdeckte ich direkt vor ihm eine silberne Linie.

Eine dünne, silberne Linie, die quer über die Piste lief.

Wie ein glänzender Faden, der sich gegen den weißen Schnee abhob und im Sonnenlicht schimmerte.

Verwirrt starrte ich darauf. Versuchte herauszufinden, was es war.

Es sah aus, als hätte jemand einen silbernen Stift genommen und von einer Tanne zur anderen quer über die Piste einen geraden Strich gezogen.

Ich brauchte eine Weile, bis mir klar wurde, dass es sich um einen Draht handelte.

Und als ich es endlich kapiert hatte, war es zu spät, um zu schreien.

Zu spät, um Sean zu warnen.

Zu spät, um mich auch nur zu bewegen.

Eine Sekunde später fuhr Sean direkt in den Draht hinein, der ungefähr in Höhe seiner Oberschenkel gespannt war.

Starr vor Entsetzen hörte ich, wie er einen lauten Schrei ausstieß, bevor er stürzte.

Durch den Draht im vollen Lauf gebremst, überschlug er sich immer wieder.

Vor meinen Augen leuchtete ein Wirbel von Farben auf, die ineinander verschwammen.

Sein leuchtend blauer Skianzug, der rote Schal und der weiße Schnee vermischten sich zu einem bunten, undeutlichen Fleck.

Wie hypnotisiert starrte ich auf die unwirkliche Szene.

Und dann gab es ein furchtbares, knackendes Geräusch.

Für einen Moment schien die Zeit stillzustehen.

Als sich die Wolke aus aufgewirbeltem Schnee gelegt hatte, bot sich uns ein schreckliches Bild.

Seans regloser Körper lag am Fuß einer großen Tanne.

Den Kopf in einem unmöglichen Winkel verdreht, schien er uns aus weit aufgerissenen, leeren Augen anzustarren.

21

Endlich erinnerte ich mich. Erinnerte mich an alles.

Ich starrte auf meinen Schreibtisch, der mit Zeichnungen von Sean bedeckt war. Starrte hinunter auf seine ernsten Züge.

Vor meinem inneren Auge sah ich wieder sein gut aussehendes Gesicht, das sich deutlich von dem weißen Hintergrund abhob. Ein dünnes Rinnsal Blut sickerte in den Schnee. Seine dunklen Augen schienen uns den Hang hinauf anklagend anzustarren.

Ich schlang die Arme um mich, um das unkontrollierte Zittern meines Körpers zu stoppen.

Aber die eisigen Schauder, die durch meinen Körper liefen, wollten einfach nicht aufhören. Mir war kalt und ich war geschockt und total verängstigt.

Als würde ich auf einmal wieder im Schnee oben am Hang stehen und voller Entsetzen auf die dünne, silberne Linie starren.

Hilflos.

Hilflos und zu Tode erschrocken.

Ich hatte mein Gedächtnis wiedergefunden. Die Erinnerung war so gestochen scharf, dass mir ganz übel wurde.

Mit beiden Händen wischte ich mir die Tränen von den Wangen. Bis jetzt hatte ich noch gar nicht gemerkt, dass ich weinte.

Doch nun begann ich, laut zu schluchzen, so heftig, dass ich kaum noch Luft bekam.

Armer Sean.

Und dann fiel mir plötzlich noch etwas ein.

Am Abend vor seinem Tod hatte ich im Hinterzimmer der Hütte einen hässlichen Streit mit ihm gehabt.

Und am nächsten Tag war er gestorben.

Irgendwann kam die Polizei. Ich erinnerte mich jetzt wieder ganz deutlich, wie sich ihre dunklen Uniformen gegen den Schnee abgehoben hatten.

Erinnerte mich an ihre ernsten Gesichter, die von der Kälte gerötet waren. An ihre Augen, die mich fixierten und prüfend musterten.

Erinnerte mich an ihre Fragen. Ihre endlosen Fragen.

Sie verhörten uns stundenlang.

Und dann?

Was dann geschehen war, wusste ich nicht mehr.

Aber ich hatte mehr als genug in mein Gedächtnis zurückgerufen.

Aaron hatte recht gehabt. Ich war wirklich besser dran gewesen, bevor diese schreckliche Erinnerung wiedergekommen war.

Ich schlang die Arme noch fester um mich und versuchte, das Zittern zu unterdrücken.

Und dann klingelte das Telefon.

Es war Adriana.

„Ich habe mein Gedächtnis wiedergefunden!“, platzte ich heraus. „Adriana, mir ist alles wieder eingefallen – gerade eben!“

„Oh, das tut mir so leid“, flüsterte sie. „Es ist entsetzlich, nicht wahr? Du musst dich furchtbar fühlen, Martha.“

„Ja“, stieß ich hervor. Ich wollte noch etwas sagen, aber mir blieben die Worte im Halse stecken.

„Es war für uns alle entsetzlich“, murmelte Adriana in den Hörer. „Seit damals …“

„Adriana – der Draht!“, unterbrach ich sie. „Glaubst du, dass jemand geplant hatte, einen von uns zu töten?“

Es blieb eine Weile still. Dann sagte sie langsam: „Das weiß niemand so genau, Martha.“

„Was?“, rief ich ungläubig. „Aber die Polizei war doch da. Haben sie denn nicht herausgefunden, was passiert ist?“

Adriana seufzte. „Die Polizisten haben ewig gebraucht, bis sie oben bei der Hütte waren. Wir waren alle völlig außer uns und riefen und schrien durcheinander. Arme Laura. Sie mussten ihr sogar ein Beruhigungsmittel geben. Und Ivan ist beinahe durchgedreht.“

„Aber die Polizei …“, setzte ich noch einmal an.

„Sie haben uns verhört und den Draht genau untersucht. Dann haben sie ihn abgenommen und in ihr Labor gebracht. Aber sie haben nicht herausfinden können, wer ihn gespannt hat. Oder warum.“

Tränen rollten mir über die Wangen, aber ich machte keinen Versuch, sie wegzuwischen. Angespannt lauschte ich Adrianas Worten.

Und dann merkte ich, dass auch sie angefangen hatte zu weinen. Kurze, abgehackte Schluchzer drangen durch den Hörer. „Ich … ich … weiß auch nicht“, stammelte sie. „Es war alles so schrecklich. Der reinste Albtraum, Martha.“

Dann herrschte einen Augenblick Stille, während sie versuchte, sich wieder zu fassen.

Nach einer Weile fuhr sie mit zitternder Stimme fort: „Ich bin bis jetzt nicht darüber hinweggekommen. Seit damals kann ich nicht mehr schlafen. Jede Nacht liege ich wach und erlebe diesen Albtraum wieder und wieder."

„Adriana ...", begann ich.

Doch sie schluchzte laut auf und redete einfach weiter. „Ich habe Probleme, mich zu konzentrieren. In der Schule bekomme ich überhaupt nichts mehr mit und kann deswegen auch meine Hausaufgaben nicht machen. Meine Noten sind total in den Keller gerutscht. Ich kann gar keinen klaren Gedanken mehr fassen."

Plötzlich überlief mich ein eiskalter Schauder und ich ließ vor Schreck fast den Hörer fallen. Mit meiner schweißfeuchten Hand umklammerte ich ihn fester. „Adriana", stieß ich hervor. „Du glaubst doch nicht, dass einer von uns Sean getötet hat – oder?"

„Na, was denkst du denn?", rief sie mit erhobener Stimme. Es klang, als wäre sie wütend. „Außer uns war doch niemand da! Wir waren die Einzigen dort oben auf dem Hügel. Wer hätte den Draht denn sonst spannen sollen?"

Der Draht.

Der silberne Draht.

Ich sah ihn ganz deutlich vor mir, während ich versuchte, Adrianas Worte zu verarbeiten:

Wer hätte den Draht denn sonst spannen sollen?

Außer uns war niemand dort oben gewesen. Wir waren die Einzigen.

Die Einzigen, die Sean hätten töten können.

„Ich komm rüber zu dir", sagte Adriana plötzlich und riss mich aus meinen Gedanken. Ihre Stimme bebte vor Mitgefühl. „Jetzt gleich. Ich hab mir solche Sorgen um dich gemacht, Martha. Die letzte Zeit muss furchtbar für dich gewesen sein – erst dein Gedächtnis zu verlieren und dann immer wieder Seans Gesicht zu zeichnen."

„Ja. Ich … ich habe zuerst überhaupt nichts verstanden", seufzte ich. „Es hat so lange gedauert, bis ich das ganze Puzzle zusammensetzen konnte. Bis ich all meine Erinnerung wiedergefunden hatte."

In meinem Kopf begann sich eine Frage zu regen, die ich mir lieber nicht stellen wollte.

Warum hatte ausgerechnet ich das Gedächtnis verloren? Wieso nicht einer meiner Freunde?

Warum hatte mich Seans Tod offenbar härter getroffen als die anderen? Weshalb hatte ich als Einzige das schreckliche Erlebnis aus meiner Erinnerung verdrängt?

War es wegen des Streits, den ich mit Sean in der Nacht vor seinem Tod gehabt hatte? Hatte ich Schuldgefühle, weil ich mich an seinem letzten Abend nicht mit ihm vertragen hatte?

Warum? Warum?

Das war eine Frage, die ich nicht beantworten konnte.

Aber vielleicht würde Adriana mir dabei helfen.

„Ja, bitte. Komm rüber. Am besten sofort", bat ich.

„Bin schon unterwegs", sagte sie leise und legte auf.

Ich ließ den Hörer sinken und versuchte nachzudenken. Die Gedanken wirbelten wie verrückt durch meinen Kopf.

Wer hatte einen Grund gehabt, Sean zu töten?

Wer wollte, dass er starb?

Ivan? Nein. Ivan war Seans Freund gewesen. Schließlich hatte er ihn ja in unsere Clique gebracht.

Aaron? Laura? Justine?

Nein. Natürlich nicht.

Alle hatten Sean gemocht. Alle.

Langsam stand ich auf und ging zu meinem Schrank. Ich wollte mich noch umziehen, bevor Adriana kam.

Ganz in Gedanken nahm ich ein Paar ausgeblichene Jeans von dem Bord, das an der Rückwand des Schranks angebracht war.

Ich war wirklich froh, dass Adriana beschlossen hatte vorbeizukommen. Vielleicht konnten wir jetzt endlich ein langes Gespräch führen und uns einiges von der Seele reden.

Für mich war es wichtig, mit jemandem über alles sprechen zu können. Und ich wusste, dass es auch Adriana guttun würde.

Die Ärmste war völlig fertig mit den Nerven. Sie machte wirklich eine schlimme Zeit durch. Ihre Eltern bekämpften sich bis aufs Messer und ihr Bruder war von der Schule beurlaubt und auf dem besten Weg, sein Leben zu ruinieren.

Plötzlich riss mich das Zuschlagen einer Autotür aus meinen Gedanken.

Vor Schreck ließ ich die Jeans fallen.

Ich kniete mich hin, um sie vom Schrankboden aufzuheben. Dabei fiel mein Blick auf eine braune Reisetasche aus Segeltuch.

„Oh!“ Mir fiel auf einmal wieder ein, dass ich diese Tasche mitgehabt hatte, als wir im letzten November zu den Hütten gefahren waren.

„Was macht sie denn hier hinten in meinem Schrank?“, fragte ich mich verwundert. Hatte ich etwa vergessen, sie auszupacken? Hatte ich die Tasche einfach dort abgestellt und dann nicht mehr an sie gedacht?

Ich zerrte sie aus dem Schrank und ließ sie auf den Boden fallen. Meine Hand zitterte, als ich den Reißverschluss öffnete.

Die Tasche war noch fast voll. Ich zog zusammengelegte Jeans und zerknitterte Pullover hervor. Zwei Paar Leggings.

Völlig verwirrt stellte ich fest, dass ich das Gepäckstück nach meiner Rückkehr offenbar wirklich nicht mehr geöffnet hatte.

Wahrscheinlich war ich damals so aufgeregt und durcheinander gewesen, dass ich es einfach in den Schrank geschoben und dort vergessen hatte.

Ich zog noch mehr Klamotten heraus. Einen Kulturbeutel. Meinen alten Fön.

Und dann …

„Nein!“ Ich schrie laut auf, als mein Blick darauf fiel. Es war ein schriller Entsetzensschrei.

Auf dem Boden der Tasche, ganz in die hinterste Ecke geschoben, lag etwas Glänzendes.

Draht.

Silberner Draht.

Straff aufgerollt.

Und direkt daneben eine Drahtschere.

War das der Draht, der Sean getötet hatte?

Ich starrte wie hypnotisiert in die Tasche – unfähig, mich zu rühren oder meinen Blick abzuwenden.

Und auf einmal wusste ich es.

Wusste, wer Sean getötet hatte.

Ich war es gewesen.

Du zeichnest ihn immer wieder, weil du ihn getötet hast.

22

Ich hörte, wie die Haustür geöffnet wurde und Mom sich unten mit Adriana unterhielt.

Aber ich konnte mich immer noch nicht bewegen.

Geschockt starrte ich auf den silbernen Draht in der Tasche.

In meinem Kopf wiederholte ich nur ein einziges Wort: Warum? Warum? Warum?

Es übertönte die Stimmen, die von unten heraufdrangen. Übertönte das Hämmern meines Herzschlags und meine abgehackten, keuchenden Atemzüge.

Warum? Warum? Warum?

Warum hatte ich Sean getötet?

Ich schloss die Augen und zwang mich, an den Abend in der Hütte zu denken.

Ich wusste nur noch, dass ich ihn weggeschubst hatte, weil er immer wieder versucht hatte, mich gegen meinen Willen zu küssen. Und irgendwann war ich dann furchtbar wütend geworden.

Aber der Rest der Szene war aus meiner Erinnerung verschwunden.

„Es passt zusammen“, murmelte ich mit schwacher, lebloser Stimme vor mich hin. „Es passt alles zusammen.“

Ich war die Einzige, die das Gedächtnis verloren hatte.

Und dann hatte ich begonnen, Sean zu zeichnen. Jedes Mal, wenn ich zum Stift griff, zeichnete ich immer nur sein Gesicht.

Wegen meiner tief verborgenen Schuldgefühle.

Mein Unterbewusstsein hatte mir klarmachen wollen, dass ich ihn ermordet hatte.

Ich wich ein Stück vor der Tasche zurück.

Das war zu viel. Ich hatte das Gefühl, ich würde gleich ohnmächtig werden. In meinem Kopf drehte sich alles und meine Knie gaben nach.

Da hörte ich Adrianas Schritte auf der Treppe.

Und in diesem Moment kam mir ein anderer schrecklicher Gedanke: „Wissen es etwa alle?"

„Wissen die anderen, dass ich ihn getötet habe?", fragte ich mich, von eisigem Entsetzen gepackt. „Oder haben sie mich zumindest in Verdacht?"

Waren meine Freunde deswegen ständig um mich herumgeschlichen? Hatten sie mich deswegen die ganze Zeit mit Samthandschuhen angefasst?

War das der Grund, warum Aaron mich verlassen hatte?

Weil er es wusste? Weil alle wussten, dass ich eine Mörderin war?

Wenn ich mich doch bloß erinnern könnte, warum ich Sean getötet hatte …

„Martha!" Adriana platzte ins Zimmer. Sie wollte mich in die Arme schließen, aber ich wich zurück.

„Ich kenne die Wahrheit!", stieß ich hervor und brach in Tränen aus.

Adriana ging einen Schritt auf mich zu und versuchte wieder, mich zu umarmen. Diesmal wich ich ihr nicht aus. „Martha, was redest du denn da?", flüsterte sie. „Es ist doch alles wieder in Ordnung. Hörst du mich!"

„Nichts ist in Ordnung", kreischte ich und riss mich

los. Hektisch wischte ich mir mit beiden Händen über die Wangen.

„Ich kenne die Wahrheit!“, wiederholte ich. „Nichts ist in Ordnung!“

Ich bemerkte die plötzliche Verwirrung in Adrianas Gesicht. Sie zupfte nervös an einer ihrer Haarsträhnen herum und sah mich mit zusammengekniffenen Augen ganz seltsam an.

„Sie weiß es nicht!“, wurde mir plötzlich klar.

„Sieh doch!“ Meine Worte klangen wie ein verzweifelter Schrei. Ich ließ mich neben der Segeltuchtasche auf die Knie fallen und zog sie so weit auf, dass Adriana hineinschauen konnte.

Während sie in die Tasche blickte, zerrte sie weiter nervös an ihren Haaren. „Nein“, flüsterte sie. „Nein!“

„Es ist der Draht“, erklärte ich ihr unnötigerweise. „Der übrig gebliebene Draht und die Drahtschere.“

„Aber Martha …“

„Ich habe Sean getötet“, sagte ich mit leiser, tonloser Stimme. „Das ist der Beweis.“

„Aber warum …?“, fragte Adriana fassungslos und klammerte sich an ihr Haar wie an einen Rettungsring.

„Ich weiß es nicht“, antwortete ich. „Ich kann mich nicht daran erinnern. Aber das ist der Beweis. Offenbar habe ich ihn umgebracht und dann den Rest des Drahts aufgerollt und hier versteckt.“

Adriana blickte noch einmal in die Tasche. Dann schloss sie die Augen und ich sah, dass sie am ganzen Körper zitterte. „Was wirst du jetzt tun?“, fragte sie.

„Es meinen Eltern erzählen“, antwortete ich. „Ich denke, sie werden mich dann zur Polizei bringen.“

Meine Worte ließen Adriana zurückzucken. Sie setzte

sich auf mein Bett und hob die Hände. „Aber warum, Martha? Warum hast du ihn getötet?“

„Ich kann mich nicht erinnern“, sagte ich und schüttelte den Kopf. Mühsam versuchte ich, die Tränen zurückzuhalten.

„Ich habe gesehen, wie ihr miteinander gekämpft habt“, meinte Adriana. „An dem Abend in der Hütte. Du und Sean, ihr hattet euch ins Hinterzimmer zurückgezogen. Als ich vorbeiging, habe ich mitbekommen, dass ihr euch geschubst und angebrüllt habt. Worum ging es denn eigentlich bei eurem Streit?“

Ich zuckte mit den Achseln. „Ich weiß es nicht mehr genau. Auf jeden Fall hat er mich gegen meinen Willen geküsst und das hat mich furchtbar wütend gemacht. Ich habe ihn weggestoßen und auf einmal haben wir miteinander gekämpft. Und dann …“ Mir versagte die Stimme.

Ich holte tief Luft. „Das Einzige, was ich mit Sicherheit weiß, ist, dass ich eine Mörderin bin.“

„Nein, das bist du nicht!“

Plötzlich ertönte eine andere Stimme in meinem Zimmer.

Die Stimme eines Jungen.

Als ich erschrocken herumfuhr, sah ich Ivan, der gerade mit großen Schritten durch die Tür kam. Sein schwarzes Haar war völlig zerzaust und in seinen Augen lag ein wilder Blick.

„Ivan!“, schrie Adriana auf und fuhr vom Bett hoch. „Wo kommst du denn her? Was willst du hier?“

„Ich bin dir gefolgt“, sagte er zu seiner Schwester. „Marthas Eltern haben mich reingelassen, bevor sie gegangen sind.“

„Und was willst du?“, wiederholte Adriana mit schriller Stimme. „Martha und ich müssen miteinander reden. Es passt uns jetzt überhaupt nicht, dass du …“

Ivan brachte sie mit einer energischen Handbewegung zum Schweigen.

Seine Augen glühten aufgeregt, als er sich zu mir umwandte.

Ich fragte mich, ob er getrunken hatte und sich deshalb so merkwürdig verhielt.

Warum war er Adriana gefolgt?

Was wollte er hier?

„Ich … ich habe gehört, was du gesagt hast, Martha“, stammelte er und sah mich mit seinen dunklen Augen eindringlich an. „Du liegst völlig falsch. Du bist keine Mörderin!“

„Was?“ Geschockt schnappte ich nach Luft. „Ivan – was meinst du damit? Warum sagst du das?“

Seine Brust hob und senkte sich in keuchenden Atemzügen. Trotz der Kälte des Abends war seine Stirn schweißnass.

„Ich weiß, dass du keine Mörderin bist, Martha“, wiederholte er. „Weil ich es war. Ich habe Sean umgebracht.“

23

„Nein!“

Adriana stieß einen lauten Schrei aus und stürmte quer durch den Raum. Sie nahm Ivan bei den Schultern und begann, ihn wild zu schütteln.

„Warum sagst du so was? Warum?“

Ivan schleuderte sie mühelos beiseite und Adriana krachte gegen meinen Toilettentisch – das hübsche Gesicht vor Überraschung und Furcht verzerrt.

„Du bist kein Mörder!“, schrie sie ihren Bruder an.

„Doch!“, beharrte er. „Ich habe es getan, Adriana. Mir bleibt keine andere Wahl – ich muss jetzt endlich die Wahrheit sagen. Ich kann nicht zulassen, dass Martha denkt, sie hätte Sean getötet.“

Adriana stieß ein unterdrücktes Keuchen aus. Sie hatte schon den Mund geöffnet, um zu protestieren, überlegte es sich dann aber anders. Ich sah, wie ihre Schultern zusammensackten und alle Farbe aus ihrem Gesicht wich.

Ivan setzte sich auf meine Schreibtischkante und fuhr sich mit der Hand nervös über das Bärtchen unter seinem Kinn. Dann sah er mich an. „Du sollst nicht glauben, du hättest ihn umgebracht“, sagte er leise.

„Ich … ich …“, stotterte ich. Mir fehlten einfach die Worte. Ich warf einen schnellen Seitenblick auf die Reisetasche, die kurz zuvor ihr schreckliches Geheimnis enthüllt hatte.

Mein Leben würde nie wieder so sein wie vorher.

Aber das galt auch für die anderen.

„Warum hast du Sean getötet?“, fragte ich Ivan ganz ruhig.

„Er hatte herausgefunden, dass ich ein Auto geklaut hatte“, erklärte Ivan. „Ich hatte es gestohlen und dann auch noch zu Schrott gefahren. Danach war ich weggelaufen und sie hatten mich nicht erwischt.“

„Das glaube ich einfach nicht“, murmelte Adriana kopfschüttelnd und ließ sich langsam auf den Boden nieder.

„Aber dann habe ich einen furchtbaren Fehler gemacht“, fuhr Ivan fort. „Ich habe Sean davon erzählt, weil ich dachte, er wäre mein Freund. Ich musste es mir einfach von der Seele reden. Ich … ich war so durcheinander und erschrocken, dass ich die ganze Sache nicht für mich behalten konnte. Aber ich hätte es ihm nie verraten dürfen.“

Er senkte den Kopf und schloss gequält die Augen. Das schwarze Haar fiel ihm in die Stirn.

„Was ist passiert?“, fragte ich sanft.

Ivan seufzte. „Sean hat angefangen, mich zu erpressen. Er hat gedroht, mich bei der Polizei zu verpfeifen, wenn ich ihm kein Geld gäbe.“

„Und – hast du es getan?“, fragte Adriana.

Ivan nickte. „Was hatte ich denn schon für eine Wahl? Wenn rausgekommen wäre, dass ich den Wagen gestohlen hatte, wäre ich geliefert gewesen. Das hätte mir das ganze Leben versaut. Also habe ich Sean das Geld gegeben, das er von mir verlangt hat. Aber es gab da ein Problem …“ Er brach ab und rieb sich die Augen.

„Was für ein Problem?“, hakte ich nach.

„Sean wollte immer mehr. Er war nie zufrieden mit

dem, was er bekam. Ich …“ Ivan versagte die Stimme.

Er atmete tief durch und setzte noch einmal an. „Ein paar Mal musste ich sogar stehlen, um das Geld für ihn zusammenzubekommen. Irgendwann wurde mir klar, dass etwas geschehen musste. Ich konnte nicht ewig für sein Schweigen bezahlen.“

Adriana, die auf dem Boden kauerte, schnaubte empört, sagte aber nichts.

„Hast du denn nicht versucht, mit Sean zu reden?“, fragte ich. „Ihn davon zu überzeugen, dass es so nicht weitergehen konnte?“

Ivan nickte. „Kurz bevor wir zu den Hütten aufgebrochen sind, hatte ich ein Gespräch mit ihm.“

„Und wie hat er reagiert?“

Ein bitteres Lächeln huschte über Ivans Gesicht. „Sean hat mich ausgelacht. Er meinte, ich müsse weiter bezahlen, oder er würde alles meinem Vater erzählen.“ Das Lächeln verschwand. „Und da bin ich ausgerastet und habe den Entschluss gefasst.“

„Ivan …“, setzte Adriana an.

Wieder schnitt er ihr mit einer ungeduldigen Bewegung das Wort ab. Er hielt seinen Blick unverwandt auf mich gerichtet.

„Als wir dann auf der Hütte waren, habe ich durch Zufall eine Spule mit Draht im Schuppen gefunden. Und das hat mich auf die Idee gebracht. Als ihr alle geschlafen habt, bin ich rausgeschlichen und habe den Draht zwischen den Bäumen befestigt.“

Ivan seufzte. „Ich war mir absolut sicher, dass Sean als Erster fahren würde. Er musste immer bei allem der Erste sein.“

Traurig schüttelte er den Kopf. „Wenn ich doch bloß geahnt hätte, was er für einen miesen Charakter hatte, als ich ihn kennenlernte. Aber er schien ein richtig toller Typ zu sein. Alle mochten ihn. Ganz zu Anfang wollte ich sogar so werden wie er. Erst als es zu spät war, habe ich gemerkt, was für ein Mistkerl er ist."

„Und da hast du beschlossen, ihn umzubringen?", fragte ich.

„Nein! Das wollte ich nicht!", protestierte Ivan. „Ich hatte den silbernen Draht ganz dicht am Boden gespannt – ungefähr in Knöchelhöhe. Sean sollte nur hinfallen und sich lächerlich machen. Nach meiner Planung hätte die Skibindung aufgehen müssen, sodass er sich höchstens ein paar blaue Flecken geholt hätte."

Ivan stieß einen leisen, gequälten Schrei aus. „Ich weiß, dass ich nicht richtig über die Sache nachgedacht habe. Als ich den Draht befestigte, war ich total durcheinander und halb verrückt vor Sorgen. Ich hatte Angst, dass Sean mich verpfeifen und mein ganzes Leben ruinieren würde."

Ivan erhob sich und ging zum Fenster. Er legte die Hände auf den Rahmen und blickte hinaus in die kalte, blaue Nacht.

„Ich wollte ihm doch nur einen Schrecken einjagen", fuhr er fort. „Ihr wisst schon – ihn ein bisschen einschüchtern. Ich habe keine Ahnung, was in der Nacht passiert ist, aber ich nehme an, dass der Wind ziemlich viel Schnee weggeweht hat. Deswegen war der Draht am nächsten Tag viel höher gespannt."

Wieder stieß Ivan einen gequälten Laut aus. „Ich habe es erst zu spät bemerkt. Als es mir auffiel, war Sean schon losgefahren. Und dann ist er gestürzt und hat sich das Genick gebrochen …“ Seine Stimme wurde immer leiser, bis er schließlich ganz verstummte. Er schluckte.

Adriana sprang auf. Ihre Augen waren gerötet und ihr Gesicht war vor Empörung verzerrt.

„Ich werde jetzt die Polizei anrufen“, verkündete Ivan und wollte zum Telefon gehen, das auf meinem Schreibtisch stand.

„Nein!“, protestierte Adriana und vertrat ihm den Weg. „Ivan, nun hör mir doch endlich mal zu …“

„Ich halte diese Schuldgefühle nicht länger aus“, wandte er sich wieder an mich. „Und du sollst nicht denken, du wärst für Seans Tod verantwortlich. Ich hätte mich schon vor Monaten der Polizei stellen sollen.“

Er schob Adriana beiseite und griff nach dem Telefon.

Seine Schwester riss ihm den Hörer aus der Hand. „Du Idiot!“, brüllte sie ihn an. „Du blöder Idiot!“

Ivan versuchte, ihr das Telefon wegzunehmen, aber sie war schneller und hielt es so, dass er es nicht erreichen konnte.

„Gib es mir!“, rief Ivan drohend.

„Aber du bist nicht der Mörder, du Idiot!“, kreischte Adriana mit schriller Stimme.

Sie zeigte auf mich und rief laut, vor Wut am ganzen Körper zitternd: „Martha hat ihn umgebracht! Ich weiß genau, dass sie es war!“

24

Ihre Worte trafen mich wie Messerstiche.

Warum beschuldigte sie mich des Mordes?

Kannte sie als Einzige die Wahrheit? War ich etwa doch eine Mörderin?

Und wenn es so war, warum hatte Ivan dann gestanden? Warum behauptete er, er hätte es getan?

Mit einem wütenden Knurren griff er nach dem Telefon und versuchte wieder, es Adriana aus der Hand zu winden.

Doch sie wirbelte herum und presste es mit aller Kraft an sich.

„Warum tust du das?“, schrie sie ihren Bruder an. „Warum machst du alles kaputt?“

Während ich hilflos zusehen musste, wie die beiden miteinander rangen, fragte ich mich, was sie damit wohl gemeint hatte.

„Warum machst du alles kaputt?“, rief Adriana noch einmal. „Ich habe mir so viel Mühe gegeben und du zerstörst alles!“

Erschrocken schnappte sie nach Luft.

Mit offenem Mund und aufgerissenen Augen fuhr sie zu mir herum.

Ihr Gesicht lief knallrot an.

In diesem Moment wurde mir klar, dass sie sich versprochen hatte. In ihrer Wut hatte sie mehr verraten, als sie wollte.

Doch bevor ich reagieren konnte, hatte Ivan seine

Schwester bei den Schultern gepackt. Das Telefon fiel ihr aus der Hand und landete klappernd auf dem Boden.

„Was hast du damit gemeint?“, fuhr er sie an. „Raus damit!“

„Ivan, bitte …!“, protestierte Adriana.

Er drängte sie gegen die Wand und hielt ihre Arme zu beiden Seiten ihres Körpers fest. „Na los! Sag’s mir!“

Einen kurzen Moment versuchte Adriana, sich zu befreien, doch dann schien sie mit einem Mal alle Kraft zu verlassen und ein resignierter Ausdruck trat in ihre Augen.

„Ivan, bitte mach nicht alles kaputt“, flehte sie ihn an. Aber ich hatte das Gefühl, dass sie schon aufgegeben hatte. Ihre Stimme war nur noch ein raues Flüstern und so schwach, dass ich sie kaum verstehen konnte. „Tu’s nicht! Tu’s nicht!“, wiederholte sie leise immer wieder in einem unheimlichen Singsang.

Doch dann stieß sie unvermittelt einen wütenden Schrei aus. „Ich hatte alles so gut geplant!“, zischte sie hasserfüllt. „Und du machst es einfach kaputt. Ihr beide macht es kaputt.“

„Jetzt sag endlich, was du damit meinst!“, rief Ivan drohend und presste sie gegen die Wand. „Willst du etwa behaupten, dass ich Sean gar nicht getötet habe?“

Traurig schüttelte sie den Kopf. Doch als sie ihren Blick auf mich richtete, sah ich blanken Hass in ihren Augen. „Sean sollte doch gar nicht sterben!“, schrie sie auf und zeigte mit zitterndem Finger auf mich.

„Du solltest sterben, Martha! Aber du hast mir einen Strich durch die Rechnung gemacht!“

25

„Adriana – was sagst du denn da?“, rief ich geschockt.

Voller Wut starrte sie mich an, die dunklen Augen zu schmalen Schlitzen zusammengekniffen.

Anklagend zeigte sie mit dem Finger auf mich, als hätte ich ein Verbrechen begangen. „Warum hast du so lange gebraucht, Martha?“

Ich starrte sie verständnislos an. Was sollte ich darauf antworten?

„Du solltest als Erste fahren“, schrie sie mit gellender Stimme. Ihre Augen funkelten und hatten sich mit Tränen der Wut gefüllt. „Ich hatte dir doch gesagt, dass du den Anfang machen solltest. Der Draht war für dich gespannt!“

Entsetzt schnappte ich nach Luft und glaubte im ersten Moment, ich hätte mich verhört.

„Ich habe den Draht höher angebracht“, sagte Adriana in höhnischem Ton. „Ich habe ihn durch Zufall entdeckt und als alle schliefen, bin ich nach draußen geschlichen und habe ihn neu gespannt. Für dich, Martha. Für dich!“

Endlich ließ sie die Hand sinken und schlang die Arme um ihren Körper. „Nicht für Sean. Nicht für Sean. Nicht für Sean.“ Sie war wieder in diesen unheimlichen, monotonen Singsang verfallen und wiegte sich dabei rhythmisch hin und her.

Ivan schaute seine Schwester benommen an. Er hatte die Hände zu Fäusten geballt und die Arme angewinkelt. „Die ganze Zeit habe ich gedacht, ich wäre der Mörder“, murmelte er mit zitternder Stimme vor sich hin. „All diese Monate habe ich geglaubt, ich hätte Sean umgebracht.“

Mir wurde auf einmal ganz schwindelig. Ich hatte das Gefühl, als wären Adrianas grausame Worte in meinen Kopf eingedrungen und wirbelten nun wild darin umher. Um das Schwindelgefühl zu vertreiben, rieb ich mir die Schläfen.

„Aber warum …?“, gelang es mir schließlich hervorzustoßen. „Ich verstehe dich nicht, Adriana. Ich bin doch deine Freundin. Weshalb wolltest du mich denn umbringen?“

Ihre dunklen Augen sprühten förmlich Funken. „Wegen Sean!“

„Wegen Sean?“, wiederholte ich völlig verständnislos. „Was hat er denn damit zu tun?“

„Ich habe ihn zuerst kennengelernt!“, schrie Adriana und schüttelte wütend ihre Fäuste. „Ivan hat ihn mit zu uns nach Hause gebracht und vom ersten Augenblick an war da etwas ganz Besonderes zwischen uns. Ich … ich hab’s genau gespürt.“

„Aber Adriana …“, begann ich.

„Sean hat es nicht sofort gemerkt.“ Sie redete einfach weiter, ohne auf mich zu achten. „Das glaube ich jedenfalls. Aber ich habe es ganz deutlich gefühlt. Es war eine Art von Nähe, wie ich sie vorher noch nie erlebt hatte.“

Ein hässliches Grinsen huschte über ihr Gesicht. „Er war gar nicht in Laura verliebt. Das hat sie sich nur eingebildet. Laura denkt doch sowieso, dass jeder Junge verrückt nach ihr ist. Aber Sean hatte überhaupt kein Interesse an ihr. Er wusste, dass er zu mir gehörte!“

Die letzten Worte hatte Adriana aus voller Kehle gebrüllt.

Erschrocken stolperte ich einen Schritt zurück.

„Sie ist verrückt“, wurde mir mit einem Mal klar.

Arme Adriana! Sie hatte offenbar völlig den Kontakt zur Realität verloren und konnte nicht mehr klar denken.

Natürlich hatte ich gewusst, dass es ihr in der letzten Zeit nicht gut gegangen war. Sie hatte mir schließlich von ihren schlimmen Schlafstörungen und den Problemen in der Schule erzählt.

Aber ich hatte ja nicht geahnt, was wirklich mit ihr los war.

„Starr mich nicht so an!“, kreischte sie drohend. „Sonst kratze ich dir die Augen aus. Ich warne dich! Ich tu’s wirklich!“

Ivan trat einen Schritt vor. Ich sah, wie sich seine Muskeln anspannten, um seine Schwester zurückzuhalten.

„Ich … ich verstehe dich nicht“, stotterte ich. „Was habe ich denn getan, dass du so wütend auf mich bist?“

„Ich habe genau gesehen, wie du Sean geküsst hast!“, schrie sie gellend. Ihre Brust hob und senkte sich unter ihren keuchenden Atemzügen.

„Nein!“, protestierte ich. „Das stimmt so nicht, Adriana. Ich …“

„Lüg nicht! Ich habe es doch ganz deutlich gesehen, Martha. Du hattest dich mit ihm ins Hinterzimmer der Hütte verzogen. Als ich dich dabei beobachtete, wie du ihn geküsst hast, ist etwas in mir zerbrochen.“

Sie schüttelte mit bitterem Gesicht den Kopf. „In diesem Augenblick wusste ich, dass ich dich töten musste. Du hattest Aaron. Und du hattest eine nette Familie. Nicht wie meine Eltern, die sich ständig an die Kehle gingen. Du … du hattest einfach alles!“, schrie sie. „Warum wolltest du auch noch Sean? Warum konntest du mir nicht auch etwas übrig lassen?“

Endlich wurde mir klar, worum es ging. Das letzte fehlende Stück meiner Erinnerung kehrte schlagartig zurück. Das Ganze war ein riesiges Missverständnis.

„Aber ich wollte doch gar nicht, dass Sean mich küsst“, versuchte ich Adriana zu erklären. „Er hat mich ins Hinterzimmer gezogen und gesagt, er müsse mir etwas furchtbar Wichtiges erzählen. Und dann hat er mich einfach gezwungen, ihn zu küssen. Ich habe ihn doch weggestoßen, Adriana! Ich wollte überhaupt nichts von ihm … ganz im Gegenteil!“

„Du hast nur so getan, als würdest du dich wehren!“, warf sie mir vor.

„Nein!“

Ein bitteres Lächeln spielte um Adrianas Mundwinkel. „Ich habe dich doch gesehen, Martha. Du hast nur vorgegeben, dass du Sean wegstoßen würdest, damit Aaron nicht sauer sein konnte. Aber in Wirklichkeit wolltest du beide Jungen für dich!“

„Das stimmt nicht!“, schrie ich. „Du hattest damals unrecht – und du hast jetzt unrecht!“

Aber Adriana schien mich gar nicht mehr zu hören. Sie starrte mich immer noch mit diesem seltsamen, bedrohlichen Lächeln im Gesicht an.

„Deinetwegen ist er gestorben“, stieß sie hervor und senkte dann den Blick. „Es ist alles deine Schuld. Ich wollte schreien, als er losfuhr. Wollte ihn aufhalten. Aber es war zu spät. Ich habe Sean verloren. Den einzigen Jungen, an dem mir jemals etwas gelegen hat. Und du bist schuld daran!“

„Adriana …“ Ivan wollte nach ihr greifen, aber sie wich ihm aus.

„Aber du konntest dich an nichts erinnern. Da wurde mir klar, dass das meine große Chance war, mein Verbrechen zu vertuschen.“

Mir stockte der Atem. „Was meinst du damit?“

„Ich habe eine neue Rolle Draht gekauft und sie in deiner Tasche versteckt“, gab Adriana zu. „Ich wusste, dass du irgendwann von Seans Tod erfahren würdest. Du solltest denken, du hättest ihn umgebracht. Natürlich wollte ich verhindern, dass du dein Gedächtnis wiederfindest. Deswegen habe ich dich immer wieder beruhigt. Einmal, vor der Sporthalle, habe ich sogar versucht, dich zu hypnotisieren. Ich dachte, du würdest dich dann entspannen, so wie ich, wenn Dr. Corben mich in Trance versetzte.“

„Du hast was?“, quietschte ich und starrte sie ungläubig an.

Auch Ivan stand mit offenem Mund da.

„Ich glaub’s einfach nicht“, murmelte ich fassungslos. „Dann hast du mir auch diese gemeine Nachricht aufs Band gesprochen, nicht wahr?“

„Ich wollte, dass du dich schuldig fühlst“, erklärte Adriana boshaft. „Es sollte dir richtig schlecht gehen. Du solltest glauben, du wärst Seans Mörderin.“ Das irre Lächeln verschwand langsam.

„Aber dann fingst du an, in der Vergangenheit zu kramen und hast plötzlich immer wieder Seans Bild gezeichnet“, murmelte sie mit gesenktem Kopf. „Offenbar hat dir dabei dein Unterbewusstsein die Hand geführt. Deine verschütteten Erinnerungen wollten wohl unbedingt an die Oberfläche steigen.“

Sie kniff die Augen zu schmalen Schlitzen zusammen und sah mich finster an. Dann stieß sie plötzlich einen Schrei voller Wut und Schmerz aus.

„Sean ist deinetwegen gestorben, Martha. Ich kann nicht zulassen, dass du dein perfektes Leben weiterlebst, als wäre nichts geschehen!“

Und bevor ich mich rühren konnte, war Adriana hinüber zu meiner Reisetasche gehechtet und hatte den Draht hervorgezogen.

Ivan stürzte sich auf seine Schwester, um sie aufzuhalten.

Doch sie wirbelte herum, riss das Knie hoch und traf ihn mit voller Wucht in den Magen.

Ivan klappte mit einem Aufschrei zusammen. In sich gekrümmt blieb er auf dem Boden liegen und stöhnte vor Schmerz.

„Adriana – nein!“ Ich versuchte zu schreien, aber meine Stimme war nur ein schwaches Krächzen.

Ich wich zurück, doch es war zu spät.

Adriana erwischte mich am Arm und wirbelte mich herum.

Ihre Augen glühten vor Hass.

Und bevor ich aufschreien konnte, hatte sie den silbernen Draht um meinen Hals geschlungen und zog ihn immer fester zusammen.

Ich spürte, wie er mir in die Haut schnitt.

Ich bekam keine Luft mehr.

Konnte nicht mehr atmen.

26

Adriana zog den Draht fester und fester zu.

Ich hob die Hände, um sie abzuwehren.

Aber meine Kräfte begannen bereits, mich zu verlassen. Ich hatte keine Chance gegen Adriana.

Noch einmal machte ich einen schwachen Versuch, nach ihr zu greifen. Dabei stolperte ich und fiel mit meinem ganzen Gewicht gegen sie.

Wir krachten mit solcher Wucht gegen meinen Schreibtisch, dass die Bücher und Papiere darauf sich im ganzen Zimmer verteilten.

Ich wand mich in ihrem unbarmherzigen Griff und versuchte, mich loszureißen.

Aber es gelang mir nicht, ihr zu entkommen.

Und Ivan lag immer noch zusammengekrümmt und vor Schmerzen stöhnend auf dem Boden.

Ein letzter erstickter Schrei entstieg meiner Kehle.

Ich wurde immer schwächer.

Als ich die Augen schloss, sah ich um mich herum nur noch Weiß. Ein unglaublich reines, klares Weiß.

Doch was war das für ein merkwürdiges Geräusch?

Es klang wie ein gequältes Schnaufen.

Ich atmete!

Es war das Geräusch meines eigenen Atems.

Gierig sog ich die Luft in meine Lungen.

Offenbar hatte der silberne Draht sich plötzlich gelockert.

Doch was war mit Adriana geschehen? Weshalb hatte sie aufgehört, mich zu würgen? Warum lebte ich noch?

Ich versuchte, wieder klar zu sehen. Aber das strahlende Weiß verschwand nur langsam.

Ich machte noch einen tiefen Atemzug.

Wo war Adriana?

Sie stand reglos da und starrte auf die Schreibtischplatte. Ihre Hände hingen kraftlos an den Seiten herab.

Ich blinzelte. Ich wollte unbedingt wissen, was sie dort so faszinierte.

Endlich klärte sich mein Blick. Und dann sah ich das Gesicht.

Seans Gesicht. Meine Zeichnung von ihm, die bei unserem Zusammenprall aus dem Block gerutscht war.

Adriana starrte das Porträt wie hypnotisiert an.

„Adriana?"

Sie bewegte sich nicht. Blinzelte nicht. Sie schien nicht mal mehr zu atmen. Reglos fixierte sie meine Skizze. Und Sean schien ihren Blick zu erwidern.

Und so schauten sie einander in die Augen – Adriana und der tote Junge, den sie geliebt hatte.

Ivan hatte sich wieder aufgerappelt und trat von hinten an seine Schwester heran. Zuerst nahm er ihr den Draht ab und hielt dann ihre Handgelenke fest.

Doch Adriana rührte sich immer noch nicht.

„Hol Hilfe!", sagte Ivan leise zu mir.

Ich wandte mich ab und rieb mir den schmerzenden Hals. „Das werde ich tun", dachte ich. „Ich werde die Polizei anrufen. Die werden wissen, wie wir Adriana am besten helfen können."

Der Albtraum war endlich vorbei.

Als ich in mein Zimmer zurückkam, trat ich zu Ivan und fiel ihm in die Arme. Wir hielten uns ganz fest.

Adriana hatte sich noch immer nicht bewegt.

Ohne zu blinzeln, starrte sie das Porträt an.

Hypnotisiert von dem Gesicht, über das ich mir immer wieder den Kopf zerbrochen und das mich so lange mit Angst erfüllt hatte.

Seans Gesicht, dem ich nun mein Leben verdankte.

Über den Autor

„Woher nehmen Sie Ihre Ideen?"
Diese Frage bekommt R.L.Stine besonders oft
zu hören. „Ich weiß nicht, wo meine Ideen herkommen",
sagt der Erfinder der Reihen *Fear Street*
und *Fear Street Geisterstunde*. „Aber ich weiß,
dass ich noch viel mehr unheimliche Geschichten
im Kopf habe, und ich kann es kaum erwarten,
sie niederzuschreiben."
Bisher hat er mehrere Hundert Kriminalromane
und Thriller für Jugendliche geschrieben, die
in den USA alle Bestseller sind.
R.L.Stine wuchs in Columbo, Ohio, auf.
Heute lebt er mit seiner Frau Jane und seinem Sohn Matt
unweit des Central Parks in New York.

FEAR STREET
R.L.STINE
Teuflische Freundin
Du entkommst ihr nicht
Loewe

FEAR STREET
R.L.STINE
Teufelskreis
Es gibt kein Entkommen
Loewe

FEAR STREET
R.L.STINE
Eiskalter Hass
Er kommt dich holen
Loewe